ASSASSIN'S
CREED

Obras do autor publicadas pela Editora Record

Série Assassin's Creed

Renascença
Irmandade
A cruzada secreta
Renegado
Revelações
Bandeira Negra
Barba Negra - O Diário Perdido
Unity
Unity: Abstergo Entertainment - Dossiê do Funcionário
Submundo

OLIVER BOWDEN

ASSASSIN'S CREED
UNITY

Tradução de
Ryta Vinagre

4ª edição

— *Galera* —

RIO DE JANEIRO
2016

CIP-BRASIL. CATALOGAÇÃO NA PUBLICAÇÃO
SINDICATO NACIONAL DOS EDITORES DE LIVROS, RJ

Bowden, Oliver
B782u   Unity / Oliver Bowden; tradução Ryta Vinagre. – 4º ed. –
4º ed.   Rio de Janeiro: Galera Record, 2016.
(Assassin's Creed ; 7)

Tradução de: Assassin's Creed: Unity
ISBN 978-85-01-06824-8

1. Assassinos - Ficção. 2. Ficção inglesa. I. Vinagre, Ryta.
II. Título. III. Série.

14-15613   CDD: 823
                                          CDU: 821.111-3

Título original em inglês:
Assassin's Creed: Unity

Copyright © 2014 Ubisoft Entertainment. Todos os direitos reservados.
Assassin's Creed, Ubisoft, Ubi.com e a logo da Ubisoft são marcas registradas de
Ubisoft Entertainment nos Estados Unidos e/ou em outros países.

Primeiramente publicado na Grã-Bretanha em inglês por Penguin Books Ltd.

Todos os direitos reservados.
Proibida a reprodução, no todo ou
em parte, através de quaisquer meios.
Os direitos morais do autor foram assegurados.

Composição de miolo: Abreu's System

Texto revisado segundo o novo Acordo Ortográfico da Língua Portuguesa.

Direitos exclusivos de publicação em língua portuguesa somente para o Brasil adquiridos pela
EDITORA RECORD LTDA.
Rua Argentina, 171 – Rio de Janeiro, RJ – 20921-380 – Tel.: 2585-2000
que se reserva a propriedade literária desta tradução.

Impresso no Brasil

ISBN 978-85-01-06824-8

Seja um leitor preferencial Record.
Cadastre-se e receba informações sobre nossos
lançamentos e nossas promoções.

Atendimento e venda direta ao leitor:
mdireto@record.com.br ou (21) 2585-2002.

Trecho do diário de Arno Dorian

12 de setembro de 1794

O diário dela está em cima da minha mesa, aberto na primeira página. Foi só o que consegui ler antes que a maré de emoções me arrancasse o fôlego e o texto à minha frente fosse estilhaçado pelos diamantes em meus olhos. As lágrimas escorreram pelas minhas bochechas quando meus pensamentos retornaram a ela: a criança endiabrada brincando de esconde-esconde; a agitadora que passei a conhecer e a amar na fase adulta, cachos de cabelos ruivos pelos ombros, olhos intensos e cílios escuros e acetinados. Tinha o equilíbrio da dançarina habilidosa e do mestre espadachim. Ficava tão à vontade deslizando pelo piso do palácio sob os olhos cobiçosos de todos os homens no ambiente quanto em combate.

Mas havia segredos por trás daqueles olhos. Segredos que eu estava prestes a descobrir. Pego o diário mais uma vez, desejando colocar a palma e a ponta dos dedos na página, acariciar as palavras, sentindo que tal pedaço de papel guarda parte da própria alma dela.

Começo a ler.

Trechos do diário
de Élise de la Serre

9 de abril de 1778

i

Meu nome é Élise de la Serre. Tenho 10 anos. Meu pai se chama François, minha mãe, Julie, e moramos em Versalhes: a reluzente e bela Versalhes, onde construções elegantes e palacetes existem à sombra do grande palácio, com avenidas cercadas por tílias, lagos e fontes cintilantes, topiaria primorosamente aparada.

Somos nobres. Os nascidos em berço de ouro. Os privilegiados. Para comprovar, precisamos apenas tomar a estrada de cerca de 25 quilômetros até Paris. É uma estrada iluminada por lamparinas a óleo suspensas, pois em Versalhes usamos coisas assim, mas em Paris os pobres usam velas de sebo, e a fumaça das fábricas de sebo jaz sobre a cidade como uma mortalha, sujando a pele e sufocando os pulmões. Vestidos em farrapos, de costas recurvadas – seja pelo peso do fardo físico ou pela tristeza espiritual –, os pobres de Paris arrastam-se pelas ruas que nunca parecem receber luz. O esgoto corre a céu aberto por elas, e, nele, lama e dejetos humanos escoam livremente, cobrindo as pernas daqueles que carregam nossas liteiras enquanto passamos perante olhos arregalados nas janelas.

Mais tarde tomamos carruagens douradas de volta a Versalhes e passamos por vultos nos campos, envoltos em neblina como espectros. Estes camponeses descalços cuidam das terras dos nobres e passam fome quando a safra é ruim, praticamente escravos de seus senhores. Em casa, ouço histórias que meus pais contam, de como os lacaios devem ficar acordados para açoitar sapos cujo coaxar não deixa seus senhores dormirem; sobre como devem comer grama para permanecerem vivos; histórias que dizem que nobres são isentos do pagamento de impostos, dispensados do serviço militar e poupados da indignidade da *corvée*, um dia de trabalho não remunerado nas estradas.

Meus pais dizem que a rainha Maria Antonieta perambula pelos corredores, salões de baile e vestíbulos do palácio sonhando com novas maneiras de gastar seu auxílio para vestuário, ao passo que o marido, o rei Luís XVI, relaxa em seu *lit de justice*, aprovando leis que enriquecem a vida dos nobres à custa dos pobres e famintos. Falam sombriamente de como estes atos podem fomentar a revolução.

Há uma expressão para descrever o momento em que de repente compreendemos alguma coisa. É o momento em que você "pesca" algo.

Quando criança, nunca me passou pela cabeça perguntar por que aprendi história e não etiqueta, boas maneiras e postura; não questionei por que minha mãe se juntava a meu pai e aos Corvos depois do jantar, sua voz se elevando em desacordo para discutir com toda intensidade, como sempre faziam; nunca me perguntei por que ela não cavalgava sentada lateralmente na sela, nem por que nunca precisava de um cavalariço para firmá-la na montaria; e também nunca me perguntei por que tinha tão pouco tempo para moda ou para os fuxicos da corte. Nem uma vez sequer pensei em questionar por que minha mãe não era igual às outras mães.

Não até que pesquei o porquê.

Ela era linda, claro, e estava sempre bem-vestida, embora não tivesse tempo para roupas vistosas tal como as mulheres da corte, de quem falava com reprovação e lábios franzidos. Segundo minha mãe, elas eram obcecadas pela aparência, por status, por *coisas*.

— Elas não reconheceriam uma ideia nem mesmo se esta lhes atingisse bem no meio da cabeça, Élise. Prometa-me que jamais será como essas mulheres.

Intrigada, querendo saber mais sobre como eu nunca deveria ser, utilizava meu ponto estratégico junto à bainha da saia de minha mãe para espionar aquelas mulheres odiadas. O que via eram fofoqueiras empoadas que fingiam ser dedicadas aos maridos mesmo enquanto seus olhos vagavam pelo salão sobre a borda dos leques, buscando amantes incautos para fisgar. Sem ser vista, eu vislumbrava detrás das máscaras de pó de arroz, quando o riso desdenhoso murchava nos lábios e o olhar zombeteiro morria nos olhos delas. Eu as enxergava como eram de fato: medrosas. Temerosas de perder a aprovação. De decair na pirâmide social.

Minha mãe não era assim. Em primeiro lugar, não dava a mínima para falatórios. E nunca a vi com um leque; e ela detestava se encher de pó e não tinha tempo algum para desenhar pintas com carvão no rosto ou para deixar a pele lisa feito um alabastro; sua única concessão à moda eram os sapatos. Do contrário, qualquer atenção a tal comportamento era por uma razão e apenas uma: manter o decoro.

E ela era inteiramente dedicada a meu pai. Sempre junto dele — ao lado, porém, nunca atrás —, ela o apoiava, era inabalavelmente leal.

Meu pai tinha conselheiros, Messieurs Chretin Lafrenière, Louis-Michel Le Peletier, Charles Gabriel Sivert e Madame Levesque. Com seus casacos pretos e longos, chapéus escuros de feltro e olhos que jamais sorriam, eu os apelidei de "Os Corvos", e frequentemente ouvia minha mãe defendendo meu pai para eles, o apoiando independentemente do que ela pudesse ter falado para ele em particular.

Mas já faz muito tempo desde que a ouvi debatendo com meu pai pela última vez.

Dizem que ela pode morrer esta noite.

10 de abril de 1778

i

Ela sobreviveu a esta noite.

Sentei-me ao lado de seu leito, segurei sua mão e conversei com ela. Por um tempo, tive a ilusão de que era eu quem a reconfortava, até o momento em que ela virou a cabeça e me fitou com os olhos turvos, porém profundamente observadores, e ficou evidente que a verdade era bem o contrário.

Houve ocasiões, na noite passada, em que olhei pela janela e flagrei Arno no pátio abaixo, e invejei a capacidade que ele tem de desligar-se do sofrimento que acontece a poucos metros dele. Arno sabe que ela está doente, é claro, mas doenças devastadoras são lugar comum, a morte junto ao médico é rotineira, mesmo aqui em Versalhes. E ele não é um De la Serre. É nosso tutelado, portanto não fica a par de nossos segredos mais íntimos e sombrios, nem de nossa angústia particular. Além disso, ele mal conheceu qualquer outra circunstância durante a maior parte de seu tempo aqui. Para Arno, minha mãe é uma figura longínqua tratada nos andares superiores do château; para ele, ela é definida puramente por sua doença.

Meu pai e eu, por outro lado, partilhamos nosso turbilhão por meio de olhares furtivos. Por ora, esforçamo-nos para demonstrar normalidade, nossa tristeza mitigada pelos dois anos de horrível diagnóstico. Nosso pesar é outro segredo oculto de nosso tutelado.

ii

Estamos nos aproximando do momento em que pesquei tudo. E ao pensar no primeiro incidente, na primeira vez em que realmente comecei a me questionar sobre meus pais, especificamente minha mãe, imagino-o como uma placa de sinalização na estrada que leva ao meu destino.

Aconteceu no convento. Eu tinha apenas 5 anos quando entrei ali pela primeira vez, e minhas lembranças do lugar estão longe de serem claras. Apenas impressões, na verdade: longas fileiras de camas; uma lembrança nítida mas ligeiramente desconexa de olhar por uma janela coroada de geada e de ver a copa das árvores erguendo-se acima de margens ondulantes de neblina, e... a madre superiora.

Recurvada e amargurada, a madre superiora era conhecida por sua crueldade. Vagava pelos corredores do convento com sua vara nas palmas como se a apresentasse em um banquete. Em sua sala, a vara ficava sobre a mesa. Na época falávamos em ser a "sua vez", e por um tempo fora a minha, quando ela detestava meus esforços para ser feliz, invejava o fato de eu ser de riso fácil, sempre atribuindo malícia a meu sorriso feliz. A vara, dizia ela, arrancaria aquele sorrisinho malicioso do meu rosto.

A madre superiora tinha razão. Arrancou mesmo. Por um tempo.

E então, um dia, meus pais chegaram para ver a madre superiora, não sei por que motivo, e fui chamada à sala a pedido deles. Ali encontrei meus pais virados em suas cadeiras para me receber, a madre superiora de pé atrás de sua mesa, com a habitual expressão de desdém indisfarçado no rosto, uma franca avaliação de meus muitos defeitos acabando de secar em seus lábios.

Se apenas minha mãe tivesse ido me ver, eu não teria sido tão formal. Teria corrido a ela e esperado poder me enfiar entre as dobras de seu vestido, adentrando outro mundo, longe daquele lugar horrível. Mas eram os dois, e meu pai era meu rei. Era ele quem ditava a que cortesias obedeceríamos; para começar, fora ele quem insistira para que eu fosse colocada no convento. Assim, aproximei-me, fiz uma mesura e esperei que se dirigissem a mim.

Minha mãe puxou minha mão. Como conseguira notar o que havia ali, nem imagino, pois estava junto ao meu corpo, mas de algum modo ela teve vislumbres das marcas deixadas pela vara.

— O que é isto? — Ela exigiu saber da madre superiora, estendendo minha mão a ela.

Eu nunca tinha visto a madre superiora com uma aparência aquém de composta. Mas ali a vi empalidecer. Num instante, minha mãe deixou de ser decorosa e cortês, justamente o que se esperava de uma convidada da madre superiora, e tornou-se um instrumento de fúria potencial. Todos nós sentimos isto. Sobretudo a madre superiora.

Ela titubeou um pouco.

— Conforme eu dizia, Élise é uma menina voluntariosa e perturbadora da ordem.

— E por isso ela é espancada? — perguntou incisivamente minha mãe, a raiva crescendo.

A madre superiora endireitou os ombros.

— De que outra forma espera que eu mantenha a ordem?

Minha mãe agarrou a vara.

— Espero que seja *capaz* de manter a ordem. Crê que isto torne a senhora forte? — Ela bateu a vara na mesa. A madre superiora deu um salto e engoliu em seco, e seus olhos dispararam para meu pai, que vigiava com uma expressão estranha e indecifrável, como se tais acontecimentos não exigissem sua participação. — Ora, a senhora está redondamente enganada — acrescentou mamãe —, isto a torna fraca.

Ela se levantou, olhando furiosamente a madre superiora, e a fez se sobressaltar de novo quando bateu a vara na mesa pela segunda vez. Depois pegou minha mão.

— Vamos, Élise.

Partimos, e deste momento em diante passei a ter tutores para me ensinar as lições escolares.

De uma coisa eu sabia quando fomos intempestivamente do convento à nossa carruagem e seguimos em uma viagem silenciosa para casa. Como meus pais se eriçavam por coisas não ditas, eu sabia que as damas não se comportavam como minha mãe acabara de fazer. Não as damas normais.

Mais uma pista. Isso aconteceu mais ou menos um ano depois, numa festa de aniversário de uma filha mimada em um château vizinho. Outras meninas da minha idade brincavam com bonecas, ajeitando-as para que tomassem chá, apenas um chá para bonecas, onde não havia chá ou bolo de verdade, só garotinhas fingindo dar chá e bolo a bonecas, o que para mim, mesmo então, parecia uma estupidez.

Não longe dali, os meninos brincavam com soldadinhos de brinquedo, e assim levantei-me para me juntar a eles, alheia ao silêncio de choque que caiu sobre o grupo.

Minha ama-seca, Ruth, arrastou-me para longe.

— Brinque com as bonecas, Élise — disse ela, firme, porém tensa, os olhos me fuzilando enquanto ela se encolhia sob o olhar reprovador de outras amas-secas. Obedeci, arriando nos quadris e fingindo interesse no chá com bolo de mentirinha. Com a interrupção constrangedora encerrada, o gramado voltou ao estado natural: meninos brincando com soldados, meninas com bonecas, amas-secas observando a ambos, e não muito longe dali o riso das mães, damas bem-nascidas que fofocavam em cadeiras de ferro fundido.

Olhei as damas falando da vida alheia e as enxerguei com os olhos de minha mãe. E então, o meu próprio destino, de menina no gramado a dama fofoqueira, e com um ímpeto de certeza absoluta percebi que não queria aquilo. Ser como aquelas mães. Queria ser como a minha, que pediu licença do falatório de intrigas e agora estava ao longe, sozinha, à beira da água, com a individualidade óbvia para quem quisesse ver.

iii

Recebi um bilhete do Sr. Weatherall. Escrevendo em inglês, sua língua de origem, ele diz desejar ver minha mãe e pede que eu o encontre na biblioteca à meia-noite, para que eu o acompanhe ao quarto dela. Insiste que eu não conte a meu pai.

Mais um segredo que devo guardar. Às vezes parece que sou uma daquelas pobres coitadas que vemos em Paris, recurvada sob o peso de expectativas postas sobre mim.

Tenho apenas 10 anos.

11 de abril de 1778

i

À meia-noite, coloquei um vestido, peguei uma vela e, em silêncio, desci a escada para a biblioteca, onde aguardei pelo Sr. Weatherall.

Ele entrou sozinho no château, movimentando-se como um mistério, sem perturbar os cães, e quando adentrou a biblioteca foi com tal discrição que mal ouvi a porta se abrir e fechar. Atravessou o piso em poucas passadas, tirou a peruca — a coisa maldita, ele a detestava — e me agarrou pelos ombros.

— Dizem que ela está definhando rapidamente — disse ele, e ansiava que fossem boatos.

— Sim — falei-lhe, baixando o olhar.

Ele fechou os olhos e, embora não fosse nada velho — tinha seus quarenta e poucos, assim como meus pais —, os anos marcavam seu rosto.

"O Sr. Weatherall e eu já fomos muito próximos", dissera minha mãe. Ela sorrira ao falar isso. Imagino que tenha ruborizado.

ii

Fazia um frio congelante naquele dia de fevereiro, quando conheci o Sr. Weatherall. Aquele foi o primeiro dentre os invernos verdadeiramente cruéis, mas enquanto em Paris o rio Sena transbordava e congelava e os indigentes morriam nas ruas, as coisas eram muito diferentes em Versalhes. Quando acordávamos, os criados já haviam acendido o fogo que crepitava nas lareiras, comíamos o desjejum fumegante e nos agasalhávamos em peles quentes, nossas mãos aquecidas por regalos enquanto fazíamos nossas caminhadas durante a manhã e a tarde pelos jardins.

Naquele dia em particular, o sol brilhava, embora de nada adiantasse para compensar o frio de arrepiar os ossos. Uma crosta de gelo faiscava lindamente sobre uma grossa camada de neve, e era tão dura que Scratch, nosso lébrel irlandês, conseguia andar nela sem que as patas afundassem. Ele deu alguns passos hesitantes e, ao perceber a boa sorte, soltou um latido alegre e disparou à frente, enquanto minha mãe e eu atravessávamos o jardim e nos dirigíamos às árvores no perímetro do gramado sul.

Segurando a mão dela, olhei para trás enquanto andávamos. De longe, nosso château brilhava no reflexo do sol e da neve, as janelas cintilando, e então, ao sairmos do sol e seguirmos por entre as árvores, ele tornou-se indistinto, como se rabiscado com lápis. Distanciamo-nos mais do que o de costume, percebi. Havíamos saído do alcance de seu abrigo.

— Não fique assustada se vir um cavalheiro nas sombras — disse minha mãe, curvando-se um pouco para mim. Sua voz era baixa. Apertei-lhe um pouco mais a mão ao me dar conta de tal ideia e ela riu. — Nossa presença aqui não é coincidência.

Eu tinha então 6 anos e nem imaginava que o encontro entre uma dama e um cavalheiro em tais circunstâncias podia ter "repercussões". Até onde eu compreendia, era só minha mãe encontrando-se com um homem, e aquilo não era mais significativo do que uma conversa entre ela e Emanuel, nosso jardineiro, ou do que seus dias com Jean, nosso cocheiro.

O gelo confere quietude ao mundo. No bosque, estava ainda mais silencioso do que no gramado coberto de neve, e fomos arrebatadas por uma tranquilidade absoluta ao tomarmos o caminho estreito para o interior da mata.

— O Sr. Weatherall gosta de brincar — disse minha mãe, a voz aos sussurros, fazendo jus à paz. — Pode querer nos surpreender e devemos sempre estar cientes de surpresas reservadas a nós. Levamos em conta nosso entorno e calculamos as expectativas de acordo com isso. Está vendo rastros?

A neve em volta de nós estava intocada.

— Não, mamãe.

— Ótimo. Então podemos ter certeza do nosso raio. Agora, onde um homem poderia se esconder, em tais condições?

— Atrás de uma árvore?

— Muito bem, muito bem... Mas que tal aqui? — Ela apontou para o alto e estiquei o pescoço para ver o dossel de galhos, o gelo cintilando em fragmentos de sol.

— Observe tudo, sempre. — Minha mãe sorriu. — Use seus olhos para enxergar, e se possível não incline a cabeça. Não mostre aos outros para onde está dirigindo sua atenção. Na vida, você terá adversários, e estes buscarão em você pistas de suas intenções. Mantenha-se em vantagem fazendo-os conjecturar.

— Nosso visitante estará no alto de uma árvore, mamãe? — perguntei. Ela riu.

— Não. Na realidade, já o vi. Você o vê, Élise?

Paramos. Mirei as árvores à nossa frente.

— Não, mamãe.

— Apareça, Freddie — chamou minha mãe e, dito e feito, a alguns metros adiante, um homem de barba grisalha saiu de trás de uma árvore, tirou rapidamente o tricorne da cabeça e nos fez uma mesura exagerada.

Os homens de Versalhes têm um determinado estilo. Olham de cima a todos que diferem deles. Têm o que eu considerava "sorrisos de Versalhes", suspensos entre a ironia e o tédio, como se estivessem constantemente prestes a soltar um gracejo espirituoso pelo qual, ao que parecia, todos os homens da corte eram julgados.

Este não era um homem de Versalhes, a barba por si só já me dizia isso. E embora sorrisse, não era um sorriso de Versalhes; era suave porém sério, o rosto de um homem que pensava antes de falar e que imprimia significado às suas palavras.

— Você deixou uma sombra, Freddie. — Minha mãe sorriu enquanto ele se aproximava, beijando a mão estendida dela e fazendo o mesmo comigo, com uma nova reverência.

— Uma sombra? — disse ele, e a voz saiu calorosa e meio rosnada, sem civilidade, a voz de um marinheiro ou soldado. — Ah, maldição, devo estar perdendo o jeito.

— Espero que não, Freddie. — Minha mãe riu. — Élise, este é o Sr. Weatherall, um inglês. Associado meu. Freddie, minha filha, Élise.

Um associado? Como os Corvos? Não, ele não era nada parecido com eles. Em vez de me olhar feio, segurou minha mão, curvou-se e a beijou.

— Encantado, mademoiselle — disse com a voz rouca, seu sotaque estropiando a palavra "mademoiselle" de um jeito que não pude deixar de julgar encantador.

Minha mãe me encarou com uma expressão séria.

— O Sr. Weatherall é nosso confidente e protetor, Élise. Um homem com quem você pode sempre contar quando precisar de ajuda.

Olhei-a com certo sobressalto.

— Mas e papai?

— Papai nos ama encarecidamente e dará a vida por nós de bom grado, mas homens tão importantes como seu pai precisam ser protegidos de suas responsabilidades domésticas. Por isso temos o Sr. Weatherall, Élise... Para que seu pai não seja incomodado com questões relacionadas às mulheres da vida dele. — Uma expressão ainda mais sugestiva invadiu os olhos dela. — Seu pai não precisa ser incomodado, Élise, compreendeu?

— Sim, mamãe.

O Sr. Weatherall assentia.

— Estou aqui para servi-la, mademoiselle — disse-me ele.

— Obrigada, monsieur. — Fiz uma reverência.

Scratch apareceu, cumprimentando animadamente o Sr. Weatherall, os dois evidentemente velhos amigos.

— Podemos conversar, Julie? — perguntou o protetor, recolocando o tricorne e indicando que os dois podiam caminhar juntos.

Fiquei alguns passos atrás, ouvindo breves fragmentos desconjuntados da conversa aos sussurros. Ouvi "Grão-Mestre" e "Rei", mas eram apenas palavras, do tipo que eu costumava ouvir atrás das portas do château. Apenas muitos anos depois deste episódio elas assumiram uma ressonância muito maior.

E então aconteceu.

Fazendo um retrospecto, não consigo me lembrar da sequência dos acontecimentos. Lembro-me de ver minha mãe e o Sr. Weatherall tensos enquanto Scratch se eriçava e rosnava. Em seguida, minha mãe girou o corpo. Meu olhar acompanhou os olhos dela e então eu vi: um lobo parado na mata, à minha esquerda, um lobo preto e cinzento, completamente imóvel entre as árvores, fitando-me com olhos famintos.

Algo surgiu de dentro do regalo de minha mãe, uma lâmina prateada, e em duas passadas rápidas ela atravessou e veio a mim, segurou-me no ar e me colocou atrás de si, de modo que me agarrei a suas saias enquanto ela encarava o lobo, com a lâmina estendida.

Do outro lado, o Sr. Weatherall segurava Scratch, que se retesava, rosnando, os pelos da nuca arrepiados, e notei que a outra mão alcançava a guarda de uma espada que pendia na lateral do quadril.

— Espere — ordenou minha mãe. A mão erguida deteve o Sr. Weatherall de pronto. — Não creio que este lobo vá atacar.

— Não estou tão certo disso, Julie — alertou o Sr. Weatherall —, este aí é um lobo que parece excepcionalmente faminto.

O lobo encarava minha mãe. Ela olhou para trás, falando conosco ao mesmo tempo.

— Não há nada para ele comer nas colinas; foi o desespero que o trouxe aos jardins. Mas creio que este lobo sabe que, se nos atacar, fará de nós seus inimigos. É muito melhor para ele se retirar, diante da força implacável, e procurar alimento em outro local.

O Sr. Weatherall soltou uma risada curta.

— Por que estou sentindo ter uma parábola no ar nisso aí?

— Porque, Freddie — minha mãe sorriu —, há uma parábola aqui.

O lobo olhou fixamente por mais alguns instantes, sempre concentrado em minha mãe, então virou-se e trotou lentamente para longe. Vimos desaparecer por entre as árvores, e minha mãe relaxou a postura, a lâmina recolhida de volta ao abafador.

Olhei para o Sr. Weatherall, o casaco já estava abotoado outra vez e não havia sinal da espada.

E fiquei um passo mais perto daquele tal pescar algo.

iii

Levei o Sr. Weatherall ao quarto da minha mãe, e ele me pediu para vê-la a sós, garantindo-me que encontraria a saída sozinho. Curiosa, espiei pelo buraco da fechadura e o vi sentar-se ao lado dela, pegar sua mão e baixar a cabeça. Instantes depois, pensei ouvi-lo chorar.

12 de abril de 1778

i

Olho pela minha janela e lembro-me do último verão, quando em momentos de brincadeiras com Arno, livrei-me de minhas angústias e desfrutei de dias de júbilo, sendo mais uma vez uma garotinha, correndo com ele pelo labirinto de sebe nos jardins do palácio, disputando a sobremesa, pouco sabendo que a trégua das preocupações seria tão temporária.

Toda manhã, eu cravava as unhas nas palmas das mãos e dizia, "Ela está acordada?" e Ruth, sabendo que na verdade eu queria dizer "Ela está viva?", garantia-me que mamãe havia sobrevivido à noite.

Mas não por muito tempo.

ii

E então. O momento em que pesquei tudo. Aproximava-se. Mas, primeiro, mais uma pista.

Os Carroll chegaram na primavera do ano em que conheci o Sr. Weatherall. E que linda primavera foi. A neve derretera-se e revelara tapetes exuberantes de grama perfeitamente aparada, devolvendo a Versalhes o seu estado natural de perfeição imaculada. Cercados pela topiaria perfeita de nossos jardins, mal ouvíamos o zumbido da cidade, enquanto à nossa direita, ao longe, os declives do palácio eram visíveis, largos degraus de pedra que levavam às colunas de sua fachada imensa. O esplendor perfeito para se entreter os Carroll de Mayfair, da cidade inglesa de Londres. O Sr. Carroll e meu pai passavam horas na sala de estar, aparentemente imersos em conversas, e de vez em quando eram visitados pelos Corvos, ao passo que minha mãe e eu tínhamos a tarefa de entreter a Sra. Carroll e sua filha May, que não perdeu tempo em contar-me que tinha 10 anos, afinal eu só tinha 6 e tal diferença a tornava muito melhor do que eu

Convidamos as duas para uma caminhada e nos agasalhamos contra o leve frio da manhã que logo seria aquecido pelo sol: mamãe e eu, Sra. Carroll e May.

Minha mãe e a Sra. Carroll andavam alguns passos adiante; minha mãe, percebi, usava seu regalo, aquele tal rolo de pele que aquecia nossas mãos, e fiquei imaginando se a lâmina estaria escondida ali. Tive de perguntar a respeito disso, naturalmente, depois do incidente com o lobo.

— Mamãe, por que você guarda uma faca em seu regalo?

— Ora, Élise, para a ameaça de ataques de lobos, evidentemente. — E com um sorriso irônico, acrescentou: — Lobos das variedades de quatro patas e de duas pernas. De qualquer modo, a lâmina ajuda a manter o formato do regalo.

Mas então, conforme rapidamente vinha se tornando costume, ela me fez prometer guardar aquilo como uma de nossas *vérités cachées*. O Sr. Weatherall era uma *vérité cachée*. Significava que quando o Sr. Weatherall me desse uma aula de espada, também teria se tornado uma *vérité cachée*.

Em outras palavras, um segredo.

May e eu mantínhamos uma distância educada de nossas mães. A bainha de nossas saias roçava na grama, e assim de longe parecia que deslizávamos pelo terreno, quatro damas em um transporte perfeito.

— Quantos anos você tem, fedelha? — cochichou-me May, embora eu já tivesse dito, ela já determinara nossas idades. Duas vezes.

— Não me chame de fedelha — retruquei com afetação.

— Desculpe-me, fedelha, mas me diga novamente quantos anos tem.

— Tenho seis — respondi.

Ela soltou uma gargalhada do tipo seis-anos-é-uma-idade-horrorosa, como se ela própria nunca a tivesse tido.

— Bem, eu tenho dez — disse com arrogância. (E, como aparte, May Carroll dizia tudo "com arrogância". Na verdade, a não ser que eu diga o contrário, simplesmente presuma que ela tenha falado com arrogância.)

— Sei que tem dez anos — sibilei, imaginando-me ingenuamente estendendo o pé para fazê-la se esborrachar no cascalho do caminho.

— É só para que você não se esqueça — disse ela, e imaginei os pedacinhos de cascalho grudando-se em seu rosto choroso enquanto ela se levantava do chão. Como foi mesmo que o Sr. Weatherall me falou? Quanto maior você é, mais dura a queda.

(E agora que cheguei aos dez anos, pergunto-me, serei eu arrogante como May? Terei aquele tom de zombaria quando falo com os mais jovens ou de status inferior a mim? Segundo o Sr. Weatherall, sou confiante demais, o que suponho ser um jeito gentil de se dizer "arrogante", e talvez por isso May e eu tenhamos enfrentado nossos atritos, porque no fundo éramos muito parecidas.)

Ao darmos nossa volta pelos jardins, as palavras pronunciadas pelas damas à frente chegaram aos nossos ouvidos, a Sra. Carroll dizendo, "Evidentemente temos preocupações com a direção que sua Ordem parece querer tomar".

— Vocês têm *preocupações*? — disse minha mãe.

— Decerto. Preocupações com as intenções dos associados de seu marido. E, conforme ambas já sabemos, é nosso dever garantir que nossos maridos ajam corretamente. Quem sabe, se não se importa que eu diga, seu marido não esteja dando a determinadas facções licença para ditar suas políticas?

— Sem dúvida, há integrantes de alto escalão que preferem, devemos dizer, medidas mais *extremas* com respeito à mudança na velha ordem.

— Isto nos preocupa na Inglaterra.

Minha mãe riu.

— Naturalmente. Na Inglaterra, vocês se recusam a aceitar qualquer tipo de mudança.

A Sra. Carroll se empertigou.

— De modo algum. Sua interpretação de nosso caráter nacional carece de sutilezas. Mas começo a desconfiar de onde estão suas lealdades, Madame de la Serre. A senhora mesma roga por mudanças?

— Se as mudanças forem para melhor.
— Assim, preciso informar que suas lealdades estão com os conselheiros de seu marido? Minha missão terá sido em vão?
— Nem tanto, senhora. É reconfortante saber que desfruto do apoio de meus colegas ingleses na oposição a medidas drásticas. Mas não posso alegar partilhar seu objetivo final. Embora seja verdade que existam forças pressionando pelo golpe violento; e embora seja verdade que meu marido acredite na monarquia por direito divino, que os ideais dele para o futuro não incluam mudança alguma, eu mesma trilho o caminho do meio. Uma terceira via, se preferir. Talvez não a surpreenda saber que considero minha ideologia a mais moderada das três.

Elas deram mais alguns passos e a Sra. Carroll assentiu, pensando.

Cortando o silêncio, minha mãe falou:

— Lamento se a senhora não sente que nossos objetivos estejam em consonância, Sra. Carroll. Minhas desculpas se isto faz de mim uma confidente um tanto duvidosa.

A outra mulher concordou com um meneio de cabeça.

— Entendo. Bem, em seu lugar, Madame de la Serre, eu usaria minha influência para com os dois lados a fim de propor seu caminho do meio.

— Não gostaria de me manifestar nesta questão, mas esteja certa de que sua viagem não foi em vão. Meu respeito pela senhora e seu ramo da Ordem permanece firme, e espero que seja recíproco. De minha parte, pode confiar em duas coisas: primeiramente, que obedecerei a meus princípios; e em segundo lugar, que não permitirei que meu marido seja controlado pelos conselheiros.

— Assim a senhora me dá o que desejo.
— Muito bem. Espero que seja de algum consolo.

Atrás, May inclinou a cabeça para mim.

— Seus pais já lhe falaram de seu destino?
— Não. O que quer dizer com "destino"?

Ela pôs a mão na boca, fingindo ter falado demais.

— Eles falarão, talvez, quando você fizer dez anos. Como fizeram comigo. Quantos anos tem, aliás?

— Tenho seis — respondi, depois de ter suspirado.

— Bem, talvez eles lhe digam quando você fizer dez, como fizeram comigo.

No fim, é claro, meus pais foram obrigados a uma atitude prematura, e tiveram de falar de meu "destino" muito antes, porque dois anos depois, no outono de 1775, quando eu acabara de completar 8 anos, minha mãe e eu saímos para comprar calçados.

iii

Assim como o *château* em Versalhes, tínhamos um château de bom tamanho na cidade e, sempre que estávamos lá, minha mãe gostava de fazer compras.

Como já contei, embora ela desdenhasse da maioria das modas, detestando leques e perucas, conformando-se ao mínimo de exibicionismo quando se tratava de seus vestidos, havia algo no qual ela era exigente.

Sapatos. Ela adorava sapatos. Comprava pares de sapatos de seda na Christian, em Paris, aonde íamos com a pontualidade de um relógio, uma vez a cada duas semanas, porque era sua única extravagância, dizia ela, e minha também, pois sempre saíamos com um par de sapatos para mim e outro para ela.

A Christian localizava-se em uma das ruas mais salubres de Paris, longe de nosso château na Île Saint-Louis. Ainda assim, tudo é relativo e eu me via prendendo a respiração enquanto nos ajudavam a sair do interior confortável e do cheiro fragrante de nossa carruagem, e pisávamos na rua barulhenta e agitada, tomada pelo som de berros, cascos de cavalos e pelo constante retumbar das rodas de carruagem. O som de Paris.

Acima de nós, mulheres se inclinavam de braços cruzados nas janelas e observavam o mundo passar. Ladeando a rua, havia barracas que vendiam frutas e tecidos, carrinhos de mão guarnecidos com pilhas altas de produtos e manejados por homens e mulheres de avental que imediatamente nos chamavam aos gritos.

— Madame! Mademoiselle!

Meu olhar foi atraído para as sombras, à beira da rua, onde vi rostos pálidos na penumbra e imaginei ter visto fome e desespero naqueles olhos que nos observavam com reprovação e avidez.

— Venha comigo, Élise — pediu minha mãe, e segurei as saias, como ela fazia, andando cautelosamente pela lama e excremento sob nossos pés, daí fomos conduzidas à Christian pelo proprietário.

A porta bateu às nossas costas, o mundo exterior ignorado. Um ajudante de loja se ocupou de nossos pés com um pano e em instantes era como se nunca tivéssemos feito aquela travessia perigosa, aquela curta distância entre nossa carruagem e a porta de uma das lojas de calçados mais exclusivas de Paris.

Christian usava uma peruca branca amarrada atrás por uma fita preta, além de sobrecasaca e calções brancos. Era a perfeita aproximação de alguém entre o nobre e o lacaio, que era como ele se via na pirâmide social. Ele gostava de dizer que estava em seu poder fazer as mulheres se sentirem bonitas, que este era o maior poder que um homem possuía. Entretanto, para ele, minha mãe ainda era um enigma, como se fosse a única cliente sobre a qual seu poder não tivesse efeito. De fato não tinha mesmo e eu sabia por quê. Era porque outras mulheres simplesmente viam os sapatos como tributos à própria vaidade, enquanto mamãe os adorava como objetos de beleza.

Christian, porém, ainda não havia chegado a esta conclusão e, assim, todas as visitas eram marcadas pelas gafes dele.

— Veja, madame — disse ele, apresentando-lhe um par de chinelos enfeitados com uma fivela —, toda dama que passa por esta porta fica de joelhos bambos à mera visão desta nova criação primorosa, entretanto só Madame de la Serre tem os tornozelos belos o suficiente para lhes fazer justiça.

— Frívolos demais, Christian. — Minha mãe sorriu e, com um gesto imperioso, apontou outras prateleiras. Lancei os olhos para o ajudante da loja, que retribuiu meu olhar com uma expressão indecifrável, então prossegui.

Ela escolhia rapidamente. Tomava suas decisões com uma certeza que sempre assombrava Christian. Eu, sua companhia constante, notava a diferença nela enquanto escolhia seus sapatos. Uma leveza. Um sorriso que ela abria em minha direção enquanto calçava outro sapato e admirava os lindos tornozelos no espelho juntamente a um arfar e à tagarelice de Christian — cada calçado uma obra de arte refinada em progresso, e o pé de minha mãe era o arabesco final.

Escolhemos nossos pares, minha mãe tomou as providências para o pagamento e a entrega e então saímos, Christian ajudando-nos a chegar à rua, onde...

Não havia sinal de Jean, nosso cocheiro. Nenhum sinal de nossa carruagem.

— Madame? — disse Christian, o rosto vincado de preocupação. Senti minha mãe enrijecer, notei que empinava o queixo enquanto seus olhos percorriam a rua.

— Não há com que se preocupar, Christian — garantiu-lhe ela num tom jovial —, nossa carruagem está um pouco atrasada, só isso. Desfrutaremos da vista e dos sons de Paris enquanto aguardamos aqui por sua volta.

Começava a escurecer e havia um friozinho no ar, o qual ficou mais intenso com o início da neblina do entardecer.

— Isto está fora de cogitação, madame, não podem esperar na rua — disse um Christian perplexo.

Ela o olhou com um meio sorriso.

— Para proteger minha suscetibilidade, Christian?

— É perigoso. — protestou ele, e se curvou para sussurrar, o rosto distorcido numa expressão um tanto enojada: — *E o povo.*

— Sim, Christian — disse ela, como se o deixando saber de um segredo —, é apenas o povo. Agora, por favor, volte para dentro. Sua próxima cliente valoriza o atendimento exclusivo com o vendedor de calçados mais atencioso de Paris tanto quanto eu, e sem dúvida a irritaria ter de partilhar seu tempo com duas extraviadas que aguardam o cocheiro negligente.

Conhecendo minha mãe como uma mulher que raras vezes mudava de ideia e sabendo que tinha razão a respeito da cliente seguinte, Christian, curvando-se em concordância, deu-nos um *au revoir* e voltou à loja, deixando-nos a sós na rua, onde os carrinhos de mão já estavam sendo retirados e as pessoas se dissipavam em formas ambulantes na neblina turva.

Segurei a mão de minha mãe.

— Mamãe?

— Não se preocupe, Élise. — Ela empinou o queixo. — Alugaremos uma carruagem para nos levar a Versalhes.

— Não ao château aqui em Paris, mamãe?

— Não — disse ela, pensando, mordendo sutilmente o lábio —, creio preferir que retornemos a Versalhes.

Ela estava tensa e atenta quando começou a nos guiar pela rua, deslocadas em nossas saias compridas e gorros. Pegou um espelho compacto na bolsa para verificar o blush e paramos para olhar a vitrine de uma loja. Mesmo ao andarmos, ela aproveitava a oportunidade para me ensinar.

— Sua expressão deve ser impassível, Élise. Não demonstre seus verdadeiros sentimentos, em especial se estiver nervosa. Não aparente ter pressa. Mantenha seu exterior calmo. Mantenha o controle.

A multidão agora diminuía.

— Há carruagens para aluguel na praça e chegaremos lá em alguns instantes. Primeiro, porém, tenho algo a lhe dizer. Quando eu lhe falar, você não deve reagir, não deve virar a cabeça. Compreendeu?

— Sim, mamãe.

— Muito bem. Estamos sendo seguidas. Ele vem nos seguindo desde que saímos da loja de Christian. Um homem de capa e cartola de feltro.

— Por quê? Por que o homem nos segue?

— Ora essa, Élise, esta é uma ótima pergunta e é algo que pretendo descobrir. Apenas continue andando.

Paramos para olhar outra vitrine.

— Acredito que nossa sombra tenha desaparecido — disse ela com cuidado.

— Então isso é bom — respondi, com toda a ingenuidade de meu ser despreocupado de 8 anos.

Havia preocupação no rosto dela.

— Não, minha querida, isso não é bom. Prefiro que ele esteja onde eu possa vê-lo. Agora terei de me perguntar se ele realmente se foi ou, como parece mais provável, apressou-se à nossa frente para nos interceptar antes de chegarmos à praça. Ele estará esperando que tomemos a rua principal. Nós o enganaremos, Élise, escolhendo outra rota.

Pegando minha mão, ela nos tirou da rua, primeiro entrando em uma via mais estreita, em seguida em uma longa viela escura, exceto por uma lamparina acesa em cada extremidade.

Estávamos no meio do caminho quando a figura saiu da neblina, se pondo diante de nós. A névoa perturbada ondulou pelas paredes escorregadias dos dois lados da viela estreita. E percebi que minha mãe tinha cometido um erro.

iv

Ele tinha o rosto fino emoldurado por um esguicho do cabelo branco quase imaculado, parecia um médico um tanto dândi, porém maltrapilho, com a capa preta e longa e a cartola desgastada, os babados da camisa se derramando pela gola.

Portava uma maleta de médico que colocou no chão e abriu usando apenas uma das mãos, tudo isso sem desviar os olhos de nós, aí pegou algo dentro dela, algo longo e curvo.

Depois sorriu e sacou a adaga de sua bainha, e ela brilhou malignamente no escuro.

— Fique perto de mim, Élise — cochichou minha mãe —, vai ficar tudo bem.

Acreditei nela porque eu era uma menina de 8 anos e naturalmente acreditava em minha mãe. Mas também porque, tendo-a visto com o lobo, eu tinha bons motivos para acreditar.

Mesmo assim, o medo roía minhas entranhas.

— O que deseja, monsieur? — perguntou ela tranquilamente.

Ele não respondeu.

— Muito bem. Então voltaremos ao lugar de onde viemos — disse minha mãe em voz alta, pegando minha mão, prestes a partir.

Na entrada da viela, uma sombra bruxuleou e uma segunda figura apareceu sob o brilho alaranjado da lamparina. Era um acendedor de lampiões; sabíamos por causa do bastão que carregava. Mesmo assim, minha mãe parou.

— Monsieur — chamou ela para o acendedor cautelosamente —, posso lhe pedir para afastar este cavalheiro que nos incomoda?

O acendedor não disse nada, indo em vez disso até onde a lâmpada ardia e erguendo seu bastão. Minha mãe começou a falar, "Monsieur..." e me perguntei por que o homem tentava acender uma lamparina que já estava acesa, então percebi, tarde demais, que o bastão possuía um gancho na extremidade — o gancho que usavam para apagar a chama em seu interior.

— Monsieur...

A entrada mergulhou na escuridão. Nós ouvimos o sujeito deixar o bastão cair com um estrondo e, à medida que nossos olhos se adaptavam, vi que ele enfiava a mão no casaco para tirar alguma coisa. Outra adaga. Agora ele também se aproximava, um passo.

A cabeça de minha mãe girava do acendedor ao médico.

— O que deseja, monsieur? — perguntou ela ao médico.

Em resposta, o médico exibiu o outro braço. Com um ruído metálico, uma segunda lâmina surgiu de seu punho.

— Assassino — disse ela com um sorriso enquanto ele se aproximava.

O acendedor também estava próximo agora — o suficiente para vermos a severidade na boca dos homem e os olhos semicerrados. Minha mãe virou a cabeça para o outro lado e viu o médico, com as duas lâminas junto às laterais do corpo. Ele ainda sorria. Estava desfrutando — ou tentando passar a impressão de estar se deleitando com aquilo tudo.

Fosse como fosse, minha mãe se revelou tão imune à maldade dele como aos encantos de Christian, e o movimento seguinte dela foi gracioso como um passo de dança. Seus calcanhares estalaram na pedra quando ela estendeu um pé, abaixou-se e sacou uma faca de bota, tudo num piscar de olhos.

Num segundo éramos uma mulher e a filha indefesas apanhadas em uma viela escura, no seguinte, não: éramos uma mulher brandindo uma faca para proteger a filha. Uma mulher que, pelo modo como puxara a arma e agora se postava, sabia exatamente o que fazer com a faca.

Os olhos do médico vacilaram. O acendedor se deteve. Ambos pararam para pensar.

Ela segurava a faca na mão direita e eu sabia que havia algo errado porque minha mãe era canhota, e oferecia seu ombro ao médico.

O médico avançou. Ao mesmo tempo, minha mãe passou a faca da mão direita para a esquerda, sua saia se empoçou quando ela se abaixou e, com a mão direita estendida para garantir equilíbrio, golpeou a fronte do médico utilizando a mão esquerda, e a sobrecasaca dele se abriu como se cortada por um alfaiate, o tecido instantaneamente ficando ensopado de sangue.

Ele foi cortado, mas não gravemente ferido. Então arregalou os olhos e arremeteu, evidentemente chocado com a habilidade do ataque de minha mãe. Apesar de toda sua atitude sinistra, ele parecia assustado e, em meio ao meu próprio medo, senti outra coisa: orgulho e assombro. Jamais me sentira tão protegida.

Ainda assim, embora ele tivesse vacilado, permaneceu de pé, e, quando seus olhos se dirigiram para trás de nós, minha mãe girou tarde demais para impedir que o acendedor me agarrasse por trás, com um braço sufocante em meu pescoço.

— Largue a faca, ou... — começou a dizer o acendedor.

Mas não terminou a frase porque, meio segundo depois, estava morto.

A velocidade dela o pegou de surpresa — não só a velocidade com que agiu, mas de sua decisão; se ela permitisse que o acendedor me tomasse como refém, então tudo estaria perdido. E isto lhe deu vantagem quando ela girou para o acendedor, encontrando o espaço entre meu corpo e o dele, erguendo o cotovelo e, com um grito, esfaqueando o pescoço do homem.

Ele emitiu um som, algo parecido com *boac*, e senti seu braço ceder, depois vi o lampejo de uma lâmina enquanto minha mãe aproveitava a vantagem e impelia bem fundo a faca de bota na barriga do homem, empurrando-o contra a parede da viela e, com um leve grunhido de esforço, impulsionando a lâmina para cima, e em seguida afastando-se rapidamente enquanto a frente da camisa do homem escurecia com o sangue e se avolumava devido às entranhas derramadas, o homem escorregando ao chão.

Ela aprumou o corpo para enfrentar um segundo ataque do médico, mas só o que vimos foi a capa dele enquanto dava meia-volta e corria, abandonando a viela e fugindo para a rua.

Minha mãe segurou meu braço.

— Venha, Élise, antes que você suje os sapatos de sangue.

v

Havia sangue na capa de minha mãe. Tirando isso, não havia como saber que ela presenciara um combate recentemente.

Logo depois de chegarmos em casa, recados foram enviados e rapidamente os Corvos apareceram, agitados, com um grande estrépito de bengalas, esbaforidos e falando alto sobre punir "os responsáveis". Enquanto isso, a criadagem também estava em alvoroço, levando mãos aos pescoços e fofocando pelos cantos, e meu pai estava lívido. Notei que ele parecia compelido a continuar nos abraçando, segurando nós duas um pouco forte demais e por tempo demais, então afastando-se brevemente com os olhos cintilantes por causa das lágrimas.

Só minha mãe estava serena. Tinha o equilíbrio e a autoridade de quem se desempenhara bem. E com razão. Graças a ela, sobrevivemos ao ataque. Eu me perguntava: será que ela no fundo estava tão emocionada quanto eu?

Eu seria solicitada a dar minha versão dos acontecimentos, avisou-me ela na carruagem de aluguel a caminho de nosso château. Com respeito a isto, eu deveria seguir sua liderança, apoiar tudo o que ela falasse e não manifestar nada que a contradissesse.

E assim ouvi minha mãe contar suas versões da história, primeiro a Olivier, nosso mordomo-chefe, depois a meu pai quando este chegou, e por fim aos Corvos, quando entraram num repente. E embora as histórias dela adquirissem maiores detalhes ao decorrer da narrativa, respondendo a todas as perguntas que lhe disparavam, todas careciam de um detalhe muito importante. O médico.

— Não viu nenhuma lâmina oculta? — indagaram a ela.

— Não vi nada que identificasse meus agressores como Assassinos — respondeu ela —, sendo assim, não posso supor ter sido obra de Assassinos.

— Os ladrões comuns de rua não são tão organizados como este homem parece ter sido. Não pode considerar o sumiço de sua carruagem mera coincidência. Talvez Jean apareça embriagado, ou não. Talvez apareça morto. Não, madame, isto não tem nada que evidencie ser um crime oportunista. Foi um ataque premeditado contra a sua pessoa, um ato de agressão de nossos inimigos.

Olhos se voltavam para mim. Por fim fui solicitada a deixar a sala, o que fiz, encontrando um assento no corredor, ouvindo as vozes do cômodo que reverberavam pelo piso de mármore até meus ouvidos.

— Grão-Mestre, deve se dar conta de que isto foi obra dos Assassinos.

(Mas a meus ouvidos tinha sido obra de "assassinos", e assim sentei-me ali pensando, *é claro que foi obra de assassinos, seu estúpido. Ou "pretensos assassinos", pelo menos.*)

— Tal como minha esposa, preferiria não chegar a nenhuma falsa conclusão — respondeu meu pai.

— Entretanto, o senhor reforçou a guarda.

— Naturalmente, homem. Todo cuidado é pouco.

— Creio que no fundo o senhor sabe.

A voz de meu pai se elevou.

— E se eu souber? O que espera que eu faça?

— Ora, que tome uma atitude imediata, é claro.

— E seria esta atitude vingar a honra de minha esposa ou agir para destronar o rei?

— Qualquer uma das duas seria um recado a nossos adversários.

Mais tarde, chegou a notícia de que Jean fora encontrado com a garganta cortada. Senti frio, como se alguém tivesse aberto uma janela. Chorei. Não só por Jean, mas, vergonhosamente, também por mim. E observei e escutei enquanto o choque caía sobre todos da casa, e ouvi lágrimas do porão e as vozes dos Corvos novamente exaltadas, desta vez em desagravo.

Novamente foram silenciados por meu pai. Quando olhei pela janela, vi homens com mosquetes nos jardins. À nossa volta, todos estavam tensos. Meu pai veio me abraçar repetidas vezes — até que fiquei tão farta disso que comecei a me desvencilhar.

vi

— Élise, há algo que precisamos lhe contar.

Este é o momento que você esperava, caro leitor deste diário, quem quer você que seja — o momento em que finalmente pesquei tudo: quando enfim compreendi por que me pediram para guardar tantas *vérités cachées*; quando descobri por que os associados de meu pai o chamavam de Grão-Mestre; e quando percebi o que eles queriam dizer com Templários e que "assassino" na realidade significava "Assassino".

Eles me chamaram ao escritório do meu pai e pediram que as cadeiras fossem reunidas junto à lareira antes de solicitar aos criados que se retirassem. Meu pai permaneceu de pé, enquanto minha mãe sentou-se à frente, com as mãos nos joelhos, reconfortando-me com os olhos. Lembrei-me de certa vez em que fui espetada por uma farpa e minha mãe me abraçou e me reconfortou, aquietando meu choro enquanto meu pai segurava meu dedo e retirava a farpa.

— Élise — começou ele —, o que estamos prestes a dizer teria de esperar até seu décimo aniversário. Mas os acontecimentos de hoje sem dúvida suscitaram-nos muitas dúvidas e sua mãe acredita que você já esteja pronta para ouvir, assim... Cá estamos.

Olhei para ela, que segurou minha mão, banhando-me em um sorriso acalentador.

Meu pai pigarreou.

Era isso. Qualquer ideia turva que eu tivesse formado a respeito de meu futuro, estava prestes a mudar.

— Élise — disse ele —, um dia você se tornará a chefe francesa de uma Ordem internacional secreta que existe há séculos. Você, Élise de la Serre, será uma Grã-Mestre Templária.

— Grã-Mestre Templária? — repeti, olhando de meu pai para minha mãe.

— Sim.
— Da França?
— Sim, atualmente, este cargo é meu. Sua mãe também tem uma alta posição na Ordem. Os cavalheiros e Madame Levesque, que nos visitam, também são cavaleiros da Ordem e, como nós, estão comprometidos com a salvaguarda de seus dogmas.

Escutei, sem realmente compreender, mas perguntando-me por que eles passavam toda reunião trocando gritos se afinal estavam comprometidos com a mesma coisa.

— O que são os Templários? — perguntei, em vez disso.

Meu pai apontou para si e para minha mãe, depois estendeu a mão, incluindo a mim em seu círculo.

— Todos nós somos. Somos Templários. Comprometidos em fazer do mundo um lugar melhor.

Gostei de como aquilo soava. Gostei do som de "fazer do mundo um lugar melhor".

— Como vocês fazem isso?

Ele sorriu.

— Ah, ora, esta é uma ótima pergunta, Élise. Como em qualquer outra organização grandiosa e antiga, existem opiniões divergentes sobre como atingir melhor nossos fins. Há aqueles que pensam que devemos fazer frente violentamente aos que se opõem a nós. Outros, que acreditam em divulgar pacificamente nossa ideologia.

— E qual é ela, Papa?

Ele deu de ombros.

— Nosso lema é, "Que o pai da compreensão nos guie". Entenda bem, o que nós Templários sabemos é que apesar dos discursos em contrário, as pessoas não desejam a verdadeira liberdade e responsabilidade porque tais coisas são um fardo grande demais para suportar, e apenas os espíritos mais fortes conseguem fazê-lo.

"Acreditamos que as pessoas são boas, porém facilmente levadas à maldade, à indolência e à corrupção; que elas precisam de bons líderes, que não explorarão suas características negativas, buscando, em vez disso, exaltar aquelas positivas. Acreditamos que a paz possa ser mantida dessa maneira.

Eu podia sentir meus horizontes se expandindo literalmente enquanto ele falava.

— Espera guiar o povo da França dessa maneira, papai? — perguntei-lhe.

— Sim, Élise, sim, assim esperamos.

— Como?

— Bem, pergunto a você... O que *você* pensa?

Minha mente ficou vazia. O que eu pensava? Parecia a pergunta mais difícil que já haviam feito para mim. Eu não fazia ideia. Ele me olhava com ternura, entretanto eu sabia que aguardava uma resposta. Olhei para minha mãe, que apertou minha mão, incentivando, suplicando com os olhos, e descobri minhas crenças nas palavras que certa vez a ouvi falar ao Sr. Weatherall e à Sra. Carroll.

Eu disse:

— Monsieur, penso que nossa monarquia presente é corrupta além da redenção; que seu governo envenena o bem da França e que, para que a fé do povo na monarquia seja restaurada, o rei Luís precisa ser afastado.

Minha resposta o pegou desprevenido e ele se sobressaltou, lançando um olhar inquisitivo à minha mãe, que deu de ombros como se dizendo *Não tenho nada a ver com isso*, embora fossem as palavras dela que eu imitava.

— Entendo — disse ele —, bem, sua mãe sem dúvida está satisfeita em ouvir que você defende tais ideias, Élise, pois nesta questão ela e eu não estamos de pleno acordo. Como você, ela acredita na mudança. Quanto a mim, sei que este monarca é nomeado por Deus e acredito que um monarca corrupto possa ser convencido a enxergar o erro que comete.

Mais um olhar indagativo e um dar de ombros, e eu continuei rapidamente:

— Mas existem outros Templários, papai?

Ele assentiu.

— Sim, pelo mundo todo. Existem aqueles que servem à Ordem. Há aqueles que são simpáticos a nossos objetivos. Porém, conforme você e sua mãe descobriram hoje, temos inimigos também. Assim como somos uma antiga ordem que tem esperanças de moldar o mundo à nossa imagem, do mesmo modo existe uma ordem oposta, com muitos adeptos sensíveis a seus objetivos. Assim como temos esperança de livrar as pessoas de bom coração da responsabilidade da decisão para ser suas guardiãs, esta ordem contrária convida ao caos e aposta na anarquia, insistindo que o homem deve pensar por si mesmo. Ela defende o abandono do pensamento tradicional que tanto fez para guiar a humanidade durante milhares de anos em favor de um tipo diferente de liberdade. São conhecidos como Assassinos. Acreditamos que foram Assassinos que as atacaram hoje.

— Mas, monsieur, eu o ouvi dizer que não tinha certeza...

— Eu disse isso puramente para mitigar a sede de guerra de alguns dos membros mais incisivos de nossa Ordem. Só podem ter sido Assassinos que atacaram vocês, Élise. Só eles seriam tão ousados para matar Jean e enviar um homem para assassinar a esposa do Grão-Mestre. Sem dúvida esperam nos desestabilizar. Desta vez fracassaram. Devemos cuidar para que fracassem novamente, caso voltem a tentar.

Concordei com a cabeça.

— Sim, papai.

Ele olhou para minha mãe.

— Agora, imagino que os atos defensivos de sua mãe tenham sido uma surpresa para você, não?

Não foram. Aquele encontro "secreto" com o lobo fora um indicativo para tudo isso.

— Sim, monsieur — falei, fitando os olhos de minha mãe.

— Estas são habilidades que todos os Templários devem possuir. Um dia, você irá nos liderar. Mas antes disso, será iniciada como Templária, e antes ainda aprenderá o método de nossa Ordem. A partir de amanhã, você aprenderá a combater.

Mais uma vez, mirei nos olhos de minha mãe. Eu já havia começado a aprender técnicas de combate havia mais um ano.

— Percebo que isso pode ser muito para se absorver, Élise — continuou meu pai enquanto minha mãe ruborizava um pouco. — Talvez você tenha considerado sua vida semelhante à das outras meninas de sua idade. Só espero que o fato de ser tão diferente não se revele motivo de ansiedade para você. Espero apenas que você adote o potencial que tem para cumprir com seu destino.

Sempre me considerei diferente das outras meninas. Agora eu tinha certeza.

vii

Na manhã seguinte, Ruth me vestiu para um passeio no jardim. Estava agitada, dava resmungos e dizia que eu não devia estar assumindo tais riscos depois do ocorrido na véspera, que escapamos por pouco do homem horrível que tinha nos atacado; e que minha mãe e eu poderíamos estar prostradas e mortas naquela viela se não fosse pelo cavalheiro misterioso que estava de passagem e tinha visto o assalto.

Então foi isso o que disseram aos criados. Muitas mentiras, muitos segredos. Emocionava-me saber que eu era a única dentre duas pessoas — ora, três, suponho, se considerássemos o médico — que sabia de toda a verdade sobre o acontecido no dia anterior, parte de um grupo seleto que sabia ter sido minha mãe a lidar com o ataque, e não um homem misterioso — e uma dentre os poucos escolhidos que sabia de toda a extensão dos negócios da família, isso sem mencionar minha própria participação na coisa toda.

Fui despertada naquela manhã com o sol brilhando em minha vida. Finalmente todas aquelas *vérités cachées* que me solicitaram guardar faziam sentido. Finalmente eu sabia por que nossa família parecia tão diferente das outras, por que eu mesma jamais me entendera com outras crianças. Era porque meu destino corria por uma via diferente da delas, e sempre fora assim.

E o melhor de tudo: "Sua mãe será sua tutora em todas as coisas", dissera meu pai com um sorriso caloroso para minha mãe, o qual por sua vez refletia o amor que ele sentia por mim. Com um sorriso, ele se deteve.

— Bem, talvez não em *todas* as coisas. Talvez no quesito ideologia seja mais recomendável atentar às palavras de seu pai, o Grão-Mestre.

— François — repreendeu minha mãe. — A criança tomará a própria decisão. Deixe que chegue às suas conclusões por si mesma.

— Minha amada, por que eu tenho a nítida impressão de que, para Élise, os acontecimentos de hoje não são a surpresa que deveriam ser?

— Do que pensa que nós, damas, falamos durante nossos passeios, François?

— Sapatos?

— Bem, sim — admitiu mamãe —, falamos de sapatos, mas do que mais?

Ele compreendeu, meneando a cabeça, perguntando-se como pôde ter sido tão cego a ponto de não enxergar o que acontecia bem debaixo de seu nariz.

— Ela sabia da Ordem antes de hoje? — perguntou-lhe ele.

— Não muito — disse ela —, embora eu deva dizer que ela estivesse um tanto preparada para a revelação.

— E quanto às armas?

— Sim, ela andou recebendo um pequeno treinamento.

Ele gesticulou para que eu me levantasse.

— Vejamos se você aprendeu seu *en garde*, Élise — disse ele, adotando a postura, o braço direito estendido e o indicador apontado como uma lâmina.

Fiz o que me ensinaram. Meu pai lançou um olhar impressionado a minha mãe e examinou minha postura, caminhando à minha volta enquanto eu me regozijava com sua aprovação.

— Destra, como o pai — riu ele —, não é canhota como a mãe.

Oscilei um pouco nos joelhos, verificando meu equilíbrio, e meu pai sorriu mais uma vez.

— Devo detectar aqui a mão de certo inglês no treinamento de nossa filha, Julie?

— O Sr. Weatherall esteve me ajudando a ocupar as horas extracurriculares de Élise, sim. — concordou ela alegremente.

— Percebo. Eu pensava mesmo ter visto um pouco mais da presença dele no *château* do que o de costume. Diga-me, ele ainda tem certo interesse por você?

— François, assim você me constrange — censurou minha mãe.

(Na época, eu não entendia o que eles queriam dizer, é claro. Mas agora compreendo. Assim que vi o Sr. Weatherall outra noite, um homem abalado. Ah, agora eu entendo.)

A expressão de meu pai ficou séria.

— Julie, sabe que confio em você acima de tudo, e se andou ensinando à criança, então eu a apoio nisto também, e se isto ajudou Élise a manter a cabeça fria durante o ataque de ontem, então foi mais do que justificado. Mas Élise será Grã-Mestre um dia. Seguirá meus passos. Em questões de combate e tática, pode ser sua protegida, Julie, mas em questões de ideologia, deve ser minha. Está entendido?

— Sim, François. — Minha mãe sorriu com doçura. — Sim, está entendido.

Um olhar foi trocado entre mim e mamãe. Uma *vérité cachée* silenciosa.

viii

E assim, tendo escapado da preocupação desnecessária de Ruth, cheguei ao hall de recepção, pronta para minha caminhada com minha mãe.

— Por favor, Julie, leve Scratch e os guardas — ordenou meu pai em um tom que não permitia discussões.

— Naturalmente — disse ela, e indicou um dos homens à espreita nas sombras do saguão, toda nossa casa parecendo um pouco mais abarrotada repentinamente.

Ele avançou um passo. Era o Sr. Weatherall. Por um segundo, ele e meu pai se olharam cautelosamente, antes de o Sr. Weatherall fazer uma mesura intensa e os dois trocarem um aperto de mãos.

— François e eu contamos a Élise o que está reservado a ela — explicou minha mãe.

Os olhos do Sr. Weatherall deslizaram do rosto de meu pai para o meu e ele assentiu antes de fazer mais uma reverência, estendendo a palma para beijar o dorso de minha mão, fazendo com que eu me sentisse uma princesa.

— E como se sente, jovem Élise, sabendo que um dia irá liderar os Templários?

— Muito digna, monsieur — respondi.

— Posso apostar que sim — disse ele.

— François deduziu corretamente que Élise esteve recebendo treinamento — avisou minha mãe.

O Sr. Weatherall voltou a atenção a meu pai.

— Mas é claro — disse ele —, e posso confiar que minha instrução não foi motivo de ofensa para o Grão-Mestre?

— Conforme expliquei ontem à noite, confio implicitamente em minha esposa no que diz respeito a tais questões. Sei que, com você, Freddie, estão em boas mãos.

Neste momento Olivier se aproximou, mantendo certa distância até ser convidado a se aproximar para cochichar no ouvido de seu senhor. Meu pai assentiu e se voltou a minha mãe.

— Devo ir, minha querida — disse ele. — Nossos "amigos" estão aqui para nos visitar.

Os Corvos, é claro. Tinham retornado para uma manhã de gritaria. E era engraçado saber agora que eu via meu pai sob novo prisma. Não era mais apenas meu pai. Não somente o marido de minha mãe. Era um homem ocupado. Um homem de responsabilidades, cuja atenção era exigida constantemente. Um homem cujas decisões alteravam vidas. Os Corvos estavam entrando enquanto saíamos educadamente, então cumprimentaram minha mãe e o Sr. Weatherall e reuniram-se no hall, subitamente muito movimentado e enérgico com mais falatórios sobre vingar o ataque da véspera e assegurar que Jean não tivesse morrido em vão.

Por fim saímos, nós três, e caminhamos por um tempo até o Sr. Weatherall se manifestar:

— E então, Élise, como você *realmente* se sente, sabendo de seu destino?

— É como disse a meu pai — respondi.

— Nem um pouco apreensiva, então, minha flor? Com toda essa responsabilidade por vir?

— O Sr. Weatherall crê que você é jovem demais para ter noção de seu destino — explicou minha mãe.

— De maneira nenhuma, estou ansiosa para descobrir o que o futuro me reserva, monsieur — repliquei.

Ele assentiu, como se isto lhe bastasse.

— E me agrada ter mais combates com a espada, monsieur — acrescentei —, agora sem segredos.

— Exatamente! Trabalharemos em sua *resposta* e em seu *envolvimento* e você pode exibir suas habilidades a seu pai. Acredito que ele ficará surpreso, Élise, com a espadachim que já é. Talvez, um dia, você venha a ser uma espadachim melhor do que seus pais.

— Ah, disso eu duvido, monsieur.

— Freddie, por favor, não ponha ideias estranhas na cabeça da menina. — Minha mãe me cutucou e cochichou: — Embora eu pense que talvez ele tenha razão, Élise, cá entre nós.

O Sr. Weatherall ficou sério.

— Agora, vamos falar sobre o que aconteceu ontem?

— Um atentado contra nossas vidas.

— Eu só queria ter estado lá...

— Não importa que não estivesse, Freddie, continuamos sãs e salvas e nem mesmo estamos traumatizadas pelo incidente. Élise comportou-se com perfeição e...

— Você foi a leoa protegendo a cria, ham?

— Fiz o que precisava ser feito. É deplorável que um dos homens tenha escapado.

O Sr. Weatherall parou.

— *Um* dos homens? O quê? Havia *mais* de um?

Ela se voltou a ele com olhos expressivos.

— Ah, sim. Havia outro homem, o mais perigoso dos dois. Usava uma lâmina oculta.

A boca do Sr. Weatherall formou um O.

— Então foi verdadeiramente trabalho de Assassinos?

— Tenho minhas dúvidas.

— Ah, sim? Por quê?

— Ele fugiu, Freddie. Algum dia você viu um Assassino fugir?

— Eles são apenas humanos e você é uma adversária formidável. Creio que eu mesmo ficaria tentado a fugir se estivesse no lugar dele. Você é um demônio com esta faca de bota. — Ele me olhou, dando uma piscadela.

Minha mãe ruborizou.

— Esteja certo de que sua adulação não será desconsiderada, Freddie. Mas aquele homem, havia algo nele que não se encaixava. Ele era todo... *exibição*. Era um Assassino, a lâmina oculta era prova disso. Mas me pergunto se seria um *verdadeiro* Assassino.

— Precisamos encontrá-lo e perguntar a ele.

— Decerto precisamos.

— Diga-me, que aparência tinha o sujeito?

Minha mãe fez uma descrição do médico.

— ... e havia outra coisa.

— Sim?

Ela nos levou para a sebe. Na noite anterior, enquanto escapávamos da viela, ela pegara a maleta do médico para trazê-la conosco na carruagem. Antes de chegarmos ao *château*, ela me fez correr e escondê-la e agora a entregava ao Sr. Weatherall.

— Ele deixou isto?

— Certamente. Usou para carregar a lâmina, mas não havia nada mais dentro dela.

— Nada que o identifique?

— Há uma coisa... Abra. Vê a etiqueta por dentro?

— A maleta foi feita na Inglaterra — disse o Sr. Weatherall, surpreso.

— Um Assassino inglês?

Minha mãe assentiu.

— Possivelmente. É muito possível. Acha plausível um inglês me querer morta? Deixei claro para a Sra. Carroll que sou favorável a uma mudança na monarquia.

— Mas também que você se opõe a um banho de sangue.

— É bem verdade. E a Sra. Carroll parecia pensar que isto bastava para sua Ordem. Mas talvez não.

O Sr. Weatherall meneava a cabeça.

— Eu mesmo não enxergo assim. Isto é, deixando minha própria lealdade nacional de lado, não consigo ver o que os incomoda nisso. Eles a veem como uma influência moderadora na Ordem como um todo. Matá-la representa o risco de desestabilizar isto.

— Talvez seja um risco que estejam dispostos a correr. Seja como for, a maleta do médico feita na Inglaterra é a única pista que temos da identidade do Assassino.

O Sr. Weatherall assentiu.

— Nós o encontraremos, madame — disse ele. — Esteja certa disso.

Isto, naturalmente, foi há três anos. E não houve sinal do médico desde então. O atentado contra nossa vida desapareceu na história, como os indigentes tragados pela neblina de Paris.

13 de abril de 1778

i

Quero que ela melhore. Que haja um dia em que o sol brilhe e as criadas entrem para abrir as cortinas, encontrando-a sentada na cama, "sentindo-se renovada".

Quero que o sol que entra em meio às cortinas abra caminho pelos corredores de nossa casa escurecida e afugente as sombras tomadas de tristeza à espreita, que toque meu pai, que o restaure e o traga de volta a mim. Quero ouvir canções e risadas na cozinha outra vez. Um fim a esta tristeza contida, e que meu sorriso seja verdadeiro, e não mais que mascare a dor que me agita por dentro.

E, sobretudo, quero minha mãe de volta. Minha mãe, minha mestra, minha mentora. Não apenas quero, preciso dela. Em todos os momentos de todos os dias pergunto-me como seria a vida sem ela e nem consigo imaginar, não sou capaz de conceber a vida sem ela.

Quero que ela melhore.

ii

E então, depois naquele mesmo ano, conheci Arno.

Trecho do diário
de Arno Dorian

12 de setembro de 1794

Nosso relacionamento foi criado no fogo da morte — a morte de meu pai.

Por quanto tempo tivemos uma relação normal e convencional? Meia hora? Eu estava no Palácio de Versalhes com meu pai, que tinha negócios a tratar ali. Ele me pediu para esperar enquanto comparecia ao seu compromisso e, sentado de pernas penduradas, olhando os membros bem-nascidos da corte passando de um lado a outro, quem me aparece senão Élise de la Serre?

O sorriso que eu viria a amar, o cabelo ruivo até então nada especial para mim e a beleza sobre a qual meus olhos adultos um dia se deixariam morar foram invisíveis a meus olhos jovens. Afinal, eu tinha apenas 8 anos e os meninos dessa idade, bem, eles não têm muito tempo para meninas dessa faixa etária, a não ser que a menina de 8 anos seja muito especial. E assim foi com Élise. Havia algo de *diferente* nela. Era uma menina. Mas mesmo nos primeiros segundos ao conhecê-la, entendi que não era igual a nenhuma outra que eu já tinha visto.

Pique-pega. A brincadeira preferida dela. Quantas vezes brincamos como crianças e como adultos? De certo modo, jamais paramos.

Corremos pelas superfícies espelhadas dos pisos de mármore do palácio — por entre pernas, por corredores, passando por colunas e pilares. Mesmo agora o palácio ainda me parece imenso, os pés direitos incrivelmente altos, os corredores estendendo-se quase até onde a vista alcança, janelas enormes em arco com vista para degraus de pedra e jardins estendendo-se para além.

Mas naquela época? Para mim, naquela época, era impossivelmente vasto. Entretanto, embora fosse um lugar estranho e gigantesco, e embora cada passo que eu desse me afastasse mais das instruções de meu pai, eu não consegui resistir à sedução da minha nova companheira de brincadeiras. As meninas que eu conhecia não eram assim. Mantinham os calcanhares unidos e os lábios franzidos de desdém diante de todas as coisas de meninos; andavam alguns passos atrás, como versões de bonecas russas das mães; não corriam aos risos pelos salões do Palácio de Versalhes, ignorando quaisquer protestos que surgissem, correndo apenas pela alegria de correr e pelo amor por brincar. Pergunto-me, será que eu já estava apaixonado?

E justamente quando começava a me preocupar sobre jamais encontrar o caminho de volta a meu pai, minhas preocupações tornaram-se irrelevantes. Um grito se elevou. Ouvi o barulho de pés apressados. Vi soldados com mosquetes e então, por acaso, dei com o local onde meu pai conheceu seu assassino e ajoelhei-me junto a ele quando soltou seu último suspiro.

Quando enfim levantei os olhos do corpo inerte dele, foi para ver meu salvador, meu novo guardião: François de la Serre.

Trechos do diário de Élise de la Serre

14 de abril de 1778

i

Ele veio me ver hoje.

— Élise, seu pai está aqui — disse Ruth. Tal como acontecia com todos os outros, o comportamento dela se alterava na presença de meu pai, e ela se curvou e se retirou, deixando-nos a sós.

— Olá, Élise — cumprimentou ele rigidamente da porta. Lembrei-me daquele fim de tarde, anos atrás, quando mamãe e eu voltamos de Paris, sobreviventes de um terrível ataque em uma viela, e de como ele era incapaz de parar de nos abraçar. Ele me apertou tanto que no fim da noite me desvencilhei só para poder tomar um pouco de ar. Agora, com ele parado ali, parecendo mais um preceptor do que um pai, eu teria dado qualquer coisa por um daqueles abraços.

Ele se virou e começou a caminhar, as mãos entrelaçadas às costas. Parou, olhando pela janela, mas sem realmente enxergar os gramados além, e fiquei observando o rosto borrado no reflexo do vidro quando, sem se virar, meu pai falou:

— Queria saber como você estava.

— Estou bem, obrigada, papai.

Houve uma pausa. Meus dedos mexiam no tecido de minha bata. Ele pigarreou.

— Você é muito boa disfarçando seus sentimentos, Élise; são talentos como este que um dia usará como Grã-Mestre. Assim como sua força reconforta nosso lar, um dia ela será benéfica para a Ordem.

— Sim, papai.

Ele limpou a garganta novamente.

— Mesmo assim, quero que você saiba que, em particular, ou quando você e eu estivermos a sós... é perfeitamente aceitável você demonstrar que *não* está bem.

— Então confessarei que estou sofrendo, meu pai.

Ele baixou a cabeça. Os olhos eram círculos escuros no reflexo do vidro. Eu sabia por que ele estava com dificuldade para me encarar. Era porque eu fazia com que ele se lembrasse dela. Eu o lembrava da esposa moribunda.

— Eu também sofro, Élise. Sua mãe significa o mundo para nós dois.

(E se houve um momento em que ele poderia se virar da janela, atravessar o quarto, pegar-me nos braços e permitir que partilhássemos da dor, o momento era esse. Mas ele não o fez.)

(E se houve um momento em que eu podia ter lhe perguntado por quê, se ele sabia da minha dor, ele passava tanto tempo com Arno e não comigo, o momento era esse. Mas não perguntei.)

Pouca coisa mais foi dita antes de ele sair. Algum tempo depois, soube que estava saindo para caçar — com Arno.

O médico chegou rapidamente. Ele nunca trazia boas novas.

ii

Em minha memória visual, revivo outro encontro, dois anos antes, quando fui chamada ao escritório de meu pai para uma audiência com ele e minha mãe, que estranhamente tinha uma expressão preocupada. Percebi que havia questões sérias a se discutir assim que Olivier tinha sido solicitado a se retirar, a porta fora fechada e meu pai me oferecera que eu me sentasse.

— Sua mãe me disse que o treinamento está progredindo bem, Élise — começou ele.

Assenti com entusiasmo, olhando de um a outro.

— Sim, meu pai. O Sr. Weatherall disse que serei uma combatente danada de boa na espada.

Meu pai ficou surpreso.

— Entendo. Uma das expressões de Weatherall, sem dúvida. Bem, fico satisfeito em ouvir isso. Evidentemente você puxou à sua mãe.

— Você mesmo não é nenhum desajeitado com uma lâmina, François — disse minha mãe, insinuando um sorriso.

— Você me lembra que ja faz um tempo desde que duelamos.
— Devo entender isto como um desafio?
Ele a olhou e por um momento o assunto sério foi esquecido. Eu fui esquecida. Por um segundo, havia apenas minha mãe e meu pai na sala, espirituosos e sedutores um com o outro.

E então, com a mesma rapidez com que começou, o momento terminou e a atenção se voltou a mim.

— Você está bem encaminhada para se tornar Templária, Élise.
— Quando serei iniciada, papai? — perguntei.
— Seu aprendizado terminará na Maison Royale em Saint-Cyr, em seguida você se tornará integrante plena da Ordem e treinará para assumir meu lugar.

Assenti.

— Primeiro, porém, há algo que precisamos lhe contar. — Ele olhou para minha mãe, os dois agora com uma expressão séria. — É sobre Arno...

iii

Na época, Arno era meu melhor amigo e, creio eu, a pessoa que mais amava depois de meus pais. Pobre Ruth. Teve de abandonar qualquer esperança duradoura de que eu me acomodaria à mocidade e começaria a me interessar por aquelas coisas igualmente femininas adoradas por outras de minha faixa etária. Com Arno na propriedade, eu não apenas tinha um companheiro de brincadeiras sempre que desejava, mas um companheiro *menino*. Os sonhos de Ruth estavam arruinados.

Refletindo agora, suponho que me aproveitei bastante dele. Como órfão, ele chegou a nós perdido, carente de orientação e eu, é claro, como Templária novata e uma menina egoísta, fiz com que ele se tornasse propriedade "minha". Éramos amigos e da mesma idade, mas mesmo assim meu papel era de irmã mais velha, o qual eu assumia com muita satisfação. Adorava vencê-lo em pretensas lutas de espada. Durante as sessões de treinamento do Sr. Weatherall, eu era uma iniciante medrosa que tendia aos erros e, tal como ele observava com frequência, era levada pelo coração e não pela cabeça; porém, nos falsos combates com Arno, minhas habilidades de iniciante me tornavam uma mestra deslumbrante e manipuladora. Em outros jogos — pular corda, amarelinha, peteca — éramos equivalentes. Mas eu sempre vencia nas lutas de espada.

Quando o tempo estava bom, andávamos pelos jardins da propriedade, espionando Laurent e outros criados da área externa, atirando pedras no lago. Quando chovia, ficávamos dentro de casa e jogávamos gamão, bola de gude ou cartas. Rodávamos aros pelos grandes corredores do andar térreo e perambulávamos pelos andares superiores, escondendo-nos de criadas e correndo aos risos quando nos enxotavam.

E era assim que eu passava meus dias: pela manhã era instruída, preparada para minha vida adulta de liderança dos Templários franceses; era à tarde que eu deixava tais responsabilidades e, em vez de ser uma adulta à espera, voltava a ser criança. Mesmo então, embora nunca tivesse articulado tal pensamento, eu sabia que Arno representava minha válvula de escape.

E naturalmente ninguém deixou de perceber o quanto Arno e eu nos tornamos próximos.

— Bem, nunca vi você tão feliz — disse Ruth com resignação.

— Certamente você gosta muito de seu novo parceiro de brincadeiras, não é mesmo, Élise? — falou minha mãe.

(Agora — vendo Arno lutando com meu pai no pátio e ouvindo que eles têm saído para caçar juntos — pergunto-me: será que mamãe teve um pouquinho de ciúmes por eu ter um companheiro na vida? Agora sei como minha mãe pode ter se sentido.)

Entretanto, nunca me ocorreu que minha amizade com Arno pudesse ser motivo de preocupação. Não até aquele exato momento em que estive diante de meus pais na sala e eles me falaram que tinham algo a dizer a respeito dele.

iv

— Arno é descendente de Assassinos — afirmou meu pai.

E um pedacinho do meu mundo ficou abalado.

— Mas... — comecei a dizer e tentei conciliar duas imagens em minha mente: uma de Arno com os sapatos reluzentes de fivela, colete e casaco, disparando pelos corredores do château, rodando o aro com o bastão. A outra do doutor Assassino na viela, com a cartola na neblina.

— Os Assassinos são nossos inimigos.

Meus pais trocaram um olhar.

— Os objetivos deles se opõem aos nossos, é bem verdade — disse ele.

Minha mente disparava.

— Mas... Mas isso significa que Arno irá querer me matar?

Minha mãe aproximou-se para me reconfortar.

— Não, querida, não, não significa nada disso. Arno ainda é seu amigo. Embora o pai dele, Charles Dorian, tenha sido um Assassino, o próprio Arno nada sabia de seu destino. Sem dúvida lhe contariam, com o tempo, talvez em seu décimo aniversário, do mesmo jeito que planejávamos fazer com você. Mas ele entrou nesta casa inconsciente do que o futuro lhe reservava.

— Ele não é um Assassino então. É simplesmente filho de um Assassino.

Mais uma vez eles se entreolharam.

— Ele terá determinadas características inatas, Élise. De muitas formas, Arno *foi* e sempre será um Assassino... ele apenas não sabe disso.

— Mas se não souber, então jamais seremos inimigos.

— Correto — disse meu pai. — Na realidade, acreditamos que a natureza dele possa ser dominada pela criação.

— François... — interviu minha mãe num tom de alerta.

— O que quer dizer, meu pai? — perguntei, meus olhos disparando dele para ela, notando o desconforto na expressão de minha mãe.

— Quero dizer que você tem certa influência sobre ele, não tem? — disse meu pai.

Senti que ruborizava. Era tão visível assim?

— Talvez, pai...

— Ele a admira, Élise, e por que não? É recompensador de se ver. Muito estimulante.

— François... — repetiu minha mãe, mas ele interrompeu a censura levantando a mão para ela.

— Por favor, querida, deixe isso comigo.

Fiquei observando a ambos com cautela.

— Não há motivos para que você, como amiga e companheira de brincadeiras de Arno, não possa começar a educá-lo em nosso feitio.

— A doutriná-lo, François? — Um lampejo de raiva de minha mãe.

— A guiá-lo, minha querida.

— Guiá-lo de maneira que contrarie sua natureza?

— Como podemos saber? Talvez Élise tenha razão e ele só venha a se tornar um Assassino se assim for direcionado. Talvez possamos salvá-lo das garras de sua gente.

— Os Assassinos não sabem que ele está aqui? — perguntei.

— Acreditamos que não saibam.

— Então não há motivos para que ele precise ser descoberto.

— Isto é bem verdade, Élise.

— Assim, ele não precisa ser... coisa alguma.

Uma expressão denotando confusão passou pelo rosto de meu pai.

— Lamento, querida, não compreendi.

O que eu queria dizer era: "Deixe-o fora disso. Deixe Arno por minha conta, sem relação com o modo como vemos o mundo, como queremos modelar o mundo, deixe que a parte de minha vida que partilho com Arno seja livre de tudo isso."

— Acho — disse minha mãe — que o que Élise está tentando dizer é... — Ela abriu as mãos. — Qual é o motivo da pressa?

Ele franziu os lábios, um pouco insatisfeito com o muro de resistência erguido por suas mulheres.

— Ele é meu tutelado. Uma criança desta casa. Será criado segundo as doutrinas da casa. Para falar com franqueza, precisamos fisgá-lo antes que os Assassinos o façam.

— Não temos motivos para temer que os Assassinos um dia descubram sua existência — insistiu ela.

— Não podemos ter certeza. Se o encontrarem, os Assassinos o levarão para a Ordem. Ele não será capaz de resistir.

— Se ele não será capaz de resistir, então como pode ser direito conduzi-lo ao outro lado? — supliquei, embora meus motivos para tanto fossem mais pessoais do que ideológicos. — Como pode ser correto que contrariemos o que o destino tem reservado para ele?

Ele me encarou com um olhar severo.

— Você quer que Arno seja seu inimigo?

— Não — declarei, exaltada.

— Sendo assim, a melhor maneira de ter certeza disto é atraindo-o para nossa forma de pensar.

— Sim, François, mas não agora — interrompeu minha mãe —, não tão depressa, sim? Não quando as crianças são tão jovens.

Ele olhou de um rosto queixoso a outro e pareceu se abrandar.

— Vocês duas — disse ele com um sorriso —, muito bem. Por ora façam como desejarem. Analisaremos a situação posteriormente.

Lancei um olhar de gratidão a minha mãe.

O que eu faria sem ela?

v

Minha mãe adoeceu logo depois disso e ficou confinada a seus aposentos, que permaneciam às escuras dia e noite, naquela parte da casa excluída a todos exceto a sua criada, Justine, a meu pai e a mim, e a três enfermeiras contratadas para cuidar dela, todas chamadas Marie.

Ela começava a deixar de existir para o restante da casa. Embora minha rotina matinal permanecesse a mesma — ficando eu com meu preceptor e depois no bosque, à margem de nossos jardins, aprendendo luta de espada com o Sr. Weatherall —, eu não passava mais as tardes com Arno; em vez disso, passava junto ao leito de minha mãe, segurando a mão dela enquanto as Maries ocupavam-se à nossa volta.

Vi quando ele começou a gravitar para meu pai. Observei meu pai encontrar conforto longe do estresse da doença de minha mãe ao se colocar como guardião de Arno. Meu pai e eu tentávamos superar a perda gradual de mamãe, ambos encontrando diferentes meios para tal. O riso em minha vida foi esmorecendo gradualmente.

vi

Eu costumava ter um sonho. Só não era um sonho porque estava acordada. Suponho que você dirá ser uma fantasia. Nela, eu estava sentada em um trono. Sei que impressão isto pode passar, mas, afinal, se não se puder admitir isto a um diário, quando será feito? Estou sentada em um trono, diante de meus súditos que, no devaneio, não têm identidade, mas imagino serem Templários. Reúnem-se diante de mim, a Grã-Mestre. E percebe-se que não é um devaneio particularmente sério porque estou sentada diante deles como uma menina de 10 anos, o trono grande demais para mim, minhas pernas no ar, meus braços muito curtos para alcançarem os braços da cadeira. Sou a monarca menos monárquica que se possa imaginar, mas é um devaneio e assim costumam ser às vezes. O que importa neste aqui não é o fato de eu ter me transformado em rei, nem o fato de ter adiantado minha ascendência a Grã-Mestre em décadas. O significativo nisso tudo para mim, e a isto me apego, é que, sentados em cada lado do meu trono, estão minha mãe e meu pai.

Quanto mais fraca e próxima da morte ela fica, e quanto mais ele gravita para perto de Arno, a impressão deles ao meu lado fica cada vez mais indistinta.

15 de abril de 1778

— Antes de partir, há algo que preciso lhe dizer, Élise.

Ela segurou minha mão e seu aperto era muito frágil. Meus ombros se sacudiram quando comecei a soluçar.

— Não, por favor, mãe, não...

— Acalme-se, criança, seja forte. Seja forte por mim. Estou sendo levada de você, mas veja isso como um teste de sua força. Deve ser forte, não só por si mas pelo seu pai. Minha partida o torna vulnerável às vozes elevadas da Ordem. Você deve ser uma voz no outro ouvido, Élise. Deve pressionar pela terceira via.

— Não posso.

— Você pode. E um dia será Grã-Mestre e liderará a Ordem obedecendo aos próprios princípios. Os princípios nos quais você crê.

— Eles são seus, mãe.

Ela soltou minha mão e acariciou meu rosto. Seus olhos estavam turvos e o sorriso flutuava em seu rosto.

— São princípios fundamentados na compaixão, Élise, e você tem muito dela. Muito. Saiba que tenho muito orgulho de você. Eu não poderia ter desejado uma filha mais maravilhosa. Vejo em você o melhor de seu pai e o melhor de mim. Não poderia ter pedido mais, Élise, e morrerei feliz... por ter conhecido você e honrada por ter testemunhado o nascimento de sua grandeza.

— Não, mãe, por favor, não.

As palavras eram pronunciadas entre os soluços que assolavam meu corpo. Minhas mãos agarraram o braço dela por entre os lençóis. Seu braço tão fino sob os lençóis. Como se, segurando-o, eu pudesse evitar a partida de sua alma.

O cabelo ruivo dela estava espalhado pelo travesseiro. Os olhos tremulavam.

— Chame seu pai, por favor — disse ela numa voz que estava fraca e suave demais, como se a vida estivesse lhe escapando. Corri à porta, abri-a, chamei por uma das Maries, pedindo que buscasse meu pai, bati a porta e voltei para o lado de minha mãe, mas era como se o fim estivesse chegando rapidamente agora, e conforme a morte se estabelecia, ela me fitava com olhos lacrimosos e o sorriso mais terno que eu já tinha visto.

— Cuidem um do outro, por favor — disse ela —, eu amo demais vocês dois.

18 de abril de 1778

i

E fiquei em torpor. Vago pelos cômodos, respirando o cheiro sufocante que passei a associar à doença dela e sabendo que teríamos de abrir as cortinas para deixar o ar fresco banir o cheiro, mas sem querer isso, porque vai significar que ela se foi, e não consigo aceitar o fato.

Quando ela estava doente, eu a queria de volta com plena saúde. Agora que está morta, só quero que esteja aqui. Na casa.

Esta manhã, vi pela minha janela quando três carruagens chegaram à entrada de cascalho e criados baixaram os degraus, carregando-as com baús. Logo depois disso, as três Maries apareceram e começaram a se despedir com beijos entre si. Vestiam preto e enxugavam os olhos, e naturalmente lamentavam por minha mãe, mas era uma tristeza temporária por necessidade, porque seu trabalho aqui se encerrara, o pagamento fora feito e teriam de cuidar de outras moribundas e sentir a mesma tristeza fúnebre quando o emprego seguinte chegasse ao fim.

Procurei não pensar na partida das enfermeiras como uma pressa indecorosa. Procurei não me ressentir por estarem me deixando sozinha com meu pesar. Elas não eram as únicas a não saber da profundidade do sentimento. Minha mãe fez meu pai prometer não seguir os rituais habituais de luto e, assim, as cortinas dos andares inferiores permaneceram abertas e a mobília não foi coberta de preto. Havia membros mais novos da criadagem que só haviam conhecido minha mãe brevemente, ou sequer chegaram a conhecê-la. A mãe da qual eu me lembrava era bela, graciosa e protetora, mas, para eles, era remota. Não era nem mesmo uma pessoa. Era uma dama fraca na cama, e muitos lares tinham uma destas. Ainda mais do que com as Maries, o luto desses criados nada mais era do que uma breve onda de tristeza.

E assim a casa continuou quase como se nada tivesse acontecido, só alguns de nós verdadeiramente entristecidos, os poucos que haviam conhecido e amado minha mãe tal como era. Quando flagrei o olhar de Justine, vi nela um reflexo da minha própria dor intensa. Ela foi a única integrante da criadagem com permissão para entrar nos aposentos de minha mãe durante sua enfermidade.

— Ah, mademoiselle — disse ela, e quando seus ombros começaram a estremecer por causa do choro, peguei sua mão e lhe agradeci por tudo que ela tinha feito, garantindo-lhe que minha mãe havia ficado muito grata pelos cuidados. Ela fez uma mesura, agradeceu-me pelo consolo e saiu.

Éramos como duas sobreviventes de uma grande batalha partilhando lembranças com os olhos. Ela, eu e meu pai éramos os únicos três restantes no *château* a terem cuidado de mamãe na iminência de seu falecimento.

Fazia dois dias desde sua morte e, embora meu pai tivesse me abraçado junto ao leito dela na noite de sua partida, eu não o via desde então. Ruth diz que ele continua em seus aposentos, chorando, mas que muito em breve encontrará forças para sair e que não deveria me preocupar; devia pensar em mim. Ela me segurou, puxando-me para seu colo e acariciando minhas costas como se para me oferecer alento.

— Desabafe, criança — sussurrou ela —, não guarde tudo aí dentro.

No entanto eu me desvencilhei, agradecendo-lhe, dizendo que tudo ficaria bem — um tanto arrogante, do jeito que imagino May Carroll falando com sua criada.

Não há nada a desabafar, é este o problema. Não sinto nada.

Incapaz de ficar mais tempo nos andares superiores, saí para passear pelo château, vagando pelos corredores como um espectro.

— Élise... — Arno me emboscou no final de um corredor, com o chapéu na mão e o rosto vermelho, como se tivesse acabado de correr. — Lamento sobre sua mãe, Élise.

— Obrigada, Arno — falei. O corredor parecia longo demais entre nós. Ele saltitava de um pé a outro. — Era o esperado, não foi um choque, e embora obviamente eu esteja triste, sou grata por ter podido ficar com ela até o fim.

Ele assentiu em solidariedade, sem compreender de fato, e vi por que tudo no mundo dele continuava inalterado. Para ele, era a morte de uma dama que mal conhecia, que morava em uma parte da casa que ele não tinha permissão para visitar, e isso entristecera as pessoas de quem ele gostava. Mas era só isso.

— Talvez possamos brincar mais tarde — falei —, depois de nossas lições. — E ele se animou.

Provavelmente ele sentia falta de meu pai, raciocinei, observando-o partir.

ii

Passei a manhã com o preceptor e reencontrei-me com Arno à porta quando ele entrava para começar as próprias lições. Nossos horários eram organizados de modo que Arno estivesse com o preceptor enquanto eu treinava com o Sr. Weatherall, de forma que ele jamais me visse com a espada. (Talvez, em seu próprio diário, um dia ele venha a falar de pistas para aquele momento em que pescou tudo. "Jamais me ocorreu questionar por que ela era tão perita na luta com espada..."). E então saí por uma porta dos fundos e caminhei pela fila de topiaria até chegar à mata ao fundo, tomando o caminho até onde o Sr. Weatherall estava, sentado num toco, esperando por mim. Ele costumava sentar-se de pernas cruzadas e com a cauda de sua casaca arrumada em torno do tronco, causando uma impressão e tanto; mas se antes saltaria para me receber, com a luz dançando nos olhos e um sorriso sempre presente nos lábios, agora a cabeça estava abaixada, como se tivesse o peso do mundo nos ombros. A seu lado havia uma caixa com cerca de 45 centímetros de extensão e um palmo de largura.

— Monsieur já soube — disse eu.

Os olhos dele estavam pesados. O lábio inferior tremeu um pouco e por um momento horrível perguntei-me o que faria se o Sr. Weatherall chorasse.

— Como você está lidando com isso?

— Era esperado — falei —, não foi um choque e, embora naturalmente esteja triste, sou grata por ter podido ficar com ela até o fim.

Ele me entregou a caixa.

— É com o coração pesado que lhe dou isto, Élise. — Sua voz era rouca. — Ela esperava dar a você pessoalmente.

Peguei a caixa e sopesei a madeira escura em minhas mãos, já sabendo o que havia ali dentro. Dito e feito: uma espada curta. Sua bainha era de couro marrom macio com costura branca pelas laterais, e o cinto, uma tira de couro moldada para ser atada à cintura. A lâmina da espada captou a luz, o aço era novo, seu punho bem amarrado com couro manchado. Havia uma inscrição perto do cabo. "Que o pai da compreensão seja seu guia. Com amor, mamãe."

— Sempre foi seu presente de despedida, Élise — disse ele sem rodeios, voltando os olhos para a mata e passando o polegar nos olhos discretamente. — Você usará para treinar.

— Obrigada — respondi, e ele deu de ombros. Desejei poder avançar a uma época em que a espada me empolgasse. Por ora, eu nada sentia.

Houve uma longa pausa. Não haveria nenhum treinamento hoje, percebi. Nenhum dos dois tinha coragem para isso

Depois de um tempo, ele falou:

— Ela mencionou alguma coisa sobre mim? No fim, quero dizer.

Eu mal consegui esconder a expressão sobressaltada, vendo algo nos olhos dele que reconheci como uma mescla de desespero e esperança. Eu sabia que os sentimentos dele por ela eram fortes, mas até aquele momento não havia notado o quanto.

— Ela me pediu para lhe dizer que em seu coração havia amor pelo monsieur e que ela era eternamente grata por tudo que fez por ela.

Ele assentiu.

— Obrigada, Élise, foi de grande conforto — disse ele e, virando-se, enxugou as lágrimas.

iii

Mais tarde, fui chamada para ver meu pai e nos sentamos numa *chaise-longue* em seu escritório na penumbra, ele com os braços ao meu redor, abraçando-me forte. Havia feito a barba e a aparência era a mesma de sempre, mas suas palavras saíram lentas e forçadas, e o hálito cheirava a conhaque.

— Vejo que está sendo forte, Élise — disse-me —, mais forte do que eu.

Intimamente, ambos possuíamos uma dor oca. Vi-me quase invejando a capacidade dele de tocar a origem de sua dor.

— Era esperado — falei, mas fui incapaz de terminar porque meus ombros estremeceram e eu me agarrei a ele com mãos inseguras, deixando-me ser envolvida.

— Deixe sair, Élise — disse ele, e acariciou meu cabelo.

E assim fiz. Deixei sair. E enfim comecei a chorar.

Trecho do diário
de Arno Dorian

12 de setembro de 1794

Tomado de culpa, larguei o diário dela, dominado pela dor que vertia da página. Horrivelmente consciente de que contribuí para sua infelicidade.

Élise tem razão. A morte de madame sequer fez-me parar para pensar. Para o menino egoísta que eu era foi só algo que impediu François e Élise de brincarem comigo. Uma inconveniência que significava que, até que as coisas voltassem ao normal — e Élise estava certa: como a casa optou por não guardar o luto, as coisas pareceram voltar ao normal mais rapidamente —, eu tinha de me divertir sozinho.

Para minha vergonha, a morte de madame só significava isto para mim.

Mas eu era apenas um garotinho, tinha 10 anos.

Ah, mas Élise também tinha. Entretanto, estava à minha frente em inteligência. Ela escreve sobre nossa época com o preceptor, mas como ele deve ter resmungado quando era minha vez de aprender. Deve ter guardado os livros didáticos de Élise e procurado versões mais básicas com o coração pesado.

Todavia, ao amadurecer tão rapidamente — e, como agora percebo, sendo "preparada" para amadurecer com tal rapidez —, Élise fora obrigada a conviver com um fardo. Ou assim me parece, lendo estas páginas. A garotinha que eu conhecia era apenas uma garotinha, muito divertida e cheia de malícia e, sim, como uma irmã, inventando os melhores jogos, hábil nos pretextos quando éramos apanhados em áreas proibidas ou surrupiando comida da cozinha, ou fazendo quaisquer outros gracejos que ela planejara para o dia.

Foi pouco surpreendente então que, quando enviada à escola Maison Royale de Saint-Louis, em Saint-Cyr, a fim de completar seus estudos,

Élise tivesse se metido em problemas. Nenhum dos lados opostos de sua personalidade era adequado para a vida escolar e, previsivelmente, ela detestou a Maison Royale. Odiou. Embora ficasse a menos de trinta quilômetros de Versalhes, ela poderia muito bem estar em outro país, em vista de toda a distância que sentia entre sua nova vida e a antiga. Nas cartas, referia-se ao lugar como *Le Palais de la Misère*. As visitas à casa eram restritas a três semanas no verão e alguns dias na época do Natal, enquanto o restante do ano era passado submetendo-se aos regimes da Maison Royale. Élise não era de aceitar regimes. A não ser que lhe fossem adequados. O regime de aprender a espada com o Sr. Weatherall era muito do estilo "Élise"; o regime na escola, por outro lado, era muito do tipo "não Élise". Ela odiava as restrições da vida escolar. Detestava ter de aprender "habilidades" como bordado e música. Assim, em seu diário, há texto após texto a respeito das confusões nas quais ela se metera na escola. As anotações em si tornam-se repetitivas. Anos e anos de infelicidade e frustração.

Na escola, as meninas eram separadas em grupos, cada qual com uma aluna chefe. É claro que Élise foi de encontro à chefe de seu grupo, Valerie, e as duas entraram em combate. Elas *literalmente* entraram em combate. Às vezes, leio com a mão na boca, sem saber se devo rir do atrevimento de Élise ou ficar chocado.

Repetidas vezes, Élise foi levada perante a detestada diretora, Madame Levene, solicitada a se explicar e depois castigada.

E repetidas vezes ela reagia com insolência, e isso agravava a situação, então a severidade das punições aumentava. E quanto mais as punições aumentavam, mais rebelde Élise se revelava, e quanto mais rebelde ficava, mais era levada perante a diretora e mais insolente se mostrava, e mais aumentavam os castigos...

Sei que costumava se meter em problemas, naturalmente, porque, embora tivéssemos nos visto raras vezes durante este período — com meros olhares furtivos pelas janelas do preceptor durante suas breves férias, o ocasional aceno pesaroso —, nos correspondíamos com regularidade. Eu era um órfão que nunca recebia cartas e a novidade de recebê-las de Élise jamais perdia a graça. E é claro que ela escrevia sobre o ódio pela escola, mas a correspondência carecia dos detalhes de seu diário, do qual pulsava o desprezo e o desdém que Élise sentia pelas outras alunas, pelas professoras e pela odiada diretora, Madame Levene. Nem mesmo uma enorme exibição de fogos de artifício para comemorar o centenário da escola em 1786 pôde fazer algo para melhorar seu humor. O rei aparentemente se postara nos terraços de Versalhes para desfrutar da imensa exibição, mas nem isso foi suficiente para animar Élise. Em vez disso, o diário estava repleto de um senso de injustiça e de uma Élise divergindo do mundo à sua volta — página após página e ano após ano do meu amor falhando em enxergar o círculo vicioso no qual ela estava presa. Uma página depois da outra de Élise deixando de perceber que o que ela fazia não era rebeldia. Era luto.

E, continuando a ler, comecei a descobrir que havia algo mais que ela escondia de mim...

Trechos do diário
de Élise de la Serre

8 de setembro de 1787

Hoje, meu pai veio me ver. Fui chamada à sala de Madame Levene para uma audiência com ele e estava ansiosa para encontrá-lo, mas naturalmente a diretora bruxa velha permaneceu na sala com seu falatório, pois estas eram as regras de *Le Palais de la Misère*, e assim a visita foi conduzida como uma audiência. Com a janela atrás dela oferecendo uma vista abrangente do jardim da escola que, até eu tinha de admitir, era deslumbrante, Madame Levene ficou sentada à mesa, com as mãos entrelaçadas diante de si, observando com um sorriso sutil enquanto meu pai e eu estávamos sentados em cadeiras do outro lado da mesa, o pai constrangido e a filha criadora de problemas.

— Era minha esperança que o caminho para concluir sua educação fosse um meio galope gracioso e não claudicante, Élise — disse ele com um suspiro.

Parecia velho e cansado e conseguia imaginar os Corvos tagarelando junto aos ombros dele, atormentando-o constantemente: *faça isso, faça aquilo*, ao mesmo tempo que, para aumentar sua infelicidade, a filha errante era o tema de cartas iradas para casa, Madame Levene detalhando longamente meus defeitos.

— Para a França, a vida ainda é difícil, Élise — explicou ele. — Dois anos atrás, houve uma seca e a pior colheita de que se tem lembrança. O rei autorizou a construção de um muro em volta de Paris. Tentou aumentar os impostos, mas o *parlement* de Paris apoiou os nobres que o contestaram. Nosso rei robusto e resoluto entrou em pânico, suspendeu os impostos e houve manifestações de comemoração. Soldados ordenados a disparar nos manifestantes recusaram-se a fazê-lo...

— Os nobres desafiaram o rei? — questionei, com uma sobrancelha arqueada.

Ele assentiu.

— Exato. Quem teria pensado nisso? Talvez tenham esperança de que o homem do povo venha a ficar agradecido, dê seu voto de gratidão e volte para casa.

— Não acredita nisso?

— Temo que não, Élise. Temo que depois que o trabalhador tomar as rédeas, depois de sentir o gosto do poder... o poder potencial da turba... não se contentará meramente com a suspensão de algumas novas leis fiscais. Creio que podemos encontrar uma vida inteira de frustração vertendo dessas pessoas, Élise. Quando atiraram fogos de artifício e pedras no *Palais de Justice*, não creio que estivessem apoiando a nobreza. E quando queimaram efígies do visconde de Calonne, não creio que estivessem apoiando a nobreza.

— Eles queimaram efígies? Do controlador-geral das Finanças?

Meu pai concordou com a cabeça.

— De fato o fizeram. Ele foi obrigado a deixar o país. Outros ministros o seguiram. Haverá agitação, Élise, guarde minhas palavras.

Eu não disse nada.

— O que nos traz à questão de seu comportamento aqui na escola — disse ele. — Você agora é veterana. Uma dama. E deve se comportar como tal.

Pensei nisso e em como usar o uniforme das veteranas da Maison Royale não fazia com que eu me sentisse uma mulher. Só servia para fazer eu me sentir uma falsa dama. Só conseguia me sentir uma mulher de verdade depois do horário letivo, quando descartava o detestado vestido duro, soltava meu cabelo e deixava que caísse, encontrando meu busto recém-adquirido. Quando olhava no espelho e enxergava minha mãe olhando para mim.

— Você está escrevendo a Arno — disse ele, como se experimentando uma abordagem diferente.

— Não anda lendo minhas cartas, anda?

Ele revirou os olhos.

— Não, Élise, não estou lendo suas cartas. Pelo amor de Deus, o que pensa de mim?

Meus olhos baixaram.

— Desculpe, meu pai.

— Tão ocupada se rebelando contra qualquer autoridade disponível que se esqueceu dos verdadeiros amigos, é assim?

À mesa, Madame Levene assentia sensatamente, sentindo-se justificada.

— Peço desculpas, meu pai — repeti, ignorando-a.

— Ainda temos o fato de que você esteve escrevendo a Arno e... com base puramente no que ele me falou... você nada tem feito para cumprir os termos de nosso acordo.

Ele lançou um olhar sugestivo à diretora, as sobrancelhas ligeiramente erguidas.

— Que acordo seria este, meu pai? — perguntei com inocência, com o diabo em mim.

Com mais um breve gesto de cabeça para nossa plateia, ele acrescentou sugestivamente:

— O *acordo* que fizemos antes de você partir para Saint-Cyr, Élise, quando me garantiu que faria o máximo para convencer Arno da conveniência de sua *adoção* por nossa família.

— Peço desculpas, pai, ainda não entendo bem o que quer dizer.

Seu cenho ficou mais sério. Depois, respirando fundo, ele se virou para a diretora:

— Seria possível, madame, eu falar a sós com minha filha?

— Infelizmente isto contraria a política da academia, monsieur. — Ela sorriu com doçura. — Os pais ou guardiões que precisem ver as alunas em particular devem fornecer uma solicitação por escrito.

— Eu sei, mas...

— Lamento, monsieur — insistiu ela.

Ele tamborilou os dedos na perna de seus calções.

— Élise, por favor, não crie dificuldades. Sabe exatamente o que quero dizer. Antes de você vir para a escola, concordamos que era hora de *adotar* Arno em nossa *família*. — Ele me lançou um olhar sugestivo.

— Mas ele é membro de outra família — contestei, fazendo-me de sonsa.

— Não faça joguinhos comigo, Élise, por favor.

Madame Levene pigarreou.

— Estamos bem acostumados a isso na Maison Royale, monsieur.

— Obrigado, Madame Levene — disse meu pai com irritação. Mas quando voltou sua atenção a mim, nossos olhos se encontraram e parte do gelo entre nós evaporou diante da presença indesejada de Madame Levene, os cantos da boca de papai chegaram a se retorcer enquanto reprimia um sorriso. Em resposta, dei-lhe minha expressão mais inocente e beatífica. Seus olhos ficaram afetuosos naquele momento que partilhamos.

Ele estava mais controlado quando falou:

— Élise, estou certo de que não preciso lembrá-la dos termos de nosso acordo. Simplesmente digo que se você continuar a infringi-los, terei de cuidar da questão eu mesmo.

Ambos demos uma espiada em Madame Levene, sentada à mesa, com as mãos entrelaçadas, tentando ao máximo não parecer confusa, mas fracassando tremendamente. Foi o momento em que mais me aproximei de simplesmente explodir em uma gargalhada.

— Quer dizer que tentará convencê-lo de sua conveniência, meu pai?

Ele ficou sério, prendendo-me em seu olhar.

— Tentarei.

— Embora, ao assim proceder, o senhor me faça perder a confiança de Arno?

— É um risco que eu teria de assumir, Élise — respondeu meu pai. — A não ser que você faça o que concordou em fazer.

E o que eu concordei em fazer era doutrinar Arno. Trazê-lo para o redil. Meu coração ficou apertado com a ideia — a ideia de que eu, de algum modo, pudesse *perder* Arno. Entretanto, era isto ou meu pai o faria. Imaginei Arno, furioso, confrontando-me em algum momento inespecífico do futuro — *Por que você nunca me contou?* — e não suportei tal pensamento.

— Farei o que foi combinado, meu pai.

— Obrigado.

Voltamos nossa atenção a Madame Levene, que exibia uma carranca para papai.

— E trate de melhorar seu comportamento — acrescentou ele rapidamente, antes de bater a mão nas coxas, que eu, por anos de experiência, sabia que significava o fim de nossa reunião.

A cara feia da diretora ficou mais intensa porque, em vez de me repreender ainda mais, meu pai se levantou e me pegou nos braços, quase me surpreendendo com a força de sua emoção.

Naquele momento resolvi que, por ele, eu melhoraria. Iria agir corretamente só por ele. Ser a filha que ele merecia.

8 de janeiro de 1788

Quando volto a ver o registro do diário de 8 de setembro de 1787, é com um estremecimento de vergonha por ter escrito: "Iria agir corretamente só por ele. Ser a filha que ele merecia." Só para depois...
...não fazer absolutamente nada do gênero.
Não apenas deixei de convencer Arno das alegrias de se converter à causa Templária (uma situação pelo menos em parte criada por mim, perguntando-me deslealmente se de fato *havia* alguma alegria na conversão à causa Templária) como meu comportamento na Maison Royale não melhorou.
Verdadeiramente não melhorou.
Na realidade, ficou bem pior.
Pois ontem mesmo Madame Levene chamou-me à sua sala, a terceira vez em várias semanas. Quantas vezes fiz o percurso durante esses anos? Centenas? Por insolência, brigas, escapulir à noite (ah, como eu adorava escapulir à noite, só eu e o orvalho), por beber, perturbar a ordem, desleixo, ou por meu motivo preferido: "mau comportamento persistente."
Não havia ninguém que conhecesse o caminho para a sala de Madame Levene tão bem quanto eu. Não poderia haver um pedinte vivo que estendesse a palma da mão mais do que eu. E aprendi a prever o assovio da vara. Até a acolhê-lo. Sem piscar quando a vara deixava sua marca em minha pele.
Desta vez foi exatamente como eu esperava, outras repercussões de uma briga com Valerie que, além de ser líder de nosso grupo, era também a estrela teatral quando se tratava de produções de Racine e Corneille. Aceite meu conselho, caro leitor, e jamais escolha uma atriz como adversária. Elas são terrivelmente dramáticas em tudo. Ou, como diria o Sr. Weatherall: "Malditas rainhas do drama!"

É verdade que tal discordância em particular terminou com um olho roxo e um nariz sangrando em Valerie. Aconteceu enquanto eu supostamente estava de castigo por um ato de revolta menor no jantar um mês antes, que nem vale ser abordado aqui. A questão foi que a diretora alegou estar esgotando suas forças. Ela estava "farta de você, Élise de la Serre. Verdadeiramente farta, minha jovem".

E houve, naturalmente, a conversa habitual sobre expulsão. Só que, desta vez, eu tinha certeza de que era mais do que uma simples conversa. Tive certeza de que, quando Madame Levene me disse que pretendia enviar uma carta fortemente expressa à minha casa solicitando a atenção imediata de meu pai a fim de que meu futuro na Maison Royale fosse discutido, não foi simplesmente mais uma série de ameaças vazias e que suas forças estavam verdadeiramente se esgotando.

Ainda assim, eu não me importei.

Não, isto é, eu não me *importo*. Faça o que quiser, Levene; faça o que quiser, papai. Não há círculo do inferno a que vocês possam me entregar pior do que aquele em que já me encontro.

— Recebi uma carta de Versalhes — disse ela —, seu pai está enviando um emissário para lidar com você.

Eu estava olhando pela janela, meus olhos percorrendo os muros da Maison Royale até o exterior, onde eu desejava estar. Agora, porém, voltava meu olhar para Madame Levene, o rosto murcho de ameixa seca, os olhos como pedra por trás dos óculos.

— Um emissário?

— Sim. E, pelo que li na carta, este emissário recebeu a tarefa de lhe dar algum juízo *à força*.

Pensei comigo: *um emissário? Meu pai estava enviando um emissário. Ele nem mesmo virá pessoalmente.* Talvez ele planejasse me isolar, pensei, percebendo repentinamente como a ideia me parecia pavorosa. Meu pai, uma das únicas três pessoas no mundo que eu verdadeiramente amava e que me era de confiança, simplesmente me excluindo. Eu estava errada. Havia outro círculo do inferno no qual eu poderia ser lançada.

Madame Levene regozijava.

— Sim. Parece que seu pai está ocupado demais para resolver esta questão pessoalmente. Deve mandar um emissário em seu lugar. Talvez, Élise, você não seja tão importante para ele como imagina.

Olhei duramente para a cara exultante da diretora e, por um breve segundo, imaginei me lançando sobre a mesa e arrancando eu mesma aquele sorriso irônico, mas eu já fermentava outros planos.

— O emissário deseja vê-la a sós — disse ela, e ambas sabíamos da importância daquele fato. Significava que eu seria castigada. Como em "fisicamente castigada".

— Imagino que a senhora ouvirá pela porta.

Ela franziu os lábios. Os olhos pétreos cintilaram.

— Será um prazer saber que sua impertinência terá um preço, Mademoiselle de la Serre, esteja certa disso.

21 de janeiro de 1788

E assim veio o dia da chegada do emissário. Mantive-me longe de problemas na semana anterior à vinda dele. De acordo com as outras meninas, eu estava mais calada do que o normal. Algumas perguntavam quando a "antiga Élise" voltaria; as suspeitas de sempre tagarelavam que eu finalmente tinha sido domada. Veremos.

Na realidade, o que fazia era me preparar, mental e fisicamente. O emissário estaria esperando uma submissão dócil. Estaria esperando uma adolescente assustada, com medo de ser expulsa, infeliz e satisfeita em aceitar qualquer punição em vez de enfrentar o outro castigo. O emissário esperaria lágrimas e arrependimento. Ele não receberia isto.

Fui convocada à sala, informada para esperar e obedeci. Minhas mãos seguravam a bolsa, onde eu escondia uma ferradura tomada "de empréstimo" do alto da porta do dormitório. Nunca havia me trazido sorte alguma. Agora era sua chance.

Do vestíbulo, ouvi duas vozes, Madame Levene com suas boas-vindas obsequiosas e lisonjeiras ao emissário de meu pai, dizendo-lhe que "A infame aguarda seu castigo em minha sala, monsieur" e depois a voz mais grave e murmurada do emissário respondendo, "Obrigado, madame".

Ofegante, reconheci a voz e ainda tinha a mão na bolsa, chocada, quando a porta se abriu e de dentro dela apareceu o Sr. Weatherall.

Ele fechou a porta e me atirei a ele, arrancando-lhe o fôlego com a força de minhas emoções, os ombros agitados por causa dos soluços que vieram antes que eu tivesse a oportunidade de contê-los. Meus ombros se ergueram enquanto chorava no peito dele, devo dizer: jamais fiquei tão satisfeita em ver alguém na vida como naquele momento.

Ficamos daquele jeito por algum tempo, eu chorando silenciosamente junto ao meu protetor até que por fim consegui recuperar o controle. Ele me colocou a distância de um braço para encarar meus olhos e então, colocando o dedo nos lábios, desabotoou o paletó, tirou-o e o pendurou no gancho atrás da porta para que cobrisse o buraco da fechadura.

Olhando para trás, disse em voz alta:

— Faz muito bem em chorar, mademoiselle, pois seu pai está por demais furioso com você para resolver a questão por conta própria. Estava tão tomado de emoção que pediu para que eu, seu preceptor — ele deu uma piscadela —, aplique o castigo em seu lugar. Mas primeiro, deve escrever a ele uma carta de profundas desculpas. E quando terminar, darei seu castigo, que você pode esperar ser o mais severo que já experimentou.

Ele me conduziu a uma carteira escolar em um canto da sala, onde me posicionei com papel, tinta e pena, caso a diretora precisasse de um pretexto para nos interromper. Em seguida puxou uma cadeira, pôs os cotovelos no tampo da mesa e, aos sussurros, começamos a conversar.

— Estou feliz em vê-lo — falei a ele.

Ele riu baixinho.

— Não posso dizer que estou surpreso. Afinal, você esperava levar uma sova daquelas.

— Na verdade — disse eu, abrindo a bolsa e revelando a ferradura —, é bem o contrário.

Ele franziu o cenho. Não era a reação que eu queria.

— E depois, Élise? — sussurrou ele, irritado, batendo o indicador na mesa para dar ênfase. — Você teria sido expulsa da Maison Royale. Sua educação... atrasada. Sua iniciação... atrasada. Sua ascensão para ser a Grã-Mestre... atrasada. No que exatamente este caminho teria resultado, hum?

— Sinceramente, não me importo.

— Não se importa, hein? Você não se importa mais com seu pai?

— Sabe muito bem que me importo com meu pai, diabos.

Ele zombou do meu palavreado.

— E eu sei muito bem que você se importa com sua mãe também, maldição. E o nome da família está envolvido nisso. Sendo assim, por que você se esforça tanto para arrastá-lo para a lama? Por que está tentando assegurar que jamais chegará a Grã-Mestre?

— É meu *destino* ser Grã-Mestre — respondi, percebendo, com uma pontada desagradável, que eu me assemelhava a May Carroll.

— O destino pode mudar, criança.

— Não sou mais uma criança — lembrei a ele. — Tenho 20 anos.

Ele se entristeceu.

— Você sempre será uma criança para mim, Élise. Não se esqueça de que consigo me lembrar da garotinha aprendendo a manejar a espada no bosque. A aluna mais capaz que já tive, mas também a mais impulsiva. Muito cheia de si. — Ele me olhou de relance. — Tem treinado com sua espada?

Zombei da pergunta.

— Aqui? Como poderia fazer isso?

Com sarcasmo, ele fingiu refletir.

— Ora, vejamos. Hum, que tal manter-se discreta para que cada movimento seu não seja vigiado? Assim mademoiselle poderia escapulir de vez em quando, em vez de sempre se colocar no centro das atenções. A espada dada a você por sua mãe teve exatamente este propósito.

Senti-me culpada.

— Bem, não. Como sabe, eu não andei treinando.

— E assim suas habilidades têm sido negligenciadas.

— Então por que me mandar a uma escola onde isto tendia a acontecer?

— A questão é que não *tendia* a acontecer. Você não deveria deixar que acontecesse. Você deve ser a Grã-Mestre.

— Bem, isso pode mudar, de acordo com você — rebati, sentindo que tinha vencido a discussão.

Ele não titubeou.

— E *mudará*, se você não se empenhar e se corrigir. Aqueles que você chama de os Corvos... os Messieurs Lafrenière, Le Peletier e Sivert e Madame Levesque... estão loucos para vê-la fracassar. Pensa que tudo na Ordem é acolhedor? Que todos estão espalhando flores para sua coroação como a "rainha legítima", como nos livros de história? Nada pode estar mais longe da verdade. Cada um deles gostaria de encerrar o reinado dos De la Serre e assim carregar o título de Grão-Mestre para a própria família. Cada um deles procura motivos para destituir seu pai e arrebatar o título para si. A política deles difere daquela de seu pai, lembra-se? A confiança deles em seu pai está por um fio. Ter uma filha errante é última coisa da qual ele precisa. Além disso...

— O quê?

Ele olhou para a porta. Sem dúvida Madame Levene estava com a orelha apertada nela, e foi para os ouvidos dela que o Sr. Weatherall falou em voz alta:

— ...e certifique-se de que usará sua melhor caligrafia, mademoiselle.

Baixando o tom, ele se curvou para mais perto de mim.

— Lembra-se dos dois homens que atacaram vocês, não?

— Como poderia me esquecer?

— Bem — continuou o Sr. Weatherall —, prometi à sua mãe que encontraria o sujeito que usava trajes de médico, e creio ter encontrado.

Eu o olhei feio.

— Sim, está bem — admitiu ele —, é verdade que demorei algum tempo. Mas encontrei-o, é isso o que importa.

Nossos rostos estavam tão próximos que quase se tocavam. Eu sentia cheiro de vinho no hálito dele.

— Quem é ele? — perguntei.

— Seu nome é Ruddock e ele é de fato um Assassino, ou, pelo menos, *era*. — Ele continuou: — Ao que parece, foi excomungado da Ordem. Esteve tentando voltar desde então.

— Por que foi excomungado?

— Angariava descrédito à Ordem. Gosta de um jogo de azar, pelo que dizem. Mas não tem a sorte ao seu lado. Está atolado em dívidas até os olhos, relatam.

— É possível que ele esperasse matar minha mãe como meio de cair nas boas graças de sua Ordem?

O Sr. Weatherall lançou-me um olhar impressionado.

— Poderia muito bem ser o caso, embora não consiga deixar de pensar que tenha sido uma estratégia um tanto estúpida da parte dele. Pode ser que matar sua mãe o colocasse em uma desgraça ainda maior. Ele não tinha como saber. — Ele meneou a cabeça. — Esperar para ver se o assassinato é visto sob um prisma favorável e depois reclamar o crédito por ele, talvez. Mas, não, não enxergo desta forma. A mim, parece-me que andou oferecendo seus serviços a quem pagava mais, tentando liquidar as dívidas de jogo. Calculo que nosso amigo Ruddock trabalhava de forma independente.

— Então os Assassinos não estavam por trás do atentado?
— Não necessariamente.
— Você contou aos Corvos?
Ele balançou a cabeça.
— E por que não?
Foi cauteloso.
— Sua mãe tinha certas... *desconfianças* com relação aos Corvos.
— Que tipo de desconfianças?
— Lembra-se de certo François Thomas Germain?
— Não sei se me recordo.
— Um sujeito de aparência feroz. Ele ficava por perto quando você era uma alpinista de formigueiro.
— Alpinista do quê?
— Não importa. Mas este François Thomas Germain era representante de seu pai. Tinha ideias duvidosas e seu pai o expulsou da Ordem. Agora ele está morto. Mas sua mãe sempre se perguntava se os Corvos teriam alguma empatia por ele.

Assustei-me, incapaz de acreditar no que ouvia.
— Não pode acreditar que os conselheiros de meu pai tramariam a morte de minha mãe.

É verdade que eu sempre detestei os Corvos, mas também sempre detestei Madame Levene e era incapaz de imaginá-la tramando meu assassinato. A ideia era forçada demais.

O Sr. Weatherall prosseguiu:
— A morte de sua mãe teria sido adequada para os fins destas pessoas. Os Corvos podem muito bem ser conselheiros de seu pai no nome, mas depois que Germain foi expulso, era à sua mãe que ele dava ouvidos, acima de todos os outros, inclusive eles. Com ela fora do caminho...

— Mas ela está "fora do caminho". Ela morreu e meu pai continuou fiel aos seus princípios.

— É impossível saber o que acontece, Élise. Talvez ele tenha se revelado menos maleável do que o esperado.

— Não, ainda não faz sentido para mim — falei, balançando a cabeça.

— Nem sempre as coisas fazem sentido, meu amor. Os Assassinos tentando matar sua mãe não fazia sentido, mas todos acreditaram veementemente nisso. Não, por enquanto mantenho minhas desconfianças, a não ser que tenha provas em contrário e, se isto valer para você também, não correrei riscos antes de estarmos bem informados.

Por dentro, eu sentia um vazio estranho, a sensação de que uma cortina tinha sido puxada, expondo incertezas. Podia haver gente dentro de nossa organização que nos queria mal. Eu precisava descobrir — precisava descobrir de uma forma ou de outra.

— E papai?

— O que tem ele?

— Não falou com ele de suas desconfianças?

Como os olhos fixos no tampo da mesa, ele meneou a cabeça em negativa.

— Por quê?

— Bem, primeiro porque são apenas desconfianças e, conforme você observou, são suspeitas muito desvairadas. Se não forem confirmadas... e muito provavelmente não serão... eu pareceria um completo idiota; se confirmadas, então só terei servido para alertar a respeito delas, e enquanto se ocupam do escárnio porque eu não tinha nem um fiapo de prova, fazem planos para me eliminar. E também...

— O quê?

— Eu mesmo não tenho me desempenhado bem desde que sua mãe morreu, Élise — confessou ele. — Voltando aos velhos hábitos, pode-se dizer, e nisto destruindo as pontes que construí com meus companheiros Templários. Há algumas semelhanças entre mim e o Sr. Ruddock.

— Entendo. E é por isso que sinto cheiro de vinho em seu hálito?

— Cada um lida com a tristeza à sua maneira, criança.

— Ela morreu há quase dez anos, Sr. Weatherall.

Ele soltou uma risada curta, melancólica.

— Acha que meu luto é demasiado para o seu gosto, não é? Bem, posso dizer o mesmo de você, desperdiçando o que resta de sua educação, fazendo inimigos quando deveria fazer ligações e contatos. Não zombe de gente como eu, Élise. Não até que sua própria casa esteja em ordem.

Franzi o cenho.

— Precisamos saber quem estava por trás daquele atentado.
— É exatamente o que estou fazendo.
— Como?
— Este sujeito, Ruddock, está escondido em Londres. Temos contatos em Londres. Os Carroll, se você se recorda. Já os avisei de minha chegada.

Nunca estive tão segura de algo nesta vida.

— Irei com você.

Ele me olhou com irritação.

— Não, maldição, não irá, ficará aqui e terminará seus estudos. Pelo amor de Deus, menina, que raios seu pai diria?
— Que tal dizermos a ele que farei uma visita educacional a Londres a fim de aprimorar meu inglês?

O protetor bateu o dedo na mesa.

— Não. Que tal não fazermos nada do gênero? Que tal você ficar aqui?

Neguei balançando a cabeça.

— Não, irei com você. Este homem vem assombrando meus pesadelos há anos, Sr. Weatherall. — Fixei nele meu melhor olhar de súplica — Tenho alguns fantasmas que preciso colocar para descansar.

Ele revirou os olhos.

— Essa rasteira você não me passa. Você se esquece de que a conheço bem. É mais provável que você esteja buscando empolgação, e você deseja sair deste lugar.
— Muito bem, está certo — concordei —, mas, convenhamos, Sr. Weatherall. Sabe como é difícil ter pessoas como Valerie me ridicularizando e não poder lhe dizer que, um dia, quando ela estiver parindo rebentos do filho bêbado de um marquês, eu serei líder dos Templários? Esta fase de minha vida está demorando demais para se concluir. Estou desesperada para que comece a próxima.

— Terá de esperar.
— Só me falta um ano — pressionei.
— Chamam de conclusão por boas razões. Não pode terminar nada se não terminar.
— Eu não ficaria fora tanto tempo.
— Não. E, de qualquer modo, mesmo que... *mesmo que* eu concordasse, jamais conseguiria que aquela ali dissesse sim.
— Podemos falsificar cartas — insisti. — Monsieur pode interceptar qualquer coisa que ela enviar ao meu pai. Imagino que *tenha andado* interceptando as cartas...
— É claro que sim. Por que acha que estou aqui, e não ele? Mas ele descobrirá, cedo ou tarde. A certa altura, Élise, de um modo ou de outro, suas mentiras serão expostas.
— E aí será tarde demais.
Ele se encheu de uma fúria renovada, a pele avermelhando-se em contraste aos bigodes brancos.
— É isso... É exatamente disso que estou falando. Você é muito cheia de si e se esquece de suas responsabilidades. Isto a deixa imprudente e, quanto mais imprudente se revela, mais arrisca a posição de sua família. Agora eu desejaria jamais ter-lhe dito nada, maldição. Pensei que uma conversa seria capaz de meter algum juízo em você.
Eu o fitei, uma ideia se formando em minha cabeça e, em uma atuação que teria impressionado Valerie, fingi concluir que ele tinha razão, que me lamentava e exibi todas aquelas outras coisas que ele desejava ver em meu rosto.
Ele assentiu e lançou a voz para a porta:
— Muito bem, enfim você terminou. Levarei esta carta a seu pai, acompanhada da notícia de que lhe dei seis golpes da vara.
Balancei a cabeça e ergui dedos desesperados.
Ele empalideceu.
— Quero dizer, *doze* golpes da vara.
Balancei a cabeça intensamente. Ergui os dedos de novo.
— Quero dizer, dez golpes da vara.
Fingindo-me chorosa, exclamei:
— Ah, não, monsieur, dez golpes, não.

— Ora, é esta a vara usada para castigar vocês, meninas?

Ele foi à mesa de Madame Levene, que estava à vista do buraco da fechadura, e pegou a vara em seu lugar de honra, atravessada na mesa. Ao mesmo tempo, usou a cobertura de suas costas e a perícia nas mãos para puxar a almofada da cadeira da diretora e deslizá-la pelo chão até mim.

Foi tudo muito fácil. Como se fizéssemos todos os dias. Que belo time formávamos. Peguei a almofada e a coloquei na mesa enquanto ele se aproximava com a vara, e mais uma vez estávamos fora de vista do buraco da fechadura.

— Muito bem — disse ele em voz alta, para os ouvidos de Madame Levene, com uma piscadela para mim.

Coloquei-me de lado enquanto ele dava dez golpes fortes na almofada, eu soltando gritinhos adequados depois de cada um deles. E, afinal, quando se tratava de ruídos autênticos de dor, quem os conhecia melhor do que eu? Podia imaginar Madame Levene praguejando enquanto toda a ação acontecia fora de sua vista, sem dúvida planejando alterar a disposição da mobília assim que possível.

Quando acabou, forcei-me a pensar em minha mãe para me obrigar a chorar e, recolocando a almofada e a vara em seus respectivos lugares, abrimos a porta. Madame Levene estava de pé no vestíbulo, a certa distância. Compus minha expressão a fim de aparentar uma pessoa recentemente castigada, lancei-lhe um olhar cheio de ódio com meus olhos avermelhados e então, cabisbaixa e resistindo à tentação de dar uma piscadela de despedida ao Sr. Weatherall, escapuli dali como se ávida para lamber minhas feridas.

Na realidade, eu tinha uma coisinha no que pensar.

23 de janeiro de 1788

Vejamos. Como isso começou? É verdade — com Judith Poulou dizendo que Madame Levene tinha um amante.

Foi só o que disse Judith, certa noite, após o apagar das luzes, que Madame Levene tinha "um amante na mata" e a maioria das meninas basicamente zombou da ideia. Mas não eu. Lembrei-me de uma noite há um tempinho quando, logo depois da ceia, espionei a temida diretora por uma janela do dormitório, enrolando-se em um xale e descendo a escadaria do internato às pressas, misturando-se à escuridão em seguida.

Havia algo em seu comportamento que me fez pensar que ela não pretendia apenas tomar ar. O jeito como olhava de um lado a outro. Como seguia para o caminho que levava à noite dos campos desportivos e, sim, talvez, à mata no perímetro.

Consumiu-me duas noites de vigilância, mas na última noite a vi mais uma vez. Como antes, ela saiu do internato e com o mesmo ar furtivo, embora não o suficiente para detectar uma janela sendo aberta no prédio acima nem meu corpo dependurado nela, descendo pela treliça ao chão e partindo em seu encalço.

Enfim colocava meu treinamento em ação. Tornei-me um espectro na noite, mantendo-a à vista, seguindo-a silenciosamente enquanto ela usava a luz da lua para encontrar o caminho pelo gramado até o perímetro dos campos desportivos.

Era um terreno aberto e eu me zanguei por um momento — depois fiz o que minha mãe e o Sr. Weatherall me ensinaram. Avaliei a situação. Madame Levene com a luz da lua às suas costas — seus velhos olhos auxiliados pelos óculos contra os meus olhinhos jovens. Resolvi me manter atrás dela, guardando certa distância, de modo que ela era pouco mais do que uma sombra adiante. Vi o brilho do luar em seus óculos quando ela se virou para verificar se não estava sendo seguida e fiquei imóvel, tornando-me parte da noite, rezando para que meus cálculos estivessem corretos.

E estavam. A bruxa continuou até a linha das árvores e foi tragada pelas formas irregulares de troncos e arbustos. Acelerei o passo e a segui, encontrando o mesmo caminho que ela tomara, cortando o bosque, tornando-me um fantasma. A rota fazia eu me lembrar dos anos em que segui trilhas semelhantes para ver o Sr. Weatherall. Uma trilha que costumava terminar com meu protetor empoleirado e à espera em seu toco de árvore, sorrindo, livre, e depois curvado pelo peso da morte de mamãe.

Até então, eu jamais havia sentido cheiro de vinho em seu hálito.

Bani a lembrança quando vi o pequeno chalé do jardineiro mais à frente e percebi aonde a diretora estava indo. Parei de imediato e, de minha posição atrás de uma árvore, observei-a bater suavemente e a porta ser aberta. Eu a ouvi dizer um "Mal pude esperar para vê-lo" e houve um som distinto de um beijo — *um beijo* —, depois desapareceu no interior do casebre, a porta se fechando.

Então aquele era o amante da mata. Jacques, o jardineiro, de quem eu pouco sabia além do que via ao longe enquanto cumpria seus deveres. De uma coisa eu sabia: era muito mais jovem do que Madame Levene. Mas que cavalo azarão ela era.

Voltei sabendo que os boatos eram verídicos. E, infelizmente para ela, não só eu era a única de posse da informação como me apetecia usá-la para conseguir o que quisesse. De fato, era exatamente o que eu pretendia fazer.

25 de janeiro de 1788

Logo depois do almoço, Judith veio me ver. A mesmíssima Judith de quem ouvi o boato sobre o amante de Madame Levene. Nem minha inimiga nem admiradora, Judith manteve o rosto impassível quando me deu a notícia de que a diretora queria me ver prontamente em sua sala, a fim de falar do roubo de uma ferradura da porta do dormitório.

Fiz uma expressão temerosa, como quem diz "Ah, meu Deus, de novo não. Quando esta tortura terá fim?", quando na realidade eu não poderia estar mais empolgada. Madame Levene estava em minhas mãos. Entregue a mim em uma bandeja estava a oportunidade de ouro de dar a ela a boa nova de que eu sabia tudo sobre seu amante, *Jacques*, porque enquanto ela achava que me castigaria com a vara por roubar a ferradura do dormitório, na realidade eu não ficaria com a habitual ardência na palma da mão e uma sensação fervilhante de injustiça, mas com uma carta para meu pai. Uma carta na qual Madame Levene lhe informaria que sua filha Élise estava de partida para aprendizagem individual de inglês em... *adivinhe só*.

Isto é, se tudo saísse de acordo com meus planos.

Já à porta da sala dela, bati fortemente, entrei e depois, com os ombros eretos e o queixo empinado, atravessei o cômodo até onde ela estava sentada, diante da janela, e joguei a ferradura em sua mesa.

Houve um instante de silêncio. Aqueles olhos de miçanga fixaram-se no pedaço indesejado de ferro enferrujado em sua mesa, depois se ergueram aos meus, mas em vez do olhar habitual de desdém e ódio mal disfarçado, havia outra coisa ali — uma emoção indecifrável que eu jamais tinha visto nela.

— Ah — disse ela com um leve tremor na voz —, muito bem. Você devolveu a ferradura roubada.

— Era por isso que queria me ver, não? — falei cautelosamente, de súbito menos segura de mim.

— Foi o que eu disse a Judith como justificativa para vê-la, sim. — Ela estendeu a mão por baixo da mesa e ouvi o som de uma gaveta se abrindo. — Mas havia outra razão.

Senti um arrepio, mal me atrevi a perguntar:

— E o que é, madame?

— Isto — disse ela, colocando algo na mesa à sua frente.

Era meu diário. Senti meus olhos se arregalarem e de repente fiquei sem ar. Meus punhos se flexionavam.

— A senhora... — experimentei, mas não consegui terminar. — A senhora...

Ela ergueu um dedo ossudo e trêmulo para mim e seus olhos faiscaram quando a voz se elevou, sua raiva fazendo par com a minha.

— Não me venha com o papel de vítima, jovenzinha. Não depois do que li.

O dedo bateu na capa do diário. Ali dentro estavam meus pensamentos mais íntimos, arrancados de seu esconderijo, debaixo de meu colchão. Examinados por minha inimiga mais odiada.

Meu mau humor agora aumentava. Eu lutava para controlar a respiração e meus ombros se erguiam e caíam, os punhos ainda se abrindo e fechando.

— O quanto... o quanto a senhora leu? — consegui questionar.

— O suficiente para saber que você planejava chantagear-me — disse ela sucintamente. — Nem mais, nem menos.

Mesmo no calor de minha fúria, a ironia não me passou despercebida. Ambas fomos apanhadas — içadas a meio caminho entre a vergonha de nossos atos e o ultraje pelo que nos fizeram. Eu mesma sentia uma forte mistura de fúria, culpa e puro ódio e, em minha mente, delineava minha imagem saltando sobre a mesa, as mãos agarrando o pescoço dela enquanto seus olhos se esbugalhavam por trás dos óculos redondos...

Em vez disso, simplesmente a encarei, incapaz de compreender o que acontecia.

— Como pôde?

— Porque eu vi você, Élise de la Serre. Eu a vi esgueirando-se em volta do chalé naquela noite. Eu a vi espionando a mim e Jacques. Então pensei, sensatamente, que seu diário poderia me esclarecer suas intenções. Nega que pretendia me chantagear, De la Serre? — Seu rubor aumentava. — *Chantagear* a diretora da escola?

Mas nossa fúria estava em conflito.

— Ler meu diário é imperdoável — censurei, enfurecida.

A voz dela se elevou.

— O que você planejava fazer era imperdoável. *Chantagem*. — Ela cuspiu a palavra como se não conseguisse acreditar. Como se nunca tivesse conhecido tal conceito.

Empertiguei-me.

— Eu não pretendia lhe fazer mal. Era um meio para se atingir um fim.

— Ouso dizer que a perspectiva de me prejudicar a deleitava, Élise de la Serre. — Ela brandiu meu diário. — Li exatamente o que você pensa de mim. Seu ódio... não, pior, seu *desprezo* por mim se derrama de cada página.

Dei de ombros.

— Isto a surpreende? Afinal, a *senhora* não odeia *a mim*?

— Ah, menina estúpida — ela estava furiosa —, é claro que não *a odeio*. Sou sua diretora. Quero o melhor para você. E para sua informação, também não fico escutando à porta de ninguém.

Lancei um olhar de dúvida.

— A senhora me pareceu bem feliz quando pensou em minha punição iminente.

Ela baixou o olhar.

— No calor do momento, todos nós dizemos coisas que não deveríamos, e arrependo-me desta observação. Mas o fato é que, embora você de maneira nenhuma seja a pessoa de quem eu mais goste no mundo, sou sua diretora. Sua guardiã. E você, em particular, chegou a mim como uma menina ferida, recém-saída da perda de sua mãe. Você, em particular, precisava de atenção especial. Ora, sim, minhas tentativas de ajudar tiveram de assumir a forma de uma batalha de vontades e suponho que isto não seja surpreendente e, sim, suponho que você deva pensar que a odeio... ou devia pensar, quando você era mais jovem e chegou aqui. Mas agora você é uma dama, Élise, deveria saber se comportar. Não li mais de seu diário do que precisava a fim de determinar sua culpa, mas li o suficiente para saber que seu futuro está numa direção diferente daquela da maioria de nossas alunas e, por isso, fico satisfeita. Ninguém com o seu espírito deve se acomodar a uma vida de domesticidade.

Tive um sobressalto, incapaz de acreditar no que ouvia, e ela permitiu que eu absorvesse as palavras antes de continuar, com a voz mais mansa:

— E agora nos encontramos em uma situação complicada, pois ambas fizemos algo terrível e ambas temos o que a outra quer. De você, quero silêncio sobre o que viu; e você quer de mim uma carta a seu pai. — Ela me passou o diário por sobre a mesa. — Eu lhe darei a carta. Mentirei por você. Direi a ele que passará parte de seu último ano em Londres, a fim de que possa fazer o que precisa. E quando você tiver exorcizado o que a compele a ir, tenho confiança de que será uma Élise de la Serre diferente que voltará a mim. Uma Élise que manteve o espírito da garotinha, mas abandonou a jovem de cabeça quente.

A carta estaria comigo à tarde, disse ela, e me levantei para sair, mais calma, a vergonha deixando minha cabeça pesada. Quando cheguei à porta, ela me deteve:

— Mais uma coisa, Élise. Jacques não é meu amante. É meu filho.

Não creio que minha mãe teria muito orgulho de mim nessa hora.

7 de fevereiro de 1788

i

Agora estou a uma boa distância de Saint-Cyr. E depois de dois dias tumultuados, escrevo este texto em...
    Bem, não. Não vamos entregar nada ainda. Voltemos a quando tomei minha carruagem, saindo do pavoroso *Le Palais de la Misère*, sem olhadelas para trás, nem amigas desejando-me *bon voyage*, nem Madame Levene parada à janela, acenando-me com um lenço. Tão somente eu em uma carruagem e com meu baú amarrado no teto.
    — Chegamos — disse o cocheiro quando paramos nas docas em Calais.
    Era tarde e o mar era um tremeluzir escuro e ondulante para além das pedras do calçamento do porto e dos mastros vacilantes de navios ancorados. No alto, gaivotas guinchavam, e ao redor havia o povo das docas, cambaleando de uma taberna a outra, a noite em plena atividade, um alvoroço turbulento no ar. Meu cocheiro lançou olhares reprovadores de um lado a outro, depois subiu no estribo para soltar meu baú e o deitou no calçamento do porto. Abri minha porta e ele esbugalhou os olhos. Eu não era mais a menina que ele havia buscado.
    Por quê? Porque durante a jornada, eu me transformei. Havia tirado o maldito vestido e agora usava calções, uma camisa, colete e sobrecasaca. Arranquei a touca pavorosa, prendi o cabelo para trás. E agora, ao sair da carruagem, metia o tricorne na cabeça, curvando-me para meu baú e abrindo-o, tudo sob o olhar atônito do cocheiro. Meu baú cheio das roupas que eu detestava e bugigangas que eu pretendia jogar fora, afinal. Só precisava de meu embornal, isto é, a minha bolsa de alça — dele e da espada curta que retirei das profundezas do baú

e prendi na cintura, permitindo que o embornal caísse sobre ela e a escondesse.

— Pode ficar com o baú, se quiser — falei. De dentro do colete, tirei uma bolsinha de couro e catei algumas moedas.

— Então... quem está aqui para acompanhá-la? — perguntou ele, embolsando as moedas e olhando em volta, de cara amarrada para os celebrantes noturnos que andavam pelas docas.

— Ninguém.

Ele me olhou de viés.

— Isso é alguma brincadeira?

— Não, por que seria?

— Não pode andar pelas docas sozinha a esta hora.

Joguei outra moeda em sua mão. Ele a olhou.

— Não — disse ele com firmeza —, infelizmente, não posso permitir.

Joguei mais uma moeda em sua mão.

— Muito bem então — concordou ele —, a decisão é sua. Mas fique longe das tabernas e perto das lamparinas. E fique alerta junto às docas, são altas e irregulares, e muitos infelizes caíram por chegar perto demais para espiar pela beira. E não encare ninguém nos olhos. Ah, e faça o que fizer, mantenha esta bolsa escondida.

Sorri com doçura, sabendo que eu pretendia aceitar todos os conselhos, exceto a parte sobre as tabernas, pois era exatamente nelas que eu queria ir. Vi a carruagem se afastar e segui diretamente para a mais próxima delas.

A primeira na qual entrei não tinha nome, mas havia uma placa de madeira, pendurada acima das janelas, bem no alto, com duas galhadas grosseiramente desenhadas, então resolvi intitulá-la Os Chifres. Enquanto eu estava do lado de fora criando coragem para entrar, a porta se abriu, deixando sair uma lufada de ar quente, um som exuberante de piano e o fedor de cerveja, bem como um homem e uma mulher desequilibrados e com as bochechas rosadas, segurando-se um no outro. No instante em que a porta se abriu, tive o vislumbre do interior da taberna, e foi como olhar uma fornalha antes de a porta voltar a ser fechada rapidamente e o silêncio retornar ao porto, o barulho do interior da taberna reduzido a um balbuciar de fundo.

Preparei-me. *Muito bem, Élise. Você queria se livrar daquela escola afetada, das regras e regulamentos que detestava.* Do outro lado desta porta, está o extremo oposto da escola. *A pergunta é: você é realmente tão forte como pensa ser?*

(A resposta, eu estava prestes a descobrir, era não.)

Entrar ali foi como penetrar em um novo mundo, formado inteiramente de fumaça e barulho. Risos roucos, guinchos de aves, piano e cantoria de bêbados assaltaram meus ouvidos.

Era uma sala pequena, com uma varanda em uma extremidade e gaiolas de pássaros penduradas em vigas e cheia de bêbados. Homens reclinavam-se nas mesas ou no chão e a varanda estava lotada de pessoas espichando-se para importunar quem estava abaixo. Fiquei junto da porta, demorando-me nas sombras. Os bêbados próximos olharam-me com interesse e ouvi um assobio galanteador cortar o barulho, depois atraí o olhar de uma criada de avental que se virou depois de baixar duas canecas de cerveja em uma mesa, a cerveja felizmente prendendo a atenção dos homens sentados ali.

— Procuro pelo capitão de um navio que esteja partindo para Londres pela manhã — falei em voz alta.

Ela enxugou as mãos no avental e revirou os olhos.

— Algum capitão em especial? Algum navio em especial?

Balancei a cabeça. Isso não importava.

Ela assentiu, olhando-me de cima a baixo.

— Vê aquela mesa no fundo? — Semicerrei os olhos através da fumaça e dos corpos saltitando, enxergando a mesa bem no canto. — Vá até lá, fale com aquele que chamam de Intermediário. Diga-lhe que Clémence a enviou.

Olhei mais atentamente, vendo três homens sentados de costas para a parede, com cortinas de fumaça conferindo-lhes a aparência de fantasmas, como espíritos bebedores de regresso, amaldiçoados a assombrar a taberna pela eternidade.

— Qual deles é o Intermediário? — perguntei a Clémence.

Ela sorriu com malícia ao se afastar.

— É o que está no meio.

Sentindo-me exposta, parti para o Intermediário e seus dois amigos. Rostos se voltavam para cima enquanto eu passava pelas mesas.

— Ora, ora, que coisinha atraente para estar num lugar como este — ouvi, bem como algumas outras sugestões mais indecentes, as quais o recato me proíbe de partilhar. Agradeci a Deus pela fumaça, pela luz baixa, pelo barulho e pelo estado geral de embriaguez que pendia sobre o lugar. Significava que só aqueles mais próximos de mim demonstravam interesse.

Cheguei aos três homens-espíritos e me coloquei diante da mesa, onde estavam postados de frente para o salão com seus canecos, arrastando o olhar das festividades para mim. Enquanto outros olhavam de modo enviesado, faziam caretas ou sugestões bêbadas e grosseiras, eles simplesmente olhavam, avaliando-me. O Intermediário, mais baixo que seus dois companheiros, olhou para além de mim e me virei a tempo de ter um vislumbre da criada sorridente, que escapulia dali.

Ai, ai. De repente tive a consciência de como estava longe da porta. Ali, nas profundezas da taberna, era ainda mais escuro. Os ébrios atrás pareciam ter se fechado sobre mim. As chamas de tochas bruxuleavam nas paredes e os rostos dos três homens me observavam. Pensei no conselho de minha mãe, perguntei-me o que o Sr. Weatherall diria. *Permaneça impassível, porém vigilante. Avalie a situação.* (E ignore aquela sensação ranheta de que você devia ter feito tudo isso *antes* de entrar na taberna.)

— E o que uma jovem bem-vestida faz totalmente sozinha em um lugar como este? — disse o homem do meio. Sem sorrir, pegou um cachimbo de haste longa no bolso do peito e o encaixou em um espaço entre os dentes tortos e escurecidos, mascando-o com uma gengiva rosada.

— Disseram-me que o senhor pode me ajudar a encontrar o capitão de um navio — disse eu.

— E o que você poderia querer com um capitão?

— Uma passagem para Londres.

— Para Londres?

— Sim.

— Quer dizer, Dover?

Senti que ruborizava e engoli minha estupidez.
— É claro — confirmei.
Os olhos do Intermediário dançavam de divertimento.
— E você precisa de um capitão para esta viagem, não?
— Exatamente.
— Ora, por que simplesmente não toma o paquete?
A sensação de incompetência tinha voltado.
— O paquete?
O Intermediário reprimiu uma risadinha.
— Não importa, menina. De onde você é?
Alguém me empurrou rudemente por trás. Repeli com o ombro e ouvi um bêbado bater em uma mesa próxima, derramando bebidas e sendo xingado pelo tormento, antes de se dobrar no chão.
— De Paris — respondi ao Intermediário.
— Paris, hein? — Ele tirou o cachimbo da boca e um fio de baba caiu na mesa enquanto ele o usava como ponteiro. — De uma das áreas mais salubres da cidade, porém, estou certo, a julgar por sua aparência, quero dizer.
Eu nada falei.
O cachimbo tinha voltado. A gengiva cor-de-rosa.
— Qual é o seu nome, menina?
— Élise — informei a ele.
— Sem sobrenome?
Fiz uma expressão evasiva.
— Eu poderia reconhecer seu sobrenome?
— Valorizo minha privacidade, apenas isso.
Ele assentiu um pouco mais.
— Bem — disse ele —, creio que posso encontrar para você um capitão com quem falar. Na realidade, eu e meus amigos sairemos para nos encontrar com este cavalheiro para uma ou duas cervejas. Por que não se junta a nós?
Ele fez menção de se levantar...
Estava tudo errado. Fiquei tensa, consciente do clamor à minha volta, empurrada por bêbados e, ainda assim, de algum modo, totalmente isolada; depois fiz uma leve mesura, sem desviar o olhar deles.

— Agradeço por seu tempo, cavalheiros, mas pensei melhor.

O Intermediário pareceu surpreso e seus lábios se abriram em um leve sorriso, revelando mais do cemitério de dentes. Foi a mesma coisa que o peixinho viu — segundos antes de ser devorado por um tubarão.

— Pensou melhor, é? — rebateu ele com um olhar de soslaio à esquerda e à direita, para os dois companheiros maiores. — O que quer dizer? Concluiu que não quer mais ir a Londres? Ou que eu e meus amigos não parecemos suficientemente capazes de navegar para o seu gosto?

— Algo assim — falei, e fingi não notar o sujeito à esquerda dele empurrando a cadeira para trás como se estivesse prestes a se levantar, e o homem do outro flanco inclinando-se quase imperceptivelmente para a frente.

— Desconfia de nós, é isso?

— Pode ser — concordei, com o queixo empinado. Cruzei os braços e aproveitei a oportunidade para colocar a mão direita mais próxima da guarda de minha espada.

— E por que isso? — perguntou ele.

— Bem, o senhor não me perguntou quanto posso pagar, para começar.

Agora os lábios dele se abriam em um sorriso.

— Ah, você terá sua cabine para Londres.

Fingi não compreender o que ele insinuava.

— Ora, está tudo muito bem e agradeço por seu tempo, mas providenciarei minha passagem eu mesma.

Agora ele ria abertamente.

— Mas era exatamente cuidar de sua passagem o que tínhamos em mente.

Mais uma vez deixei passar.

— Partirei agora, messieurs — avisei, com uma leve mesura, virando-me para tomar o caminho de volta pela multidão.

— Não, não vai — disse o Intermediário e, com um aceno, mandou seus cães para mim.

Eles se levantaram, com as mãos nas espadas à cintura. Recuei um passo para trás e para o lado, sacando minha própria espada e brandindo-a para o primeiro, um movimento que os fez parar de pronto.

— Ooh — disse um deles, e os dois começaram a rir. Aquilo me abalou. Por um segundo não soube como reagir quando o Intermediário meteu a mão em seu casaco e sacou uma adaga curva, e o segundo homem fechou a cara e avançou.

Tentei repeli-lo com a espada, mas não fui agressiva o suficiente; além disso, havia muita gente em volta. O que deveria ter sido um golpe de alerta confiante se revelou ineficaz.

"*Você a usará para treinar.*"

Mas não usei. Em quase dez anos de escola, quase não treinei com minha espada e, embora em determinada ocasião, quando o dormitório estava em silêncio, eu tivesse tirado a caixa de seu esconderijo, embora a tivesse aberto para examinar o aço novo e passar os dedos pela inscrição na lâmina, raras vezes a levei a um lugar privativo a fim de praticar meus exercícios. Só o suficiente para evitar que minhas habilidades ficassem completamente calcificadas, mas não para que não enferrujassem.

E por isso, ou por inexperiência, ou mais provavelmente por uma combinação de ambos, eu estava lamentavelmente despreparada para dar conta daqueles três homens. E, quando veio, não foi um golpe esplêndido de espada que me colocou esparramada nas tábuas molhadas, fétidas e tomadas de serragem da taberna, mas um empurrão com as duas mãos do primeiro dos brutamontes a me alcançar. Ele vira o que eu não tinha visto. Atrás de mim jazia o mesmo bêbado que eu rechaçara antes e, quando deslizei um passo para trás, meus tornozelos o encontraram, daí perdi o equilíbrio, caí e no instante seguinte estava deitada por cima dele.

— Monsieur — falei, na esperança de que de algum modo meu desespero penetrasse o véu do álcool, mas os olhos dele estavam vidrados e o rosto, encharcado de bebida.

No segundo seguinte, eu estava berrando de dor, sentindo o calcanhar de uma bota pousando no dorso de minha mão, triturando a carne e fazendo-me soltar a espada. Outro pé afastou minha amada espada; olhei e tentei me levantar, porém mãos me agarraram e me puxaram para cima. Meus olhos desesperados foram da multidão que se retraía, a maioria rindo e desfrutando do espetáculo, ao bêbado prostrado e então à minha espada curta, que agora estava embaixo da mesa, fora de alcance. Eu esperneava e me contorcia. Diante de mim estava o Intermediário, brandindo a faca, os lábios repuxados em um sorriso sem humor, os dentes ainda mascando em volta da haste do cachimbo. Ouvi uma porta se abrir atrás de mim, uma rajada súbita de vento frio, então fui arrastada para a noite.

Tudo aconteceu muito rapidamente. Em um instante eu estava na taberna lotada, no seguinte em um pátio quase vazio, apenas eu, o Intermediário e os dois brutamontes. Empurraram-me ao chão e ali fiquei por um segundo, resmungando e tentando tomar ar, procurando mostrar bravura, mas, intimamente, pensando: burra... Garotinha burra, inexperiente e arrogante.

Mas que diabos eu tinha na cabeça?

O pátio se abria para o porto na frente da taberna, onde a poucos metros passava gente que ignorava ou não se importava com meus apuros. Não muito longe dali, havia uma pequena carruagem. Agora o Intermediário subia nela, um de seus brutamontes agarrando-me rudemente pelos ombros enquanto o outro abria a porta. Tive o vislumbre de outra mulher dentro dela, mais jovem do que eu, talvez com 15 ou 16 anos, cabelos louros caindo pelos ombros, usando avental marrom esfarrapado, o traje de uma camponesa. Seus olhos estavam arregalados e assustados, e a boca se abriu em um apelo abafado pelos meus próprios gritos. O brutamontes carregou-me facilmente, mas quando tentou me jogar para dentro da carruagem, meus pés encontraram escora na lateral, os joelhos se dobraram e me impulsionei, forçando-o de volta ao pátio e fazendo-o praguejar. Usei a força de nosso ímpeto a meu favor, girando novamente para que desta vez ele perdesse o equilíbrio e nós dois caíssemos no chão.

Nossa dança foi recebida com uma gargalhada do Intermediário, de lá do alto da carruagem, bem como do brutamontes que segurava a porta, e por trás da alegria deles pude ouvir o choro da garota e compreendi que se os bandidos conseguissem me enfiar dentro da carruagem, ambas estaríamos perdidas.

E então a porta dos fundos da taberna foi aberta, interrompendo o riso dos dois com uma lufada de barulho, calor e fumaça, e uma figura cambaleou para fora, já colocando as mãos nos calções.

Era o mesmo bêbado. Ele parou de pernas separadas, prestes a se aliviar na parede da taberna, virando a cabeça para olhar para trás.

— Está tudo bem por aí? — grasnou ele, a cabeça tombando ao voltar ao assunto importantíssimo que envolvia abrir os botões de suas calças.

— Não, monsieur — comecei, mas o brutamontes agarrou-me e cobriu minha boca, abafando meu apelo.

Contorci-me e tentei mordê-lo, em vão. Sentado no banco do condutor, o Intermediário olhava a todos de cima: eu, presa ao chão e amordaçada pelo primeiro brutamontes; o bêbado ainda mexendo nos calções; o segundo brutamontes aguardando suas instruções, de cara virada para cima. O Intermediário passou um dedo ao longo da garganta.

Aumentei os esforços para me libertar, gritando de encontro à mão que cobria minha boca e ignorando a dor causada pelos cotovelos e joelhos dele enquanto me contorcia no chão, na esperança de me soltar de algum modo ou de pelo menos fazer estardalhaço suficiente para atrair a atenção do bêbado.

Lançando um olhar para a entrada do pátio, o segundo brutamontes sacou a espada silenciosamente, depois avançou para o bêbado distraído. Vi a menina na carruagem. Ela havia se deslocado pelo banco e agora olhava para fora. *Grite, alerte-o.* Eu queria berrar para ela, mas não conseguia, e assim me contentei em ranger os dentes, tentando beliscar a carne da mão suada em minha boca. Por um segundo nossos olhos se encontraram e tentei motivá-la simplesmente com o poder de meu olhar, piscando furiosamente, arregalando os olhos e apontando-os para o bêbado concentrado em seus calções, a morte iminente.

Mas ela não pôde fazer nada. Estava assustada demais. Assustada demais para gritar e se mexer, e o bêbado ia morrer, e os brutamontes iam nos meter na carruagem e depois em um navio, e então... Bem, vendo por este ângulo, eu gostaria muito de estar de volta à escola.

A lâmina se ergueu. Mas então algo aconteceu — o bêbado girou o corpo, mais depressa do que eu teria imaginado ser possível e em suas mãos estava minha espada curta, que faiscou, provando o sangue pela primeira vez enquanto ele a passava pelo pescoço do brutamontes, o qual se abriu, espirrando uma névoa carmim no pátio.

Por talvez meio segundo, a única reação foi de choque, e o único ruído foi o som molhado da seiva abandonando o corpo do bandido. E então, com um rugido de fúria e desafio, o segundo brutamontes tirou o joelho do meu pescoço e saltou para o bêbado.

Permiti-me acreditar que a embriaguez era uma simulação e que ele na realidade era um espadachim habilidoso *fingindo* estar embriagado. Mas não, percebi, enquanto ele estava parado ali, gingando de um lado a outro e tentando focalizar no capanga que avançava: ele poderia muito bem ser um espadachim habilidoso, mas certamente estava bêbado. Enfurecido, o primeiro brutamontes o atacou, brandindo a espada. Não foi bonito e, embora ébrio, meu salvador pareceu se esquivar facilmente, golpeando de través com minha espada curta, pegando o braço do bandido e provocando um grito de dor.

Acima de mim, ouvia um "Rá!" e olhei a tempo de ver o Intermediário sacudindo as rédeas. Para ele, a batalha estava encerrada e o sujeito não queria sair de mãos vazias. Enquanto a carruagem avançava para a entrada, com a porta do passageiro chacoalhando, coloquei-me de pé rapidamente e corri atrás dela, alcançando seu interior exatamente quando chegávamos à entrada estreita.

Eu tinha só uma chance. Um instante.

— Segure minha mão — gritei, e graças a Deus ela foi mais resoluta do que antes. Com os olhos desesperados e assustados, deu um berro gutural, se atirou pelo banco e segurou minha mão estendida. Atirei-me para trás e puxei a moça pela porta da carruagem assim que o veículo passou pela entrada do pátio e se foi, estrepitando pelas pedras do calçamento do cais. À minha esquerda, veio um grito. Era o outro brutamontes. Vi sua boca se abrir no choque do desamparo.

O espadachim embriagado o fez pagar por seu momento de ultraje. Atravessou-o com minha espada, que provou o sangue pela segunda vez naquela noite.

Certa vez, o Sr. Weatherall me fez prometer jamais dar um nome à minha espada. Agora, enquanto via o capanga deslizar da lâmina ensanguentada e se amarfanhar, morto, no chão, eu entendia o porquê.

ii

— Obrigada, monsieur — falei em meio ao silêncio que caiu sobre o pátio, na esteira da batalha.

O espadachim bêbado me olhou. Tinha cabelos longos, presos em um rabo de cavalo, maçãs do rosto proeminentes e olhar vago.

— Podemos saber seu nome, Monsieur? — berrei.

Seria possível que estivéssemos em um evento social civilizado se não fosse pelos dois cadáveres esparramados no chão — isto e o fato de o sujeito segurar uma espada vermelha de sangue. Ele fez menção de me entregar a espada, mas daí percebeu que ela precisava de uma limpeza, procurou algo para asseá-la e então, sem nada encontrar, conformou-se com o corpo do brutamontes mais próximo. Quando terminou, levantou um dedo, disse, "com licença", virou-se e vomitou na parede da taberna.

A loura e eu nos olhamos. O dedinho do bêbado ainda estava erguido enquanto ele tossia o que restava do vômito, cuspindo um último bocado, virando-se logo em seguida e se recompondo antes de tirar um chapéu imaginário, fazer uma mesura exagerada e se apresentar.

— Sou o capitão Byron Jackson. Ao seu dispor.

— Capitão?

— Sim... Era o que eu estava tentando lhe dizer na taberna quando você me empurrou com tanta grosseria.

Empertiguei-me.

— Não fiz tal coisa. O senhor foi muito rude. Empurrou-me. Estava bêbado.

— Correção, eu *estou* bêbado. E talvez também seja rude. Porém, não há como disfarçar o fato de que, embora bêbado e rude, também tenha tentado ajudar. Ou, no mínimo, tenha tentado mantê-la longe das mãos daqueles depravados.

— Bem, o senhor não conseguiu isso.

— Sim, consegui — disse ele, ofendido, depois pareceu pensar. — No fim, consegui. A propósito, é melhor irmos embora antes que estes cadáveres sejam descobertos pelos soldados. Deseja uma passagem a Dover, é isso mesmo?

Ele me viu hesitar e agitou um braço para os dois corpos.

— Certamente dei provas de minha adequação como acompanhante. Garanto-lhe, mademoiselle, que, apesar das aparências em contrário, de minha embriaguez e talvez de certos modos grosseiros, eu voo com os anjos. Só que minhas asas estão um pouco chamuscadas.

— Por que eu deveria confiar no senhor?

— Não precisa confiar em mim. — Ele deu de ombros. — Não é da minha conta em quem você confia. Volte lá e poderá pegar o paquete.

— O paquete? — repeti, irritada. — O que é este *paquete*?

— O paquete é qualquer navio que leva correspondência ou carga a Dover. Praticamente todo homem aqui trabalha em um paquete, e estarão em vias de se embriagar porque as marés e os ventos desta noite estão perfeitos para uma travessia. Assim, de qualquer modo, volte para lá, mostre sua moeda e pode conseguir uma passagem. Quem sabe? Você pode, inclusive, ter sorte e se flagrar na companhia de outras viajantes refinadas como você. — Ele fez uma careta. — Pode ser que não, é claro...

— E o que o senhor ganha se eu acompanhá-lo?

Ele coçou a nuca, parecendo se divertir.

— Um mercador solitário ficaria muito feliz com a companhia na travessia.

— Desde que o mercador solitário não tenha ideias.

— Tais como?

— Tais como meios de se passar o tempo.

Ele fez uma expressão magoada.

— Posso lhe garantir que a ideia nunca passou pela minha cabeça.

— E o senhor, naturalmente, jamais cogitaria dizer uma inverdade?

— Certamente não.

— Tal como alegar ser um mercador, quando na realidade é um contrabandista.

Ele levantou as mãos.

— Ah, que elegância. Ela nunca ouviu falar do paquete e acha-se capaz de velejar diretamente a Londres, mas me toma por um contrabandista.

— Então o senhor é contrabandista?

— Escute, quer a passagem ou não?

Pensei no assunto por um ou dois segundos.

— Sim — respondi, e me aproximei para recuperar minha espada.

— Diga-me, que inscrição é esta perto do cabo? — perguntou ele, entregando-a. — Eu mesmo leria, naturalmente, se não estivesse embriagado.

— Tem certeza de que é por isso que não consegue ler? — questionei, provocando-o.

— Ah, céus. Realmente minha dama foi enganada por minhas péssimas maneiras. O que posso fazer para convencê-la de que sou de fato um cavalheiro?

— Pode tentar se comportar como tal.

Peguei a espada estendida e, segurando-a frouxamente, li a inscrição no punho. "Que o pai da compreensão a guie. Com amor, mamãe." Depois, antes que ele pudesse dizer alguma coisa, posicionei a ponta da espada junto ao seu pescoço e apertei contra a pele.

— E juro pela vida de minha mãe, se fizer alguma coisa que me prejudique, eu o atravessarei com isto — rosnei.

Ele ficou tenso, estendeu as mãos e olhou da lâmina para mim com olhos um tanto risonhos demais para o meu gosto.

— Eu prometo, mademoiselle. Embora seja tentador tocar em uma criatura tão primorosa, tratarei de manter minhas mãos junto de mim. De qualquer modo — disse ele, olhando por sobre meu ombro — e sua amiga?

— Meu nome é Hélène — respondeu a garota de cabelos louros ao se aproximar. Sua voz tremia. — Tenho uma dívida para com a mademoiselle por salvar minha vida. Agora pertenço a ela.

— *O quê?*

Baixei a espada e me virei para a moça.

— Não, não tem. Você não tem. Deve encontrar sua própria gente.

— Não tenho ninguém. Eu sou sua, mademoiselle — afirmou ela, e nunca vi um rosto tão fervoroso.

— Creio que isto acerta tudo — disse Byron Jackson de trás de mim.

Olhei dele para ela, sem saber o que dizer.

E com isso, consegui uma dama de companhia e um capitão.

iii

Byron Jackson, por acaso, era de fato um contrabandista. Um inglês passando-se por francês. Ele enchia sua pequena embarcação, o *Granny Smith*, com chá, açúcar e qualquer outra coisa que fosse altamente tributada por seu governo, daí velejava pela costa leste da Inglaterra, e depois, por meios que ele descreveria apenas como "mágicos", contrabandeava tudo para a casa dos clientes.

Hélène, por sua vez, era uma camponesa que perdera os pais, e assim viajara a Calais na esperança de localizar o último parente vivo que lhe restava, seu tio Jean. Queria encontrar uma nova vida com ele; em vez disso, ele a vendeu ao Intermediário. E é claro que o Intermediário iria querer seu dinheiro de volta, e o tio Jean havia gastado o valor em mais ou menos um dia depois de recebê-lo, portanto seria problemático caso Hélène ficasse. Deste modo, deixei que tivesse uma dívida para comigo e assim formamos um grupo de três ao partirmos de Calais antes da hora. O *Granny Smith* é uma escuna pequena de dois mastros – e apenas nós três estamos a bordo –, no entanto é robusta e incrivelmente acolhedora.

E agora ouço a ceia sendo posta. Nosso generoso anfitrião nos prometeu um belo banquete. Ele tem bastante comida, segundo diz, suficiente para a travessia de dois dias.

8 de fevereiro de 1788

— Se ela será sua dama de companhia, então precisa aprender boas maneiras — observou Byron Jackson no jantar da noite anterior.

Considerando o quanto ele havia bebido avidamente do frasco de vinho e de como comeu de boca aberta com os cotovelos apoiados na mesa, tal declaração soava carregada de um grau impressionante de hipocrisia.

Olhei para Hélène. Ela tinha partido um pedaço de pão, mergulhado na sopa e estava prestes a enfiá-lo na boca, o naco pingando, quando parou; agora nos fitava por baixo dos cabelos, como se estivéssemos falando uma língua estrangeira e desconhecida.

— Está ótima do jeito que é — falei, gesticulando mentalmente e com atrevimento para Madame Levene, meu pai, os Corvos e para cada criado de nossa casa em Versalhes, todos que se sentiriam repelidos pelas maneiras à mesa de minha nova amiga.

— Ela pode ser ótima companhia para uma ceia a bordo de um barco de contrabando — observou Byron alegremente —, mas não será ótima quando tentar que ela passe como dama de companhia em Londres durante esta sua "missão secreta".

Lancei-lhe um olhar de irritação.

— Não é uma missão secreta.

Ele sorriu com malícia.

— Mademoiselle não me engana. Seja como for, precisará ensinar a ela a se comportar em público. Para começar, precisa se dirigir à senhorita como "mademoiselle". Precisa conhecer o básico da etiqueta e do decoro.

— Sim, muito bem, obrigada, Byron — respondi com afetação. — Não preciso que fale de maneiras à mesa para mim. Eu mesma ensinarei.

— Como preferir, mademoiselle — disse ele, e sorriu. Ele fazia muito isso. Tanto referir-se sarcasticamente a mim como "mademoiselle" quanto o sorriso.

Quando a ceia acabou, Byron levou seu frasco de vinho e algumas peles de animais para o convés, e nos deixou à vontade para nos prepararmos para dormir. Fiquei me perguntando o que estaria fazendo lá em cima, o que estaria pensando.

Velejamos durante todo o dia seguinte. Byron amarrou o leme com um cabo e nós dois treinamos um pouco de luta, minhas habilidades negligenciadas com a espada começando a retornar enquanto eu dançava pelas pranchas e nosso aço colidia. Percebi que ficou impressionado. Ele ria, sorria e me incentivava. Um parceiro de luta mais bonito do que o Sr. Weatherall, mas talvez um pouco menos disciplinado.

Naquela noite, após jantarmos, Hélène retirou-se para sua cama nas condições apertadas que chamávamos de cabine, abaixo do convés, enquanto Byron saiu para manejar o leme. Só que, desta vez, peguei uma pele para me aquecer.

— Alguma vez já usou sua espada com raiva? — questionou Byron quando me juntei a ele no convés superior. Estava pilotando com os pés e bebericando do cantil de couro cheio de vinho.

— Por raiva, você quer dizer..

— Vamos começar assim: já matou alguém?

— Não.

— Eu seria o primeiro, hein, caso tentasse tocá-la sem sua permissão?

— Exatamente.

— Bem, terei de providenciar para conseguir sua permissão, então, não terei?

— Acredite, você nunca conseguirá tal feito. Estou prometida a outro. Por favor, desvie sua atenção para outro lugar.

Aquilo era mentira, obviamente. Arno e eu não estávamos prometidos um ao outro. Mesmo assim, no momento em que me coloquei de pé no convés e o mar tingido pela lua engoliu o casco e a noite praticamente me envolveu, tive de lutar contra uma onda repentina de saudades de casa, e com a noção de que, acima de tudo, eu sentia muita falta de Arno.

Pela primeira vez compreendi que meu amor por ele ia além da amizade infantil. Eu não simplesmente "amava" Arno. Eu de fato o amava.

Diante de mim, Byron assentiu, como se tivesse sido capaz de ler meus pensamentos e de notar que eu falava sério, percebendo então que eu era um troféu fora de alcance.

— Compreendo – disse ele. – Este "outro" é um sujeito de sorte.

Empinei o queixo.

— Como queira.

Ele assumiu um ar de seriedade e ergueu a ponta de sua lâmina.

— Vamos começar. Então... Já travou uma luta de espadas contra alguém?

— É claro.

— Um adversário que pretendesse machucar?

— Não — confessei.

— Muito bem. Já sacou sua espada a fim de se proteger?

— Certamente.

— Quantas vezes?

— Uma.

— E esta foi a única vez, não? Na taberna?

Franzi os lábios.

— Foi.

— E não se saiu muito bem, não é?

— Não.

— E por que foi assim, o que acha?

— Sei por que foi assim, obrigada — falei. — Não preciso ouvir de gente como você.

— Diga logo, e me dê uma desculpa que me faça rir.

— Porque eu hesitei.

Ele assentiu cautelosamente, bebeu de seu cantil, depois o entregou a mim. Tomei um gole caprichado, sentindo o álcool se espalhar tepidamente pelo meu corpo. Eu não era burra. Sabia que o primeiro passo para conseguir a permissão de uma mulher para levá-la à cama era embriagando-a. Mas estava frio e ele era uma companhia agradável, embora um pouco frustrante e... ah, e nada. Eu simplesmente bebi.

— É bem verdade. O que acha que deveria ter feito em vez de hesitar?

— Escute, não preciso...

— Não precisa? Mas você quase foi massacrada lá. E sabe o que teriam feito com você depois de levá-la daquele pátio. Mademoiselle não estaria no convés superior bebendo vinho com o capitão. Teria passado a viagem no convés inferior, deitada de costas, entretendo a tripulação. Todos os membros da tripulação. E quando chegasse a Dover, mental e fisicamente abatida, eles a venderiam como gado. As duas. Você e Hélène. Tudo se não fosse pela minha presença na taberna. E você ainda não acha que tenho o direito de lhe dizer onde errou?

— Eu errei entrando na taberna, em primeiro lugar, diabos — retruquei.

Ele arqueou uma sobrancelha.

— Já esteve na Inglaterra? — perguntou.

— Não, mas foi um inglês que me ensinou minhas habilidades na espada.

Ele gargalhou.

— E o que diria se estivesse aqui é que sua hesitação quase lhe custou a vida. Uma espada curta não é uma arma de advertência. É uma arma de ação. Se puxá-la, deve usar, não deve apenas agitá-la a esmo. — Ele baixou os olhos, bebeu um gole demorado do cantil de couro e o passou a mim. — Há muitos motivos para se matar um homem: dever, honra, vingança. Todos podem fazê-la parar para pensar. E virar motivo para uma reflexão de culpa depois. Mas a autoproteção ou a proteção de outrem, ou seja, matar em nome da proteção, é o único motivo que jamais deve lhe render preocupações.

ii

No dia seguinte, Hélène e eu nos despedimos de Byron Jackson na praia em Dover. Ele tinha muito trabalho a fazer, dissera, a fim de passar ao largo dos postos aduaneiros, sendo assim Hélène e eu teríamos de nos virar sozinhas. Ele aceitou as moedas que lhe dei com uma mesura elegante, e assim seguimos nosso caminho.

Ao tomarmos a trilha que saía da praia, virei-me e o vi nos observando partir, acenei e fiquei satisfeita ao vê-lo retribuir o gesto. Depois ele deu meia-volta e se foi, então pegamos a inclinação para o alto do penhasco, o farol de Dover como nosso guia.

Embora tivessem me falado que a viagem de carruagem a Londres pudesse ser perigosa graças a salteadores, nossa jornada ocorreu sem incidentes e enfim chegamos, encontrando em Londres uma cidade muito semelhante à Paris que eu havia deixado, com um manto de névoa escura pairando sobre os telhados e um rio Tâmisa ameaçador com seu tráfego pesado. O mesmo fedor de fumaça, excremento e cavalo molhado.

Em um coche, falei ao condutor com perfeição na língua:

— Com licença, senhor, poderia, por favor, transportar a mim e minha companheira à casa dos Carroll, em Mayfair?

— Quequefoiqueocêdisse? — Ele nos espiou pela portinhola de comunicação.

Em vez de tentar outra vez, simplesmente lhe entreguei uma folha de papel. Depois, quando já estávamos em movimento, Hélène e eu fechamos as cortinas e nos revezamos cobrindo a portinhola de comunicação enquanto nos trocávamos. Retirei meu então muito amassado e surrado vestido do fundo de meu embornal e de imediato me arrependi por não ter reservado tempo para dobrá-lo com mais cuidado. Enquanto isso, Hélène descartava o vestido de camponesa em favor de meus calções, camisa e colete — não era uma melhoria muito grande, considerando a sujeira que eu havia conseguido acumular nos últimos três dias, mas teria de servir.

Enfim fomos deixadas na casa dos Carroll em Mayfair, onde o condutor abriu a porta e nos lançou o agora familiar olhar esbugalhado que sempre se apresentava quando duas meninas vestidas de forma diferente se materializaram diante de seus olhos. Ofereceu-se para bater na porta e nos apresentar, mas o dispensei lhe dando uma moeda de ouro.

E então, paradas entre as duas colunatas da entrada, minha nova dama de companhia e eu respiramos fundo, ouvindo passos se aproximarem e a porta ser aberta por um homem de cara redonda usando fraque e cheirando levemente a polidor de prata.

Apresentei-me e ele assentiu, reconhecendo meu nome, ao que parecia. Em seguida nos levou por um opulento hall de entrada, rumo a um corredor acarpetado, onde nos pediu que esperássemos do lado de fora do que aparentemente era uma sala de jantar, o som da conversa educada e do tilintar civilizado de talheres emanando dali.

Com a porta entreaberta, eu o ouvi dizer, "Minha senhora, há uma visita. Uma Mademoiselle de la Serre, de Versalhes, está aqui para vê-la".

Houve um momento de silêncio consternado. No corredor, flagrei os olhos de Hélène e me perguntei se eu aparentava a mesma preocupação que ela.

E aí o mordomo reapareceu, acenando para nós. "Entrem", e obedecemos, vendo os ocupantes sentados à mesa de jantar, tendo acabado de desfrutar de uma boa refeição: o Sr. e a Sra. Carroll, já se mostrando boquiabertos; May Carroll, que bateu palmas com um prazer sarcástico:

— Ah, é a Fedelha — cacarejou ela.

E, com o humor que eu estava, poderia facilmente ter me aproximado e lhe dado um tabefe por toda sua chatice; e o Sr. Weatherall, que já se levantava, ruborizado, trovejando:

— Mas que raios pensa que está fazendo aqui?

11 de fevereiro de 1788

Meu protetor deu-me alguns dias para me acomodar antes de me procurar nesta manhã. Nesse meio-tempo, peguei roupas emprestadas com May Carroll, que fez questão de dizer que os vestidos emprestados eram "velhos" e "bem fora de moda", e que não eram o tipo de coisa que ela vestiria nesta temporada.

— Mas servirão bem para você, Fedelha.
— Se me chamar assim mais uma vez, vou matá-la — adverti.
— Perdão? — disse ela.
— Ah, nada não. Obrigada pelos vestidos. — E nisto fui sincera. Felizmente, herdei o desdém de minha mãe pela moda, sendo assim, embora os vestidos ultrapassados evidentemente tivessem sido escolhidos a dedo para me irritar, não tiveram efeito algum nesse sentido.

O que me irrita mesmo é May Carroll.

Enquanto isso, Hélène enfrentava a vida no porão, descobrindo que os criados eram ainda mais esnobes do que os aristocratas. E, é necessário dizer, não estava fazendo um trabalho lá muito bom quando se tratava de fingir ser minha dama de companhia, realizando mesuras estranhas ao acaso enquanto disparava olhares constantes e apavorados em minha direção. Teríamos de trabalhar nisto, sem dúvida. Pelo menos, os Carroll eram tão arrogantes e cheios de si que simplesmente supuseram que Hélène era "muito francesa" e atribuíram sua ingenuidade a isto.

E então o Sr. Weatherall bateu na porta.

— Está decente? — ouvi perguntar.
— Sim, Monsieur, estou decente — respondi, e meu protetor entrou, cobrindo os olhos imediatamente.
— Maldição, menina, você disse que estava decente — queixou-se ele, agastado.

— Eu *estou* decente — protestei.
— O que quer dizer com isso? Está de camisola.
— Sim, mas decente.
Ele cobriu o rosto outra vez e balançou a cabeça, um gesto de exasperação.
— Não, preste atenção, na Inglaterra, quando dizemos "Você está decente?" significa "Já vestiu suas roupas?".
As camisolas de May Carroll não eram nada reveladoras, mas mesmo assim eu não desejava escandalizar o Sr. Weatherall. Ele se retirou e instantes depois tentamos mais uma vez. Ele entrou, puxando uma cadeira enquanto eu me sentava na beiradinha da cama. A última vez que o vi foi na noite de nossa chegada, quando ele ficou da cor de uma beterraba assim que Hélène e eu entramos na sala de jantar, ambas parecendo — qual foi mesmo a expressão usada por Madame Carroll? — "algo trazido pelo gato" —, e eu rapidamente tive de inventar uma história, alegando ter sido atacada por salteadores na estrada entre Dover e Londres.

Dei uma olhada ao redor dos que sentavam à mesa, vendo rostos nos quais deitara os olhos pela primeira vez havia mais de uma década. A Sra. Carroll não tinha mudado muito, assim como o marido. Os dois mantinham o sorriso irônico habitual tão amado pela alta casta inglesa. May Carroll, no entanto, havia crescido bastante — e se alguma coisa tinha mudado, agora ela demonstrava uma arrogância ainda mais enfadonha do que quando nos conhecemos em Versalhes.

O Sr. Weatherall, por sua vez, foi obrigado a fingir saber de minha chegada iminente, disfarçando sua clara surpresa como preocupação por meu bem-estar. Os Carroll lançaram uma série de olhares perplexos e fizeram várias perguntas, mas ele e eu blefamos com confiança suficiente para não sermos expulsos no ato.

Para ser franca, eu achava que formávamos um belo time.
— O que diabos acha que está fazendo? — dizia ele agora.
Eu o olhei com firmeza.
— Você sabe o que pretendo fazer.
— Pelo amor de Deus, Élise, seu pai vai me matar por isto. Não sou exatamente uma das pessoas preferidas dele. Vou acordar com uma lâmina no pescoço.

— Foi tudo resolvido com meu pai — informei.

— E Madame Levene?

Engoli em seco, sem querer pensar de fato em Madame Levene, caso fosse possível evitar fazê-lo.

— Isso também está resolvido.

Ele me olhou de soslaio.

— É melhor eu não saber, não é?

— Sim — garanti-lhe. — Não vai querer saber.

Ele franziu o cenho.

— Bem, agora que está aqui, temos de...

— Pode esquecer qualquer ideia de mandar-me para casa.

— Ah, eu adoraria mandá-la para casa, se pudesse... Se eu não soubesse que, assim que o fizer, terei seu pai em meu encalço desejando saber o motivo, e isto me colocaria em problemas ainda maiores. E se os Carroll não tivessem planos para você...

Ericei-me.

— *Planos* para mim? Não sou criada deles. Sou Élise de la Serre, filha do Grão-Mestre, eu mesma a futura Grã-Mestre. Eles não têm autoridade sobre *mim*.

Ele revirou os olhos.

— Ah, desça da torre, criança. Você está em Londres como hóspede deles. Não só isso, você espera se beneficiar dos contatos deles a fim de encontrar Ruddock. Se não queria que tivessem autoridade sobre você, talvez tivesse sido melhor não ter se colocado nesta situação. — Comecei a protestar, mas ele ergueu a mão, impedindo-me. — Escute, ser Grã-Mestre não é apenas lutar com espadas e se comportar como a rainha do mundo. Trata-se de diplomacia e política. Sua mãe sabia disso. Seu pai sabe disso, e está na hora de você aprender também.

Suspirei.

— E então? O que terei de fazer por eles?

— Eles querem que você se insinue em uma casa daqui, de Londres. Você e sua criada.

— Querem que eu... *o quê?*... que eu faça o quê?

— Que você se insinue. Que se infiltre.

— Eles me querem como espiã?
Ele coçou a barba branca como neve, pouco à vontade.
— Por assim dizer. Querem que você se faça passar por outra pessoa a fim de ter acesso à casa.
— Isto é, espionar.
— Bem... sim.
Pensei e concluí que, apesar de tudo, a ideia me agradava muito.
— É perigoso?
— Bem que você gostaria, não?
— É melhor do que a Maison Royale. Quando vou saber dos detalhes da minha missão?
— Conhecendo essa gente, quando estiverem prontos. Enquanto isso, sugiro que passe algum tempo tornando aquela sua suposta dama de companhia mais apresentável. Nesse exato momento, ela é inútil, não serve nem como enfeite. — Ele me olhou. — O que exatamente você fez para inspirar tal lealdade, suponho que jamais saberei.
— Talvez seja melhor que não saiba.
— Isso me lembra uma coisa. Algo mais, já que tocamos no assunto.
— O que é, monsieur?
Ele pigarreou, olhou fixamente para os próprios sapatos, mexeu nas unhas.
— Bem, é a travessia. O capitão que você encontrou para trazê-la.
Senti que eu ruborizava.
— Sim?
— Qual era a nacionalidade dele?
— Inglês, monsieur, como o senhor.
— Muito bem — assentiu ele —, muito bem. — Ele limpou a garganta mais uma vez, respirou fundo e ergueu a cabeça para me fitar bem nos olhos. — A travessia de Calais a Dover não leva dois dias inteiros, Élise. Pode levar algumas horas, se você tiver sorte... Nove, dez, no máximo, se não tiver. Por que acha que ele a manteve ali por dois dias?
— Estou certa de não poder responder a isso, monsieur — falei com recato.
Ele assentiu.

— Você é uma menina bonita, Élise. Deus sabe que é tão bela quanto sua mãe, e saiba que todas as cabeças se viravam quando ela entrava em um ambiente. Você encontrará mais do que sua parcela justa de patifes.

— Estou ciente disto, monsieur.

— Arno aguarda por sua volta em Versalhes?

— Exatamente, monsieur.

Pelo menos eu tinha esperanças de que aguardasse.

Ele se levantou para sair.

— Então o que exatamente você fez durante dois dias de viagem pelo canal da Mancha, Élise?

— Pratiquei esgrima, monsieur — respondi. — Nós praticamos luta com nossas espadas.

20 de março de 1788

Os Carroll prometeram ajudar a encontrar Ruddock e, segundo o Sr. Weatherall, isto colocaria uma rede de espiões e informantes à nossa disposição.

— Se ele ainda estiver em Londres, será encontrado, Élise, pode estar certa disso. — Mas naturalmente eles querem que eu realize esta tarefa.

É claro que eu devia estar tensa com a missão que me espera, mas o pobre Sr. Weatherall já estava nervoso o bastante por nós dois, afligindo-se constantemente com seu bigode e expressando sua preocupação em alto e bom som o tempo todo. Não havia ansiedade suficiente para ambos no mundo.

De qualquer modo, ele tinha razão em supor que acharia a ideia empolgante. Não faz sentido negar, creio eu. E, afinal, você pode me culpar? Dez anos daquela escola insípida e odiosa. Dez anos querendo sair e tomar o destino que sempre esteve a centímetros das pontas de meus dedos. Em outras palavras, dez anos de frustração e anseio. Eu estava preparada.

Mais de um mês se passou, é claro. Tive de escrever uma carta, que então foi enviada a associados dos Carroll na França, os quais a lacraram e enviaram a um endereço de Londres. Enquanto aguardávamos por uma resposta, eu ajudava Hélène com sua leitura e lhe ensinava inglês, e ao fazê-lo acabava por moldar minhas próprias habilidades.

— Isso será perigoso? — perguntou-me Hélène certa tarde, usando o inglês, enquanto dávamos um passeio pelo jardim.

— Será, Hélène. Você deve permanecer aqui até minha volta, talvez procurar emprego em outra casa.

Ela passou ao francês, falando timidamente:

— Não se livrará de mim com tanta facilidade, mademoiselle.

— Não é que eu queira me livrar de você, Hélène. Você é uma companhia maravilhosa, e quem não ia querer uma amiga tão calorosa e de espírito tão generoso? Ocorre que sinto que a dívida está paga. Não tenho necessidade de uma criada, nem quero responsabilidades para com uma.

— E quanto a uma amiga, mademoiselle? Talvez eu possa ser sua amiga.

Hélène era o oposto de mim. Ao passo que eu permitia que minha boca me metesse em problemas, ela era mais reticente e passava dias sem pronunciar mais do que uma ou duas palavras; enquanto eu era expansiva, rápida tanto no riso quanto no gênio terrível, ela se resguardava e raramente traía suas emoções. E sei o que você está pensando. O mesmo que pensou o Sr. Weatherall. Que eu podia aprender algumas coisas com Hélène. Talvez por isso eu tenha ficado mais contida, tal como acontecera quando a conheci, e em várias ocasiões desde então. Permiti que ela ficasse comigo e me perguntava por que Deus aparentemente me favorecera com este anjo.

E assim como eu ficava na companhia de Hélène, isso sem mencionar a necessidade de evitar qualquer uma das mulheres petulantes do clã dos Carroll, eu também passava meu tempo praticando luta com o Sr. Weatherall, que...

Bem, não há como negar — ele está ficando lento. Não é o espadachim que costumava ser. Não é tão veloz como antigamente. Nem tem a vista tão boa. Será a idade? Afinal, lá se vão 14 anos desde que o conheci, então sem dúvida é uma realidade a ser considerada. Mas também... Às refeições, eu o via pegar o jarro de vinho antes mesmo que os criados chegassem até ele, o que não passava despercebido por nossos anfitriões, a julgar pelo modo como May Carroll o olhava com desprezo. A aversão deles despertava um instinto protetor em mim. Eu ficava dizendo a mim mesma que o Sr. Weatherall ainda lamentava a morte de minha mãe.

— Talvez um pouco menos de vinho esta noite, Sr. Weatherall — brinquei durante uma sessão, quando ele se abaixou para pegar a espada de madeira na grama, a nossos pés.

— Ah, não é a bebida que me faz parecer tão ruim. É você. Você subestima suas habilidades, Élise.

Talvez sim. Talvez não.

Eu também passava o tempo escrevendo a papai, garantindo-lhe que meus estudos continuavam e que eu estava "me empenhando". Quando chegou a vez de me reportar mais uma vez a Arno, fiz uma breve pausa. E aí escrevi que o amava.

Eu nunca havia escrito uma carta com tal carinho a ele, e quando a assinei, dizendo o quanto esperava vê-lo em breve — nos próximos dois meses, mais ou menos —, aquelas palavras foram as mais sinceras de minha vida.

E daí que minhas razões para querer vê-lo fossem egoístas? Que eu o enxergasse como uma válvula de escape de minhas responsabilidades diárias, um raio de sol nas trevas de meu destino? Será que isso faria diferença, quando meu único desejo era levar a felicidade a ele?

Fui chamada. Hélène me informando sobre a chegada de uma carta, o que significa que é hora de eu me espremer em um vestido, descer e descobrir o que me é reservado.

2 de abril de 1788

i

O dia começou com pânico.

— Achamos que não seria adequado você levar uma dama de companhia — disse o Sr. Carroll.

O trio terrível estava no hall de entrada de sua casa em Mayfair, olhando para mim e para Hélène enquanto nos preparávamos para partir rumo a nossa missão secreta.

— Está tudo muito bem para mim — falei, e embora naturalmente ainda sentisse uma palpitação dos nervos diante da ideia de ir sozinha, haveria pelo menos a vantagem de não precisar me preocupar com o destino dela.

— Não — disse o Sr. Weatherall, avançando um passo. Ele balançou a cabeça enfaticamente. — Ela pode inventar uma história sobre a família ter ganhado uma fortuna. Não quero que ela vá para lá sozinha. Já é bem ruim que eu não possa ir com ela.

A Sra. Carroll externou suas dúvidas.

— É mais uma coisa da qual ela precisa se lembrar. Mais uma coisa com a qual lidar.

— Sra. Carroll — resmungou o Sr. Weatherall —, com todo respeito, isto é conversa fiada. Élise tem representado o papel de uma dama nobre por toda sua vida. Ela ficará bem.

Hélène e eu aguardávamos pacientemente enquanto nosso futuro era decidido por nós. Diferentes em quase todos os aspectos, ambas tínhamos em comum o fato de deixarmos nossos destinos nas mãos alheias. Estávamos acostumadas a isso.

E quando eles finalmente terminaram, nossos pertences foram amarrados ao teto de uma carruagem e nos foi providenciado um cocheiro, associado aos Carroll, que nos garantiram ser confiável. Ele nos levou pela cidade, até Bloomsbury, a um endereço na Queen Square.

ii

— Antigamente chamava-se Queen Anne's Square — disse-nos o cocheiro —, agora é apenas Queen Square.

Ele acompanhou a mim e a Hélène até o alto da escada e puxou a sineta. Enquanto aguardávamos, avaliei a praça, vendo duas filas elegantes de mansões brancas, lado a lado, muito inglesas. Havia campos ao norte e, próximo dali, uma igreja. Crianças brincavam na rua, correndo na frente de carroças e carruagens, a rua pulsava de vida.

Ouvimos passos e em seguida um forte raspar de ferrolhos. Procurei demonstrar confiança. Parecer a pessoa que eu devia ser.

E qual era mesmo?

— A Srta. Yvonne Albertine e sua criada, Hélène — anunciou o cocheiro ao mordomo que tinha aberto a porta —, em visita à Srta. Jennifer Scott.

Em contraste à vida e ao barulho às nossas costas, a casa parecia escura e agourenta, e reprimi uma forte sensação de não querer entrar ali.

— A Srta. Scott a espera, mademoiselle — disse o mordomo, inexpressivo.

Entramos em um salão, escuro, revestido de madeira e com portas fechadas que levavam a outros cômodos. A única luz vinha das janelas em um patamar no alto, e a casa estava em silêncio, quase mortalmente silenciosa. Por cerca de um segundo esforcei-me para me recordar o que aquela atmosfera me lembrava, aí me dei conta: parecia nosso château em Versalhes nos dias posteriores à morte de minha mãe. A mesma sensação de tempo congelado, de vida levada aos sussurros e passos silenciosos.

Fui avisada de que assim seria: que Mademoiselle Jennifer Scott, uma solteirona na casa dos 70 anos, era um tanto... *excêntrica*. Que tinha aversão a pessoas, e não só a estranhos ou qualquer tipo específico de gente, mas a *pessoas*. Mantinha uma equipe mínima de criados na casa da Queen Square e por algum motivo — um motivo que os Carroll ainda não tinham me revelado — era muito importante para os Templários ingleses.

Nosso cocheiro pediu licença, e em seguida Hélène foi levada, talvez para simplesmente ficar plantada de qualquer jeito em um canto da cozinha e ser encarada pelos criados, a coitada. Depois, quando restávamos apenas o mordomo e eu, fui levada à sala de visitas.

Entramos em um salão com cortinas fechadas, plantas em vasos altos posicionados diante das janelas, deliberadamente, presumi, para limitar a visão de quem estivesse dentro ou fora da casa. Mais uma vez, estava sombrio e escuro no cômodo. Sentada em frente a uma lareira vacilante estava a doña da casa, Mademoiselle Jennifer Scott.

— A Srta. Albertine irá vê-la, senhorita — disse o mordomo, e saiu sem receber resposta, fechando a porta delicadamente e me deixando a sós com aquela dama estranha que não gostava de gente.

O que mais eu sabia a respeito dela? Que o pai era o pirata Assassino Edward Kenway, e que o irmão era o renomado Grão-Mestre Templário Haytham Kenway. Supus que fossem os retratos deles em uma parede, dois cavalheiros de aparência semelhante, um usando o manto de um Assassino e o outro, traje militar — este supus ser Haytham. A própria Jennifer Scott tinha passado anos no continente, vítima da rixa entre Assassinos e Templários. Embora ninguém parecesse saber exatamente o que lhe acontecera lá, não havia dúvida de que fora marcada por suas experiências.

Agora eu estava a sós na sala com ela. Fiquei parada ali por alguns instantes, observando-a perante as chamas da lareira com o queixo apoiado na mão, preocupada. Eu me perguntava se devia pigarrear para lhe chamar a atenção, ou se talvez devesse simplesmente me aproximar e me apresentar, quando o fogo veio em meu resgate. Crepitou e estalou, sobressaltando-a, de forma que ela pareceu se dar conta de onde estava, erguendo o queixo lentamente da mão e fitando-me por sobre a armação dos óculos.

Disseram-me que ela costumava ser uma beldade e, de fato, o fantasma de tal beleza perdurava, em feições que continuavam primorosas e em um cabelo preto ligeiramente desgrenhado e raiado de fios cinzentos e grossos, tal como uma bruxa. Seus olhos eram impiedosos, inteligentes e indagadores. Postei-me obedientemente imóvel e permiti que ela me examinasse.

— Aproxime-se, criança — disse ela por fim, indicando uma poltrona do outro lado.

Sentei-me e mais uma vez fui submetida a um escrutínio demorado.

— Seu nome é Yvonne Albertine?

— Sim, Mademoiselle Scott.

— Pode me chamar de Jennifer.

— Obrigada, Mademoiselle Jennifer.

Ela franziu os lábios.

— Não, somente Jennifer.

— Como desejar.

— Conheci sua avó e seu pai — disse ela, e depois acenou —, bem, não "conheci" exatamente, mas os encontrei uma vez em um château perto de Troyes, em sua terra natal.

Assenti. Os Carroll tinham me avisado que Jennifer Scott provavelmente ficaria desconfiada e talvez se dispusesse a me testar. Eis o teste, sem dúvida.

— O nome de seu pai? — perguntou Mademoiselle Scott, como se estivesse com dificuldade para se lembrar.

— Lucio — informei.

Ela ergueu um dedo.

— É isso mesmo. É isso mesmo. E sua avó?

— Monica.

— Claro, claro. Uma boa gente. E como estão passando?

— Faleceram, lamento dizer. Minha avó, alguns anos atrás; papai em meados do ano passado. Esta visita... o motivo de minha presença aqui... foi um dos últimos desejos dele, que eu a procurasse.

— Ah, sim?

— Receio que as coisas tenham terminado mal entre meu pai e o Sr. Kenway, senhora.

A expressão dela continuava impassível.

— Refresque minha memória, criança.

— Meu pai feriu seu irmão.

— Claro, claro — assentiu ela —, ele cravou uma espada em Haytham, não foi? Como poderia me esquecer?

A senhora não se esqueceu.

Sorri com pesar.

— Talvez o maior arrependimento dele. Ele disse que, pouco antes de perder a consciência, seu irmão insistiu em pedir clemência a ele e a vovó.

Ela assentiu com veemência, as mãos entrelaçadas.

— Eu me recordo, sim, recordo-me. Um problema terrível.

— Meu pai ficou arrependido até o momento de sua morte.

Ela sorriu.

— Que pena que ele não pôde fazer a jornada para me dizer isto pessoalmente. Eu o teria livrado de tais preocupações. Muitas vezes eu mesma quis apunhalar Haytham.

Ela olhou fixamente para as chamas saltitantes, a voz vagando enquanto as lembranças se afirmavam.

— O pequeno atrevido. Eu devia tê-lo matado quando éramos crianças.

— Não pode estar falando seriamente...

Ela riu com ironia.

— Não, suponho que não. E não creio que o que aconteceu tenha sido culpa de Haytham. Não inteiramente. — Ela respirou fundo, tateou em busca da bengala pousada no braço da poltrona e se levantou.

— Venha, você deve estar cansada depois de sua viagem de Dover. Mostrarei seu quarto. Infelizmente, não sou adepta da socialização, em especial quando se trata de minha refeição noturna, portanto você jantará só, mas quem sabe amanhã possamos caminhar pelo jardim, para nos conhecermos melhor?

Levantei-me e fiz uma reverência.

— Eu gostaria muito — falei.

Ela me lançou mais um olhar enquanto seguíamos para os aposentos no andar de cima.

— Você é muito parecida com seu pai, sabia?

Ela se referia a Lucio, obviamente. E eu fiquei imaginando como ele devia ser, e se eu realmente me assemelhava a ele, afinal, uma coisa percebi a respeito de Jennifer Scott assim que pousei os olhos nela: aquela senhora não era nada boba.

— Obrigada, minha senhora.

iii

Mais tarde, depois de uma refeição que fiz sozinha, servida por Hélène, retirei-me para o quarto a fim de me preparar para dormir.

A verdade era que eu detestava ser paparicada por Hélène. Há muito eu traçara limites para impedi-la de me despir e me vestir, mas ela alegava precisar realizar alguma tarefa, só para fazer valer todas as horas que passava ouvindo o falatório tedioso do porão; sendo assim, permiti que despisse minhas roupas e buscasse uma tina de água quente para minha higiene. À noite, eu deixava que escovasse meu cabelo, algo do qual eu passara a desfrutar muito.

— Como está indo tudo, senhora? — perguntou ela, penteando-me agora, falando em francês, mas ainda em voz baixa.

— Vai tudo muito bem, creio eu. Você por acaso chegou a falar com Mademoiselle Scott?

— Não, senhorita, eu a vi de passagem e foi só isso.

— Bem, não perdeu grande coisa. Ela certamente é uma personagem estranha.

— Um vinho de outra pipa?

Aquela era uma das expressões do Sr. Weatherall. Sorrimos uma para a outra pelo reflexo do espelho.

— Sim — confirmei —, certamente ela é vinho de outra pipa.

— Posso saber o que o senhor e a senhora Carroll querem com ela?

Suspirei.

— Mesmo que eu soubesse, seria melhor que você ignorasse.

— A senhorita não sabe?

— Ainda não. O que me lembra de perguntar, que horas são?

— Quase dez horas, Mademoiselle Élise.

Lancei um olhar feio, sibilando:

— É *Mademoiselle Yvonne*.

Ela ficou vermelha.
— Desculpe, Mademoiselle Yvonne.
— Apenas não cometa este erro de novo.
— Desculpe, Mademoiselle Yvonne.
— E agora devo pedir que me deixe sozinha.

iv

Quando ela saiu, fui a meu baú armazenado embaixo da cama e o puxei, ajoelhei-me e abri os fechos. Hélène o havia esvaziado, mas não estava ciente do fundo falso. Por baixo de uma placa de tecido, havia um fecho oculto, e quando o ativei o painel se abriu, revelando o conteúdo.

Ali havia uma luneta e um pequeno dispositivo de sinalização. Encaixei a vela no sinalizador, peguei a luneta e fui à janela, onde abri as cortinas o suficiente para ver a Queen Square.

Ele estava do outro lado da rua. Parecendo aos olhos do mundo um mero condutor de coche à espera de uma corrida, o Sr. Weatherall estava sentado no alto de uma carruagem de duas rodas, a metade inferior do rosto coberta por um cachecol. Dei o sinal predeterminado. Ele usou a mão para mascarar a luz da carruagem, dando sua resposta, e então, com olhadelas para ambos os lados, desenrolou o cachecol. Levei a luneta ao olho, de modo a enxergá-lo com clareza e, lendo seus lábios, decifrei: "Olá, Élise"; daí ele também levou uma luneta ao próprio olho.

— Olá — murmurei em resposta.

Assim foi nossa conversa silenciosa.

— Como vai?
— Entrei.
— Ótimo.
— Tenha cuidado, por favor, Élise — disse ele. E se fosse possível conferir preocupação e emoção verdadeiras a uma conversa por leitura labial travada na calada da noite, o Sr. Weatherall teria sido bem-sucedido.

— Terei — respondo. Depois me recolhi para dormir, confusa quanto ao meu propósito naquele lugar estranho.

6 de abril de 1788

i

Muito tempo se passou e ainda há muito a lhe contar sobre os acontecimentos dos últimos dias. Minha espada provou o gosto de sangue pela segunda vez, mas agora, brandida por mim. E descobri uma coisa — algo que, lendo posteriormente meu diário, na realidade eu já devia saber o tempo todo.

Mas vamos começar pelo início.

— Será que eu poderia ver a Srta. Scott esta manhã, no desjejum? — perguntei ao lacaio na manhã de nosso primeiro dia inteiro. Seus olhos dispararam, depois ele saiu sem dizer nada, deixando-me sozinha com o cheiro bolorento da sala de jantar e um estômago inquieto, tal como acontecia todas as manhãs. A mesa longa e vazia do café da manhã se estendia diante de mim.

O Sr. Smith, o mordomo, materializou-se no lugar do lacaio, fechando a porta e deslizando até onde eu estava sentada com meu desjejum.

— Lamento, mademoiselle — disse ele com uma reverência breve —, mas a Srta. Scott toma o desjejum em seu quarto esta manhã, como é ocasionalmente de seu costume, em especial quando sente-se um pouco malacafenta.

— Malacafenta?

Ele abriu um sorriso fino.

— Significa que não se sente inteiramente bem. Ela lhe pede que fique à vontade e espera se juntar à senhorita em algum momento mais tarde, a fim de continuar a conhecê-la melhor.

— Eu gostaria muito disso — falei.

Ficamos à espera, Hélène e eu. Passamos a manhã vagando pela mansão, como duas pessoas conduzindo uma visita excepcionalmente detalhada. Não havia sinal de Mademoiselle Scott. Na segunda metade da manhã, retiramo-nos para a sala de visitas, onde os anos de costura na Maison Royale foram enfim colocados em prática. Ainda não havia sinal de nossa anfitriã.

E, posteriormente, nem um pio durante a tarde, quando Hélène e eu fizemos um passeio pelos jardins. Ela também não apareceu para o jantar, e mais uma vez fiz minha refeição sozinha.

Minha irritação começava a crescer. Quando pensei nos riscos que tinha assumido para vir até aqui — as discussões horrorosas com Madame Levene, a decepção de meu pai e Arno. Meu propósito ao vir era encontrar Ruddock, e não passar dias esforçando-me para aparentar competência na costura e sendo praticamente uma prisioneira de minha anfitriã — e ainda longe de saber exatamente o que esperavam que eu fizesse neste local.

Retirei-me e, mais tarde, às onze horas, sinalizei mais uma vez para o Sr. Weatherall.

Desta vez murmurei a ele, "Estou saindo" e vi seu rosto registrar o pânico enquanto repetia freneticamente, "não, não", mas eu já desaparecera da janela — e é claro que ele me conhecia muito bem. Se tinha dito que ia sair, é porque ia mesmo.

Vesti um sobretudo para esconder a camisola, calcei os chinelos e me esgueirei para a porta da frente. Muito, mas muito silenciosamente, puxei os ferrolhos, saí e disparei pela rua até a carruagem dele.

— Está assumindo um grande risco, criança — disse ele, irritado, porém incapaz de esconder o prazer por me ver, o qual constatei com satisfação.

— Eu não a vi o dia todo - disse a ele rapidamente.

— Mesmo?

— Não, e tive de passar o dia perambulando, como um pavão particularmente desinteressado. Talvez se eu soubesse o que deveria estar fazendo aqui seria capaz de seguir com isso, completar minha missão e sair deste lugar horroroso. — Olhei para ele. — É uma tortura desgraçada permanecer aqui, Sr. Weatherall.

Ele assentiu, reprimindo um sorriso por me ouvir dizer a imprecação muito usada por ele.

— Muito bem, Élise. Por acaso, disseram-me hoje. Você deve recuperar cartas.

— Que tipo de cartas?

— Do tipo escrita. Cartas escritas por Haytham Kenway a Jennifer Scott.

Eu o encarei.

— É só isso?

— E não basta? Jennifer Scott é filha de um Assassino. As cartas foram escritas a ela por um Templário de alta posição. Os Carroll querem saber o que dizem.

— Parece-me um jeito muito enfadonho de descobrir.

— O agente anterior foi infiltrado na criadagem da casa e não conseguiu o material. Só conseguiu constatar que, se as cartas existissem e estivessem guardadas, não era em lugar evidente e de fácil acesso. A Srta. Scott não as guarda amarradas com um laço bonito em uma escrivaninha. Ela as esconde.

— E nesse meio-tempo?

— Você se refere a Ruddock? Os Carroll disseram que seu pessoal está fazendo investigações.

— Eles nos garantiram que faziam investigações semanas atrás.

— Essas coisas não acontecem rapidamente.

— Estão acontecendo lentamente demais para o meu gosto.

— Élise... — alertou ele.

— Está tudo bem, não vou fazer nenhuma burrice.

— Ótimo — disse ele. — Você já está em uma posição muito delicada. Não faça nada que possa piorar as coisas.

Dei-lhe uma bitoca na bochecha, desci da carruagem e disparei pela rua. Entrando na casa de novo, em silêncio, parei por um segundo, recuperando o fôlego — e percebi que não estava sozinha.

Ele saiu da escuridão, seu rosto nas sombras. Sr. Smith, o mordomo.

— Srta. Albertine? — disse ele em um tom indagativo, a cabeça tombada de lado, os olhos faiscando na penumbra; por um segundo de inquietude, esqueci-me de que eu era Yvonne Albertine, de Troyes.

— Ah, Sr. Smith — titubeei, fechando meu sobretudo. — O senhor me assustou. Eu só estava...

— É só Smith — corrigiu ele. — E não *Sr.* Smith.

— Desculpe-me, Smith, eu... — Virei-me e apontei a porta — ...só precisava tomar um ar.

— Sua janela não é suficiente, senhorita? — disse ele em um tom agradável, embora o rosto permanecesse escondido pelas sombras.

Reprimi uma leve onda de irritação, minha May Carroll interior ofendida por ser interrogada por um *mero mordomo*.

— Eu queria mais ar do que isso — expliquei um tanto debilmente.

— Ora, isso não é problema, naturalmente. Mas entenda que quando a Srta. Scott era apenas uma menina, esta casa foi cenário de um ataque, durante o qual seu pai foi morto.

Eu já sabia disso, mas assenti assim mesmo e ele continuou:

— A família tinha soldados de plantão e cães de guarda, mas os invasores ainda conseguiram invadir. A casa foi muito queimada durante o ataque. Desde seu retorno, a senhora insistiu para que as portas ficassem trancadas o tempo todo. Embora a senhorita, naturalmente, possa sair a qualquer hora — Ele abriu um sorriso leve, isento de humor —, devo insistir que um integrante da criadagem deve estar presente a fim de garantir que os ferrolhos sejam puxados depois de sua saída e de seu retorno.

Sorri.

— Claro. Compreendo perfeitamente. Não voltará a acontecer.

— Agradeço. Isto seria muito estimado. — Seus olhos percorreram minhas roupas, deixando-me com a certeza de que ele considerava minha vestimenta meio "incomum", depois ele deu um passo para o lado, dando-me passagem, a mão apontando a escadaria.

Saí, praguejando devido à minha própria estupidez. O Sr. Weatherall tinha razão. Eu não devia ter assumido tal risco.

ii

O dia seguinte foi idêntico ao anterior. Bem, não *exatamente* idêntico, apenas enlouquecedoramente parecido. Mais uma vez tomei o desjejum sozinha; mais uma vez ouvi que ela viria me ver em algum momento do dia e fui solicitada a permanecer na vizinhança da casa. Houve mais perambulação pelos corredores, mais costura inepta, mais conversa fiada, isso sem mencionar uma emocionante caminhada pelos jardins.

Pelo menos um aspecto de nossas perambulações tinha mudado para melhor. Minha rota era um pouco mais determinada do que antes. Flagrei-me perguntando onde Jennifer esconderia as cartas. Uma das portas do hall de entrada levava ao salão de jogos, então aproveitei a oportunidade para uma inspeção breve dos painéis de madeira em seu interior, imaginando se algum deles deslizaria, revelando um compartimento secreto por baixo. Para ser franca, eu precisava de mais investigações pela casa toda, mas era imensa; as cartas poderiam estar em uma das duas dezenas de cômodos e, depois de meu susto na noite anterior, eu não estava disposta a me esgueirar por ali após o anoitecer. Não, minha melhor oportunidade de recuperar as cartas seria passando a conhecer Jennifer.

Mas como poderia fazê-lo, se ela nem mesmo saía de seu quarto?

iii

O mesmo aconteceu no terceiro dia. Não investiguei nada. Apenas mais costura, conversa fiada e, "Ah, acho que vou tomar ar, Hélène, não quer vir?"

— Não gosto disso — murmurou o Sr. Weatherall quando nos comunicamos naquela noite.

Era difícil se comunicar por sinais e leitura labial, mas teria de servir. Ele tinha ficado um tanto insatisfeito com minha escapulida na outra noite e, depois de meu encontro com Smith, eu também não estava nem um pouco tranquila.

— O que quer dizer?

— Quero dizer que talvez estejam verificando seu disfarce.

E, se assim fosse, será que meu disfarce se sustentaria? Só os Carroll sabiam dele. Eu estava tanto à mercê deles quanto era prisioneira de Jennifer Scott.

E então, no quarto dia — finalmente! —, Jennifer Scott saiu de seu quarto. Eu devia encontrá-la no estábulo, fui informada. Nós duas íamos ao passeio de Rotten Row, em Hyde Park.

Ao chegarmos, juntamo-nos a outros transeuntes. Havia homens e mulheres que passeavam juntos debaixo de sombrinhas ligeiramente desnecessárias e agasalhados contra o frio. Os caminhantes acenavam a carruagens e eram recompensados com acenos imperiosos, enquanto aqueles a cavalo cumprimentavam a todos, pedestres e ocupantes de veículos, todos os homens, mulheres e crianças resplandecentes em seus melhores trajes, abanando as mãos, passeando, sorrindo, acenando mais...

Todos, exceto a Srta. Jennifer Scott, que, embora estivesse vestida para a ocasião e usasse um traje suntuoso, olhava o Hyde Park com desprazer por trás de um véu de cabelos raiados de cinza.

— Era esse tipo de coisa que esperava ver quando veio a Londres, Yvonne? — perguntou ela com um aceno desdenhoso a quem lhe cumprimentava e lhe sorria, bem como às crianças pequenas cerradas em seus ternos. — Idiotas cujos horizontes não se estendem para além dos muros do parque?

Reprimi um sorriso, pensando que ela e minha mãe teriam se dado muito bem.

— Era a senhora que eu esperava ver, Mademoiselle Scott.

— E por qual motivo mesmo?

— Por causa de meu pai. Seu desejo de moribundo, lembra-se?

Ela franziu os lábios.

— Posso lhe parecer velha, Srta. Albertine, mas garanto-lhe que não tanto para esquecer-me de coisas assim.

— Perdoe-me, não era minha intenção ofender.

Aquela mãozinha desdenhosa de novo.

— Não me ofendi. Na realidade, a não ser que eu indique o contrário, suponha sempre que não houve ofensa alguma. Não me ofendo com facilidade, Srta. Albertine, pode ter certeza disso.

Eu podia muito bem acreditar.

— Diga-me, o que houve com seu pai e sua avó depois que nos deixaram aquele dia? — questionou ela.

Preparei-me e contei a história que aprendi.

— Depois que seu irmão foi misericordioso, meu pai e minha avó acomodaram-se nos arredores de Troyes. Foram eles que me ensinaram inglês, espanhol e italiano. Suas habilidades com idiomas e tradução foram bastante requeridas e eles fizeram uma boa renda com os serviços prestados.

Parei, buscando sinais de incredulidade no rosto dela. Graças a meus anos de infortúnio na Maison Royale, eu era passável nas línguas, caso ela resolvesse me testar.

— O bastante para ter criados? — perguntou ela.

— Fomos afortunados neste aspecto. — Em minha mente tentei conciliar a imagem dos dois "especialistas em línguas" sendo capazes de sustentar uma casa cheia de criados, e descobri que não conseguia.

Mesmo assim, se Jennifer Scott tinha suas dúvidas, manteve-as escondida por trás daqueles olhos cinzentos de pálpebras caídas.

— E sua mãe?

— Uma nativa da cidade. Infelizmente, jamais a conheci. Logo depois que se casaram, ela me deu à luz... Mas morreu no parto.

— E agora? Com sua avó e seu pai mortos, o que você fará quando sair daqui?

— Retornarei a Troyes e darei continuidade ao trabalho de ambos.

Houve uma longa pausa. Acenei a passeantes.

— Pergunto-me — falei por fim — se o Sr. Kenway teve contato com a senhora pouco antes de morrer. Ele teria lhe escrito, talvez?

Ela olhou pela janela, mas percebi que encarava o próprio reflexo. Prendi a respiração.

— Ele foi morto pelo próprio filho, entenda — disse ela, um pouco distante.

— Entendo.

— Haytham era um lutador habilidoso, como o pai — disse ela. — Sabe do que morreu nosso pai?

— O Sr. Smith mencionou o assunto — respondi, depois acrescentei rapidamente, quando ela me lançou um olhar estranho: — ao explicar a natureza consciensiosa da segurança na casa.

— De fato. Bem, Edward... nosso pai... foi morto por nossos assaltantes. Naturalmente a primeira luta que você perde é aquela que te mata, e ninguém consegue vencer todas as lutas; e na época ele já era idoso. Apesar disso, teve habilidade e mostrou experiência para derrotar outros dois espadachins. Creio que perdeu a luta devido a um ferimento sofrido anos antes. Isto o deixou lento. Da mesma forma, Haytham perdeu uma luta contra o próprio filho, e frequentemente me pergunto por quê. Será que ele, tal como Edward, ficou limitado por um ferimento? Seria este ferimento provocado pela espada que seu pai lhe cravara? Ou quem sabe Haytham teria outro tipo de desvantagem? Talvez Haytham simplesmente tivesse concluído que era chegada sua hora e que morrer nas mãos do filho seria algo nobre de se fazer. Haytham era um Templário, entenda. O Grão-Mestre das Treze Colônias, nada menos. Mas sei de algo que muito pouca gente sabe sobre Haytham. Aqueles que leram seus diários, talvez; os que leram suas cartas...

As cartas. Senti meu coração martelar no peito. O bater dos cascos dos cavalos e a tagarelice incessante dos passeantes pareciam desaparecer ao fundo quando perguntei:

— O que é, Jennifer? O que a senhora sabia?

— As *dúvidas* dele, minha criança. As dúvidas dele. Haytham fora objeto de doutrinação de seu mentor, Reginald Birch e, para todos os fins, tal doutrinação funcionou. Afinal, ele terminou a vida como Templário. Entretanto, não pôde deixar de questionar o que sabia. Estava na natureza dele fazer isso. E embora seja improvável que ele um dia tivesse respostas a suas perguntas, o próprio fato de ele fazê-las bastava. Você tem crenças, Yvonne?

— Sem dúvida herdei os valores de meus pais — falei.

— Decerto, espero que suas maneiras sejam impecáveis e que você mostre eterna consideração por seu companheiro...

— Assim tentarei — respondi.

— E quanto a questões mais universais, Yvonne? Considere os problemas de seu próprio país, por exemplo. Onde está sua empatia?

— Eu diria que a situação é mais complexa do que uma simples distribuição de empatia, Mademoiselle Scott.

Ela arqueou uma sobrancelha.

— Uma resposta muito sensata, minha cara. Você me parece alguém que não nasceu para seguir.

— Prefiro pensar que sei o que quero.

— Estou certa de que sim. Mas diga-me, desta vez um pouco mais detalhadamente, o que pensa da situação em sua terra natal?

— Nunca pensei muito nesse assunto, mademoiselle — protestei, sem querer me entregar.

— Por favor, faça minha vontade. Pense um pouco agora.

Pensei em meu país. Em meu pai, que acreditava com tanto fervor em um monarca nomeado por Deus e que cada homem deveria conhecer seu lugar; nos Corvos, que desejavam depor o rei. E em mamãe, que costumava acreditar em uma terceira via.

— Acredito que é necessário algum tipo de reforma — disse eu a Jennifer.

— Acredita?

Parei.

— Eu *acho* que sim.

Ela assentiu.

— Bem, isso é bom. É bom que tenha dúvidas. Meu irmão tinha dúvidas. Ele as expôs em suas cartas.

Mais uma vez, as cartas. Sem saber aonde aquilo iria dar, falei:

— Parece que ele era um homem sensato, bem como misericordioso.

Ela riu.

— Ora, ele tinha seus defeitos. Mas, no fundo, sim, creio que foi um homem sensato, um bom homem. Venha — Ela bateu o castão da bengala no teto da carruagem —, é hora de retornarmos. Está quase na hora do almoço.

Eu estava perto agora, pensei, enquanto retornávamos à Queen Square.

— Há algo que quero mostrar antes de comermos — disse ela ao seguirmos, e me perguntei: poderiam ser as cartas?

Na praça, o cocheiro nos ajudou a descer, mas depois, em vez de nos acompanhar pela escada até a porta de entrada, voltou ao assento do condutor, sacudiu as rédeas e se foi, estalando os cascos rumo a uma cortina de névoa fina que envolvia as rodas de seu veículo.

Fomos à porta, onde Jennifer puxou o sino uma vez, depois outras duas vezes mais breves.

E talvez eu estivesse sendo paranoica, mas...

O cocheiro partindo daquele jeito. O toque do sino. Agora tensa, eu mantinha um sorriso enquanto os ferrolhos eram puxados, a porta era aberta e Jennifer cumprimentava Smith com o mais leve meneio de cabeça antes de entrar.

A porta foi fechada. O burburinho suave da praça foi banido. A sensação agora familiar de aprisionamento me dominou, mas desta vez mesclada ao medo genuíno, à sensação de que as coisas não estavam muito certas. Onde estava Hélène, perguntei-me?

— Por favor, Smith, pode fazer a gentileza de informar a Hélène que voltei? — pedi ao mordomo.

Em resposta, ele inclinou a cabeça do jeito habitual e, com um sorriso, disse:

— Certamente, mademoiselle.

Mas não se mexeu.

Olhei de maneira indagativa para Jennifer. Queria que as coisas prosseguissem normalmente. Que ela ralhasse com o mordomo, mas ela não o fez. Olhou para mim e falou:

— Venha, desejo mostrar-lhe o salão de jogos, pois foi ali que meu pai morreu.

— Certamente, mademoiselle — concordei, com um olhar de relance a Smith, enquanto nos aproximávamos da porta revestida de madeira, fechada, como sempre.

— Mas creio que você já viu o salão de jogos, não? — disse ela.

— Nos últimos quatro dias, tive amplas oportunidades de ver sua linda propriedade, mademoiselle — respondi.

Ela parou com a mão na maçaneta. Fitou-me.

— Quatro dias nos deram o tempo de que precisávamos também, *Yvonne*...

E não gostei daquela ênfase. Não gostei *nada* daquela ênfase.

Ela abriu a porta e me conduziu para dentro.

As cortinas estavam fechadas. A única luz vinha de velas colocadas no peitoril e no consolo da lareira, conferindo um brilho laranja bruxuleante à sala, como se preparada para alguma cerimônia religiosa sinistra. A mesa de bilhar estava coberta e empurrada de lado, deixando o piso exposto, exceto por duas cadeiras de madeira da cozinha, uma de frente para outra, no meio da sala. Também havia um lacaio postado ali, mãos enluvadas e entrelaçadas à frente do corpo. Mills era o nome dele, creio. E normalmente Mills sorria, fazia uma reverência e era infalivelmente educado e decoroso como um criado deveria ser para com uma nobre de visita da França. Agora, porém, ele simplesmente encarava o ambiente, inexpressivo. Cruel, até.

Jennifer continuou:

— Os quatro dias deram-nos o tempo de que precisávamos para enviar um homem à França a fim de conferir sua história.

Smith tinha entrado atrás de nós e agora estava junto da porta. Eu estava presa. Que ironia ter passado os últimos dias resmungando sobre estar em uma prisão, e agora eu estava mesmo enclausurada.

— Mademoiselle — falei, aparentando mais aturdimento do que desejava —, devo ser sincera e dizer que considero toda esta situação tão confusa quanto desagradável. Se esta porventura for uma peça de costume inglês da qual não tenho consciência, eu lhe pediria que, por favor, se explicasse.

Meus olhos foram à expressão dura de Mills, o lacaio, às duas cadeiras e voltaram a Jennifer. O rosto dela estava impassível. Eu ansiava pelo Sr. Weatherall. Por mamãe. Meu pai. Arno. Não pensei que um dia teria tanto medo e me sentiria tão solitária como naquele momento.

— Quer saber o que nosso homem descobriu lá? — questionou Jennifer. Ela ignorou meu pedido.

— Madame... — Falei em tom insistente, mas ela continuou a me ignorar.

— Ele descobriu que Monica e Lucio Albertine de fato ganharam a vida com suas habilidades linguísticas, mas não o bastante para ter criados. Também não havia nenhuma esposa nativa. Nem esposa, nem casamento, nem filhos. Certamente não uma Yvonne Albertine. Mãe e filho moravam em circunstâncias modestas nos arredores de Troyes... Até o dia em que foram assassinados, apenas quatro semanas atrás.

iv

Prendi a respiração.

— Não. — A palavra saiu de mim antes que eu tivesse a oportunidade de refreá-la.

— Sim. Infelizmente, é verdade. Seus amigos, os Templários, cortaram a garganta dos dois enquanto dormiam.

— *Não* — repeti, angustiada, tanto por mim mesma, por minha fraude ter sido revelada, quanto pelos pobres Monica e Lucio Albertine.

— Se me der licença por um minuto — disse Jennifer e saiu, deixando-me sob o olhar de Smith e Mills.

Ela voltou.

— São as cartas que você quer, não? Você só faltou me dizer isso em Rotten Row. Por que seus mestres Templários desejam as cartas de meu irmão, pergunto-me?

Meu raciocínio estava em total confusão. As opções disparavam por meu cérebro: confessar, enfrentar descaradamente, fugir, ficar indignada, desmoronar e chorar...

— Posso afirmar que não sei do que está falando, mademoiselle — supliquei.

— Ah, tenho certeza de que sabe, Élise de la Serre.

Ah, meu Deus. Como ela sabia?

Mas tive minha resposta quando, reagindo a um sinal de Jennifer, Smith abriu a porta e mais um entrou. Este conduzia Hélène para dentro da sala.

Ela foi jogada em uma das cadeiras de madeira, onde ficou sentada e me encarou com olhos exaustos e suplicantes.

— Desculpe-me — disse. — Eles me disseram que a senhora estava em perigo.

— Decerto — disse Jennifer —, e nenhum de nós mentiu, pois de fato as duas estão em perigo.

v

— Agora, diga-me, o que sua Ordem deseja com as cartas?

Olhei dela para os lacaios e compreendi que a situação era irremediável.

— Desculpe-me, Jennifer — falei a ela —, lamento sinceramente. Tem razão, sou uma impostora em sua casa, e a senhora está certa em pensar que espero colocar as mãos nas cartas de seu irmão...

— Espera *tirá-las* de mim. — corrigiu ela, tensa.

Baixei a cabeça.

— Sim. Sim, para tirá-las da senhora.

Ela pôs as mãos no castão da bengala e se curvou para mim. Seu cabelo estava caído sobre os óculos e o olho não escondido pelos fios grisalhos ardia de fúria.

— Meu pai, Edward Kenway, era um Assassino, Élise de la Serre — disse ela. — Agentes Templários atacaram minha casa e o mataram nesta mesma sala em que você se encontra agora. Raptaram-me, enfiaram-me em uma vida que eu não teria imaginado nem em meus pesadelos mais fétidos. Um pesadelo vivido que perdurou por anos. Serei franca com você, Élise de la Serre, não tenho boa disposição para com os Templários e certamente menos ainda para com espiões Templários. Qual você supõe ser a punição dos Assassinos por espionagem, Élise de la Serre?

— Não sei, mademoiselle — implorei —, mas, por favor, não machuque Hélène. Machuque a mim, se lhe agradar, mas, por favor, ela não. Ela não fez nada. É inocente em tudo isso.

Mas agora Jennifer soltava uma gargalhada curta e alta.

— Uma inocente? Então posso me solidarizar com seus apuros, porque eu, também, um dia fui uma inocente.

"Pensa que mereci tudo o que aconteceu a mim? Raptada e mantida como prisioneira? Usada como uma meretriz. Pensa que eu, uma inocente, mereci ser tratada de tal maneira? Pensa que eu, uma inocente, mereço viver o restante de meus anos na solidão e na escuridão, apavorada com a chegada dos demônios à noite?

"Não, não creio que pense assim. Mas, veja bem, a inocência não é o escudo que você deseja, não quando se trata da batalha eterna entre Templários e Assassinos. Inocentes morrem nesta batalha à qual você parece tão ansiosa para se unir, Élise de la Serre. Mulheres e crianças que nada sabem de Assassinos e Templários. Inocentes morrem o tempo todo... É isso que acontece em uma guerra, Élise, e no conflito entre Templários e Assassinos não é diferente."

— A senhora não é desse jeito — falei por fim.

— O que raios quer dizer com isso, criança?

— Quero dizer que a senhora não nos mataria.

Ela fez uma careta.

— Por que não? Olho por olho. Homens de sua classe assassinaram Monica e Lucio, e eles eram inocentes também, não eram?

Assenti.

Ela endireitou o corpo. Os nós dos dedos ficaram brancos quando envolveram o castão de marfim da bengala e, ao observar o olhar vago dela, lembrei-me de quando nos conhecemos, de quando ela estava sentada de frente para a lareira. O que me doía era que, em nosso curto tempo juntas, passei a gostar de Jennifer Scott e a admirá-la. Não queria enxergá-la como alguém capaz de nos machucar. Pensei que ela fosse melhor do que isso.

E era.

— A verdade é que detesto todos vocês — disse ela então, exalando as palavras ao final de um longo suspiro, como se tivesse esperado anos para dizê-las. — Estou enjoada de tudo isso. Diga estas palavras a seus amigos Templários quando eu enviar você e sua criada... — Ela parou e apontou a bengala para Hélène — ... ela não é uma criada de fato, é?

— Não, mademoiselle — concordei, e olhei para Hélène. — Ela acredita ter uma dívida para comigo.

Jennifer revirou os olhos.

— E agora você tem uma dívida para com ela.

Assenti com seriedade.

— Sim... Sim, eu tenho.

Ela me olhou.

— Eu vejo o bem em você, Élise. Vejo dúvidas e questionamentos, creio que existam virtudes positivas, e por isso cheguei a uma decisão. Deixarei que você tenha as cartas que procura.

— Eu não as quero mais, mademoiselle — falei, às lágrimas. — Não a qualquer preço.

— O que a faz pensar que tem opção? Estas cartas são o que seus colegas Templários desejam, e eles as terão, com a condição, primeiramente, de que me deixem de fora de suas batalhas... Que eles *me deixem em paz*... E, em segundo lugar, que as leiam. Eles devem ler o que meu irmão tem a dizer sobre a possibilidade de Templários e Assassinos trabalharem juntos e então, talvez, assim espero, possam se deixar influenciar por elas.

Ela gesticulou para Smith, que assentiu e foi até os painéis embutidos na parede.

Jennifer sorriu para mim.

— Você se perguntou sobre estes painéis, não foi? Sei que teve curiosidade.

Evitei o olhar dela. Enquanto isso, Mills ativava uma chave junto à parede, de modo que uma delas deslizou para trás, pegando assim duas caixas de charuto em um compartimento. Voltando a se postar ao lado de sua senhora, abriu a primeira e me mostrou seu conteúdo: um maço de cartas amarrado com uma fita preta.

Sem olhá-las, Jennifer apontou para elas.

— Aí está, toda a correspondência de Haytham enviada da América. Quero que você leia as cartas. Não se preocupe, não estará cometendo nenhuma indiscrição de questões particulares da família, meu irmão e eu nunca fomos próximos. Mas você verá meu irmão indo além de suas filosofias pessoais. E caso as interprete corretamente, Élise de la Serre, poderá encontrar um motivo para alterar seu pensamento. Talvez leve este modo de pensar a seu papel como Grã-Mestre Templária.

Ela devolveu a primeira caixa a Mills, que então abriu a segunda. Dentro dela havia um colar de prata. Nele, um pingente cravejado de pedras vermelhas e cintilantes no formato de uma cruz templária.

— Ele me enviou isto também — explicou ela. — Um presente. Mas eu não o desejo. Deve ficar com uma Templária. Talvez alguém como você.

— Não posso aceitar isto.

— Você não tem escolha — repetiu ela. — Aceite... Aceite os dois. Faça o que puder para dar um fim a esta guerra infrutífera.

Eu a olhei e, embora não quisesse destruir o encanto do momento ou fazê-la mudar de ideia, não consegui evitar perguntar:

— Por que está fazendo isso?

— Porque já basta de sangue derramado — disse ela, afastando-se rapidamente, como se incapaz de continuar a olhar para mim, como se estivesse envergonhada da compaixão que sentia em sua alma e desejasse ter sido forte o bastante para me matar.

E então, com um gesto, ordenou que seus homens levassem Hélène, dizendo-me quando fiz menção de protestar:

— Ela será bem-cuidada.

Jennifer continuou:

— Hélène não quis falar, pois estava protegendo você. Deveria ter orgulho por inspirar tal lealdade em seus seguidores, Élise. Talvez você possa usar tais dons para inspirar seus associados Templários de outras maneiras. Veremos. Estas cartas não estão sendo entregues levianamente. Só posso ter esperanças de que você as lerá e absorverá o conteúdo delas.

Ela me deu duas horas com elas. Foi tempo suficiente para ler as cartas e formular minhas próprias perguntas. Tempo para saber que havia outro caminho. Uma terceira via.

vi

Jennifer não se despediu de nós. Em vez disso, fomos conduzidas para fora através de uma porta nos fundos, ao pátio do estábulo, onde uma carruagem tinha sido solicitada a aguardar. Mills nos embarcou e saímos sem dizer mais nenhuma palavra.

O coche chocalhava e se sacudia. Os cavalos bufavam, os freios estrepitando ao atravessarmos Londres em direção a Mayfair. Em meu colo, eu carregava a caixa, e dentro dela as cartas de Haytham e o colar que recebi de Jennifer. Segurava com força, sabendo que aqueles objetos me dariam a chave para o futuro sonho de paz. Eu devia a Jennifer o cuidado para que caíssem nas mãos certas.

Hélène estava ao meu lado, calada. Estendi-lhe a mão e afaguei o dorso da mão dela com as pontas de meus dedos enquanto tentava tranquilizá-la.

— Desculpe-me por tê-la envolvido nisso — falei.

— A senhora não me envolveu em nada, mademoiselle, lembra-se? Tentou me dissuadir de vir.

Soltei uma risada sem humor algum.

— Imagino que agora você desejaria ter feito o que pedi.

Ela olhava pela janela enquanto as ruas da cidade passavam aos trambolhões.

— Não, mademoiselle, nem por um segundo desejei o contrário. Qualquer que seja meu destino, considero isto melhor do que os planos daqueles homens para mim em Calais. Aquele destino do qual a senhora me salvou.

— De qualquer modo, Hélène, a dívida está paga. Quando chegarmos à França, você deve seguir seu caminho, como uma mulher livre.

O espectro de um sorriso cruzou os lábios dela.

— Veremos a respeito disso, mademoiselle — disse ela. — Veremos.

Enquanto a carruagem rodava para a praça arborizada em Mayfair, vi atividade do lado de fora da casa dos Carroll, a cerca de cinquenta metros.

Batendo na portinhola do teto, pedi ao condutor que parasse, e enquanto os cavalos bufavam e pisoteavam, abri a porta da carruagem e fiquei de pé no estribo, protegendo os olhos para enxergar ao longe. Ali, vi duas carruagens. Os lacaios da casa dos Carroll estavam reunidos. Vi o Sr. Carroll parado na escadaria, colocando um par de luvas. Vi o Sr. Weatherall descer correndo pela escada, abotoando o paletó. A espada pendia junto à lateral do corpo dele.

Que interessante. Os lacaios também estavam armados, bem como o Sr. Carroll.

— Espere aqui — pedi ao condutor, depois olhei para dentro. — Voltarei logo — falei suavemente a Hélène e, suspendendo minhas saias, corri a um local próximo a uma grade, de onde dava para se ver as carruagens mais de perto. O Sr. Weatherall estava de costas para mim. Coloquei a mão em concha na boca, soltei nosso pio de coruja costumeiro e fiquei aliviada quando ele se virou, todos os outros envolvidos demais em suas tarefas para se perguntarem por que haviam escutado uma coruja tão cedo, no início da tarde.

Os olhos do Sr. Weatherall vasculharam a praça até me encontrarem e ele mudou de posição, passando as mãos no peito, ganhando uma postura corriqueira e, com a mão cobrindo um cantinho da boca, de rosto virado, murmurou:

— Mas o que diabos está fazendo aqui?

Agradeci a Deus por nossas conversas por leitura labial.

— Isso não importa. Aonde vão?

— Encontraram Ruddock. Está hospedado no Boar's Head Inn, na Fleet Street.

— Preciso de minhas coisas — avisei a ele. — Meu baú.

Ele assentiu.

— Vou pegá-lo e deixarei em um dos estábulos lá atrás. Não demore, partiremos a qualquer momento.

Passei toda vida ouvindo que eu era uma garota bonita, mas não creio que já tivesse feito bom uso de minha beleza até então. Quando voltei à nossa carruagem, tremulei as pestanas para o cocheiro e o convenci a pegar meu baú na cavalariça.

Quando ele voltou, pedi que se sentasse no alto do coche enquanto, com uma sensação de estar saudando um velho amigo, vasculhei meu baú. Meu verdadeiro baú. O baú de Élise de la Serre, não o de Yvonne Albertine. Fiz a costumeira troca de roupas na carruagem. Tirei o vestido amaldiçoado. Bati nas mãos de Hélène a fim de afastá-las quando ela tentou me ajudar, então vesti meus calções e a camisa, ajeitei o tricorne e prendi minha espada. Enfiei o maço de cartas na frente da camisa. Deixei todo o restante na carruagem.

— Você levará esta carruagem a Dover. — falei a Hélène, abrindo a porta. — Vá embora. Aproveite a maré. Tome o primeiro navio de volta à França. Se for da vontade de Deus, eu a encontrarei lá.

Falei com o condutor.

— Leve esta menina a Dover.
— Ela navegará a Calais? — perguntou ele, tendo demonstrado a habitual surpresa com minha troca de roupas.
— Assim como eu. Espere por mim lá.
— Então ela poderá aproveitar a maré. A estrada para Dover está cheia de coches agora.
— Excelente. — Joguei-lhe uma moeda. — Certifique-se de que cuidará dela e saiba que, se ela sofrer qualquer dano, irei atrás de você.

Os olhos dele pousaram em minha espada.

— Acredito na senhora — disse —, pode ficar tranquila quanto a isso.
— Ótimo — sorri —, nós nos entendemos.
— Parece que sim.

Muito bem.

Respirei fundo.

Eu tinha as cartas. Tinha minha espada e uma bolsa de moedas. Todo o restante seguia com Hélène.

O cocheiro encontrou outra carruagem para mim e, enquanto eu embarcava, fiquei olhando ela se afastar, fazendo uma oração silenciosa por sua partida segura. Daí falei ao meu cocheiro:

— Fleet Street, por gentileza, monsieur, e não poupe os cavalos.

Com um sorriso, ele assentiu e logo estávamos em movimento. Baixei a janela e olhei para trás, bem a tempo de ver o último do grupo dos Carroll embarcando nos coches. Os chicotes cortaram o ar. As duas carruagens começaram a rodar. Pela portinhola, eu disse:

— Monsieur, há dois coches a certa distância atrás de nós. Devemos chegar à Fleet Street antes deles.

— Sim, mademoiselle — disse o condutor, imperturbável. Ele sacudiu as rédeas. Os cavalos relincharam, os cascos batendo com mais urgência nas pedras do calçamento, e fiquei sentada com a mão na guarda da espada, sabendo que a caçada havia começado.

vii

Logo parávamos na estalagem Boar's Head Inn, na Fleet Street. Joguei umas moedas, acenei em agradecimento ao cocheiro e, antes que ele tivesse tempo de abrir minha porta, saltei para o pátio.

Estava cheio de diligências e cavalos, de damas e cavalheiros orientando lacaios que grunhiam sob o peso de pacotes e baús. Olhei para a entrada. Não havia sinal dos Carroll. Ótimo. Aquilo me daria a oportunidade de encontrar Ruddock. Entrei furtivamente pela porta dos fundos e tomei uma passagem um tanto escura para a própria taberna, um tanto sombria, com vigas baixas de madeira. Tal como a taberna dos chifres em Calais, o local era animado por risos embriagados de viajantes sedentos, o ar denso de fumaça. Encontrei o estalajadeiro, cuja boca ficava escondida em meio às bochechas fartas, meio sonolento e passando um pano em um copo de estanho, o olhar distante, como se sonhando com um lugar melhor.

— Olá? Monsieur?

Ele continuou com o olhar vago. Estalei os dedos, chamando ainda mais alto do que o barulho na taberna, e ele voltou a si.

— O que é? — rosnou ele.

— Procuro por um homem hospedado aqui, um tal Sr. Ruddock.

Ele balançou a cabeça em negativa, a papada se sacudindo juntamente às dobras de pele no pescoço.

— Não há ninguém aqui com esse nome.

— Talvez esteja usando um nome falso — expliquei, esperançosa —, por favor, monsieur, é importante que eu o encontre.

Ele semicerrou os olhos para mim com um interesse renovado.

— Como ele é, este seu Sr. Ruddock? — perguntou-me.

— Usa trajes de médico, monsieur, pelo menos era assim que se vestia da última vez em que o vi, mas há uma coisa que ele não é capaz de modificar: seu tom distinto de cabelo.

— De um branco quase puro?

— Exatamente.

— Não, não o vi aqui dentro.

Mesmo no denso clamor da estalagem, eu conseguia ouvir — uma perturbação no pátio. O barulho de carruagens chegando. Eram os Carroll.

O estalajadeiro pareceu dar por minha presença. Seus olhos brilharam.

— O senhor o *viu* — pressionei.

— É possível — disse ele e, com olhos inabaláveis, estendeu a mão. Coloquei uma moeda de prata em sua palma.

— No segundo andar. Primeiro quarto à esquerda. Usa o nome Mowles. Sr. Gerald Mowles. Parece que é melhor a senhora se apressar.

A comoção do lado de fora aumentou e só me restava esperar que demorassem reunindo-se e ajudando a Sra. Carroll e sua filha insuportável a sair da carruagem antes de entrarem na Boar's Head Inn como uma realeza secundária, dando-me tempo o bastante para...

Subi a escada. Primeira porta à esquerda. Prendi a respiração. Eu estava no beiral, as vigas inclinadas quase batendo no alto de meu chapéu. Mesmo assim, era mais silencioso lá em cima, o barulho de baixo tinha sido reduzido a um estardalhaço constante ao fundo, sem sinal da invasão iminente.

Levei alguns instantes de calmaria antes da tempestade para me recompor, ergui a mão para bater, depois pensei melhor e me agachei para espiar pelo buraco da fechadura.

Ele estava sentado na cama, com uma perna posicionada embaixo do corpo, usava calções e uma camisa desamarrada que deixava à mostra um peito ossudo com tufos de pelo. Embora não parecesse mais o médico daquela imagem, não havia como não reconhecer a cabeleira branca; era ele, sem dúvida nenhuma, o homem que povoara meus pesadelos. Estranho como este terror de minha infância agora não parecia nada ameaçador.

Do andar de baixo veio o barulho do pequeno tumulto dos Carroll entrando intempestivamente. Houve vozes elevadas e ameaças, e ouvi meu amigo, o estalajadeiro, protestando enquanto impunham sua presença. Em instantes, Ruddock teria consciência do que acontecia e qualquer elemento surpresa de minha parte estaria perdido.

Bati na porta.

— Entre — disse ele, o que me surpreendeu.

Quando entrei no quarto, ele se levantou para me receber, a mão no quadril, uma postura cuja intenção, percebi com um sobressalto confuso, era ser provocativa. Por um segundo ficamos perplexos com a visão um do outro: ele, postado com a mão no quadril; eu, entrando de rompante.

Até que por fim ele falou em uma voz que me surpreendeu por soar refinada.

— Lamento, mas você não parece exatamente uma prostituta. Isto é, sem querer ofender, você é mais atraente, mas não se assemelha nada a uma... prostituta.

Franzi o cenho.

— Não, monsieur, não sou prostituta, sou Élise de la Serre, filha de Julie de la Serre.

Ele me olhou ao mesmo tempo com uma expressão vaga e indagativa.

— Você tentou nos matar — expliquei.

Sua boca formou um O.

viii

— Ah — disse ele —, e você é a filha adulta vindo se vingar, não?

Minha mão estava na guarda da espada. De trás, ouvi o estrondo de botas na escada de madeira, os homens dos Carroll chegando ao segundo andar. Bati a porta e puxei o ferrolho.

— Não. Estou aqui para salvar sua vida.

— Ah? Será mesmo? Isto é uma reviravolta.

— Pode se considerar um homem de sorte — falei. Os passos estavam pouco além da porta. — Saia.

— Mas não estou nem mesmo vestido adequadamente.

— *Saia* — insisti, e apontei para a janela. Houve batidas na porta, as quais abalaram seu batente, e Ruddock não precisou ouvir uma terceira vez. Meteu uma perna pelo caixilho e desapareceu, deixando uma forte lufada de suor velho. Deu para ouvi-lo deslizando pelo telhado oblíquo lá fora. Nesse momento a porta se espatifou e se abriu, e os homens dos Carroll entraram de chofre.

Eram três. Saquei minha espada e eles, as deles. Logo depois chegaram o Sr. Weatherall e os três membros da família Carroll.

— Parem — disse o Sr. Carroll —, pelo amor de Deus, é Mademoiselle de la Serre.

Fiquei de costas para a janela, o quarto apinhado de gente agora, com espadas em riste. Atrás de mim, ouvi o estrondo de Ruddock correndo rumo à salvação.

— Onde ele está? — perguntou o Sr. Carroll, embora não com o tom de urgência que eu teria esperado.

— Não sei — respondi. — Eu mesma vim à procura dele.

A um gesto do Sr. Carroll, os três espadachins relaxaram. Carroll parecia confuso.

— Entendo. Você veio aqui à procura do Sr. Ruddock. Mas pensei que *nós* devêssemos estar procurando por ele. Na realidade, pensei ter compreendido que, enquanto assim fizéssemos, você estaria na casa de Jennifer Scott, cuidando de seus afazeres lá. Afazeres templários muito importantes, não?

— Foi exatamente o que estive fazendo — eu lhe disse.

— Entendo. Bem, primeiro, por que não guarda a espada? Seja uma boa menina.

— Porque em vista do que eu soube por Jennifer Scott, minha espada deve permanecer desembainhada.

Ele ergueu uma sobrancelha. A Sra. Carroll retorceu o lábio e May Carroll deu uma risadinha zombeteira. O Sr. Weatherall lançou-me um olhar, alertando-me para ter cuidado.

— Entendo. Algo que você ouviu de Jennifer Scott, a filha do Assassino Edward Kenway?

— Sim. — Meu rubor aumentou.

— E você pretende nos contar o que esta mulher, uma inimiga dos Templários, falou-lhe a nosso respeito?

— Que vocês providenciaram para que Monica e Lucio fossem assassinados.

O Sr. Carroll deu de ombros brevemente, demonstrando pesar.

— Ah, bem, isso é verdade, infelizmente. Uma precaução necessária, a fim de que o subterfúgio não carecesse de veracidade.

— Se eu soubesse, nunca teria concordado em participar disto.

O Sr. Carroll abriu as mãos como se minha reação fosse uma justificativa para seus atos. A ponta de minha espada curta permanecia em riste. Eu poderia atravessá-lo — atravessá-lo em um instante. Mas se o fizesse, estaria morta antes que seu corpo sequer batesse no chão.

— Como sabia que deveria vir até aqui? — questionou ele, dando uma olhadela ao Sr. Weatherall, certamente já sabendo da verdade. Vi os dedos do Sr. Weatherall se flexionarem, prontos para alcançar a própria espada.

— Isso não importa — respondi —, o que importa é que cumpram sua parte no trato.

— Mas cumprimos de fato — reforçou ele —, no entanto, você cumpriu a sua?

— Vocês me pediram para recuperar umas cartas de Jennifer Scott. Foi muito custoso para mim e para minha dama de companhia, Hélène, mas eu consegui.

Ele trocou um olhar com a esposa e a filha.

— Conseguiu?

— Não só consegui como li as cartas.

Seus lábios se curvaram para baixo, como se dizendo, "*Sim? E então?*".

— Li as cartas e tomei nota do que Haytham Kenway tinha a dizer. E envolvia os mundos de Assassinos e Templários cessando hostilidades. Haytham Kenway, uma lenda entre os Templários, teve uma visão de nossas duas ordens, e esta dizia que deveriam trabalhar juntas.

— Entendo — disse o Sr. Carroll, assentindo. — E isto significou alguma coisa para você?

— Sim — falei, muito segura de repente. — Sim. Partindo dele, significou alguma coisa.

Ele assentiu.

— Decerto. Decerto. Haytham Kenway foi... *corajoso* para colocar tais ideias no papel. Se descoberto, teria sido julgado pela Ordem por traição.

— Mas ele pode muito bem ter razão. Podemos aprender com seus escritos.

O Sr. Carroll assentia.

— Perfeitamente, minha cara. Podemos. De fato, estarei muito interessado em ver o que ele tem a dizer. Diga-me, por acaso tem as cartas consigo?

— Sim — respondi cautelosamente —, sim, eu as tenho.

— Ah, que alegria. Que grande alegria. Por acaso posso vê-las, por gentileza?

A mão dele estava estendida, de palma para cima. Para além dela, um sorriso que não alcançava os olhos.

Coloquei a mão na camisa, tirei o maço de cartas do lugarzinho onde pressionavam meu peito e entreguei a ele.

— Obrigado — disse ele com um sorriso, os olhos jamais abandonando os meus enquanto entregava as cartas à filha, que as pegou ao mesmo tempo em que abria um sorriso. Eu sabia o que ia acontecer agora. Estava preparada para isso. E, dito e feito, May Carroll jogou as cartas no fogo.

— *Não* — berrei e avancei, mas não ao fogo, conforme esperavam; fui para o lado do Sr. Weatherall, acotovelando um dos valentões dos Carroll e tirando-o do caminho. O homem soltou um grito de dor, puxou a espada e o tinir do aço no encontro de nossas lâminas dentro daquele minúsculo quarto de estalagem foi ensurdecedor.

Ao mesmo tempo, o Sr. Weatherall sacou sua espada e habilidosamente aparou um golpe do segundo homem dos Carroll.

— *Parem* — ordenou o Sr. Carroll, e a escaramuça se encerrou, o Sr. Weatherall e eu de costas para a janela e de frente para os três espadachins, os cinco ofegantes, trocando um olhar inflamado.

Com a voz tensa, o Sr. Carroll falou:

— Lembrem-se, por favor, cavalheiros, de que Mademoiselle de la Serre e o Sr. Weatherall ainda são nossos convidados.

Eu não me sentia exatamente uma convidada. Ao meu lado, o fogo se atiçou e esmoreceu, as cartas reduzidas a cinzas, folhas tremulantes e cinzentas. Verifiquei minha postura: pés separados, centro equilibrado, respiração estável. Meus cotovelos dobrados e próximos ao corpo. Eu mantinha o espadachim mais próximo sob minha mira e o encarava bem nos olhos enquanto o Sr. Weatherall cobria o outro. O terceiro? Bem, ele se deslocava de um lado a outro.

— Por quê? — perguntei ao Sr. Carroll, sem desviar os olhos do espadachim mais próximo, meu parceiro naquela dança. — Por que vocês queimaram as cartas?

— Porque não pode haver trégua com os Assassinos, Élise.

— E por que não?

Com a cabeça ligeiramente tombada de lado e as mãos entrelaçadas diante do corpo, ele sorriu com condescendência.

— Você não compreende, minha cara. Nossa gente trava uma guerra com os Assassinos há séculos...

— Exatamente — pressionei —, e é por isso que deve parar.

— Cale-se, minha cara — ordenou ele, seu tom paternalista dando-me nos nervos. — As divisões entre nossas duas ordens são grandiosas demais, o inimigo é entrincheirado demais. É o mesmo que pedir que uma cobra e um mangusto bebam o chá da tarde juntos. Qualquer trégua seria conduzida em uma atmosfera de desconfiança mútua e na expressão de mágoas antigas. Cada um de nós desconfiaria de alguma trama por parte do outro para derrubá-lo. Isto jamais aconteceria. Sim, evitaremos quaisquer tentativas de promover tais ideias — gesticulou ele para o fogo —, quer sejam elas os escritos de Haytham Kenway ou as aspirações de uma jovem ingênua destinada a um dia ser Grã-Mestre da França.

Todo o impacto do que ele pretendia dizer me atingiu.

— Eu? Pretende me matar?

Com a cabeça tombada de lado, ele me olhou com tristeza.

— Se for para o bem maior.

Empertiguei-me.

— Mas sou uma Templária.

Ele fez uma careta.

— Bem, ainda não é, naturalmente, mas compreendo o que quer dizer e admito que a questão é importante. Só não é o bastante. O simples fato é: as coisas devem ficar como estão. Não se lembra disso de quando nos conhecemos?

Meus olhos se transferiram a May Carroll. Com a bolsa pendendo dos dedos enluvados, ela nos observava como se desfrutasse de uma noite no teatro.

— Ah, eu me lembro muito bem de nosso primeiro encontro — informei ao Sr. Carroll. — Lembro-me de minha mãe dando-lhe pouquíssima atenção.

— Decerto — disse ele. — Sua mãe tinha tendências progressistas que não se alinhavam às nossas.

— Quase dá para se achar que vocês a queriam morta — disse eu.

O Sr. Carroll demonstrou confusão.

— Como disse?

— Talvez a quisessem morta, com fervor suficiente para contratar um homem para cumprir a tarefa. Um Assassino privado de seus direitos, talvez?

Ele bateu palmas, compreendendo.

— Ah, entendo. Refere-se ao Sr. Ruddock, que acabou de partir daqui?

— Exatamente.

— E você pensa que fomos nós que o contratamos? Pensa que fomos nós por trás da tentativa de assassinato? E é este, presumivelmente, o motivo para você ter ajudado o Sr. Ruddock a escapar?

Senti-me ruborizar, percebendo que havia me entregado durante os aplausos do Sr. Carroll.

— Bem, e não foram?

— Por mais que eu deteste decepcioná-la, minha cara, este ato em particular não teve nenhuma relação conosco.

Praguejei mentalmente. Se ele estava dizendo a verdade, então eu tinha cometido um erro ao deixar Ruddock ir embora. Eles não tinham motivos para matá-lo.

— Assim, você vê nosso problema, Élise — dizia o Sr. Carroll —, pois agora você é uma modesta Templária com concepções fantasiosas. Mas um dia será Grã-Mestre e não terá apenas um, mas dois princípios fundamentais em oposição ao nosso. Receio estar fora de cogitação deixar que você parta da Inglaterra.

A mão dele foi à guarda da espada. Fiquei tensa, tentando sentir as probabilidades: eu e o Sr. Weatherall contra três capangas dos Carroll, assim como os três Carroll em pessoa.

Eram probabilidades terríveis.

— May — disse o Sr. Carroll. — Gostaria de fazer as honras? Você pode enfim derramar sangue.

Ela sorriu obsequiosamente para o pai e percebi que era igualzinha a mim: tinha sido treinada na espada, mas ainda não havia matado ninguém. Eu seria sua primeira vítima. Que honra.

De trás dela, a Sra. Carroll estendeu uma espada, curta como a minha, feita sob medida para o tamanho e peso de May. A luz cintilou do cabo curto decorado, a espada entregue a ela como um artefato religioso, e ela se virou a fim de pegá-la.

— Está pronta para isso, Fedelha? — disse ela ao se virar.

Ah, sim, eu estava pronta. O Sr. Weatherall e minha mãe sempre me disseram que toda luta de espada começava na mente e devia terminar com o primeiro golpe. Tudo se resumia a quem faria o primeiro movimento.

Assim, tomei a iniciativa. Dancei para frente e cravei a ponta de minha espada na nuca de May Carroll, fazendo-a varar por sua boca.

O primeiro sangue derramado foi meu. Não foi exatamente a morte mais honrada, mas naquele exato momento a última coisa que eu tinha em mente era a honra. Eu estava mais interessada em permanecer viva.

ix

Era a última coisa que eles esperavam, ver a filha empalada em minha espada. Vi os olhos da Sra. Carroll se arregalarem de incredulidade naquele meio segundo antes de ela gritar de choque e angústia.

Ao mesmo tempo, usei meu movimento de avanço para dar um esbarrão de ombro no Sr. Carroll, arrancando a espada do pescoço de May Carroll e atingindo-o com tal força que ele rodou, desequilibrado, e se estatelou na porta. May Carroll arriou, morta antes mesmo de cair no chão, pintando-o com seu sangue; a Sra. Carroll vasculhava a bolsa, mas eu a ignorei. Encontrando meu equilíbrio, agachei-me e girei, esperando um ataque por trás.

E ele veio. O espadachim que avançou para mim tinha a incredulidade assustada estampada na cara, incapaz de acreditar na guinada súbita dos acontecimentos. Permaneci abaixada e recebi sua espada com minha lâmina, aparando o ataque e girando o corpo ao mesmo tempo, dando-lhe uma rasteira com minha perna estendida, de modo que ele tombou.

Não havia tempo para acabar com ele. Perto da janela, o Sr. Weatherall lutava, no entanto estava em apuros. Dava para notar no rosto dele, uma expressão de perplexidade e derrota iminente, como se não conseguisse compreender por que seus dois adversários ainda estavam de pé. Como se isso jamais tivesse acontecido.

Ataquei um de seus agressores. O segundo homem afastou-se, surpreso, descobrindo repentinamente que agora tinha dois adversários. No entanto, com o primeiro espadachim recuperando-se aos pés dele, o Sr. Carroll erguendo-se e procurando pela espada e a Sra. Carroll enfim pegando algo da bolsa — que por acaso era um revólver mínimo de três canos —, concluí que havia pressionado minha sorte demais.

Era hora de fazer o mesmo que meu amigo Sr. Ruddock.

— A janela — gritei, e o Sr. Weatherall lançou-me um olhar que dizia "Você deve estar brincando", antes de eu apoiar as duas mãos em seu peito e empurrá-lo, de modo que ele pousou de traseiro no telhado íngreme do lado de fora.

Assim que fiz o mesmo, ouvi um estampido, o barulho de uma bala fazendo contato com algo macio; na janela, notei um leve borrifo de sangue, tal como um lençol de renda vermelha estendido ao longo dela. Mas mesmo enquanto me perguntava se o barulho que ouvira era da bala me atingindo, ou se a névoa de sangue na janela era minha, eu me atirava pela abertura, estraçalhando as telhas do outro lado e escorregando de barriga até o Sr. Weatherall, que havia parado à beira do telhado.

Agora eu via que a bala tinha atingido a parte inferior da perna dele, o sangue manchando os calções escuros. As botas dele arranhavam as telhas, que se soltavam e caíam no pátio, acompanhadas pelos gritos e pela correria logo abaixo. Ouvi um berro acima de nós e uma cabeça apareceu na janela. Vi o rosto da Sra. Carroll se contorcer de angústia e fúria, sua necessidade de matar a mulher que tinha executado sua filha dominando-a por completo — sobrepondo-se inclusive à necessidade de se afastar do caixilho para que seus homens pudessem passar e vir atrás de nós.

Em vez disso, ela agitava o revólver para nós. Com um rosnado e os dentes arreganhados, apontava a arma para mim — e certamente não podia errar, a não ser que fosse empurrada pelas costas...

E foi exatamente o que aconteceu. Seu tiro foi tão violento quanto desnorteado, batendo inofensivamente nas telhas ao nosso lado.

Mais tarde, durante nossa fuga a Dover em um cavalo e em uma carruagem, o Sr. Weatherall me contaria que era comum o tambor de um revólver fazer disparar os outros tambores, e que isto "podia ser desagradável" para quem quer que estivesse disparando.

Foi precisamente o que aconteceu com a Sra. Carroll. Houve um chiado, depois um estalo, e o revólver veio deslizando pela torre, até nós, enquanto, do alto, a Sra. Carroll gritava e sua mão, agora em tons de vermelho e preto, começava a sangrar.

Aproveitei a oportunidade para tirar a perna saudável do Sr. Weatherall do telhado. Ele se dependurou pelas pontas dos dedos, contorcendo o rosto de dor, mas se recusando a gritar enquanto eu manobrava sua outra perna, berrando: "Desculpe por isso"; logo depois escalei pelo corpo dele, pendurei-me e pulei até o pátio abaixo, fazendo os espectadores dispersarem.

Foi uma queda curta, mas mesmo assim nos deixou sem ar, o suor brotando no rosto do Sr. Weatherall, que reprimia a dor da perna baleada. Quando se levantou, chamei um cavalo e uma carruagem, e então ele correu, mancando, para assumir seu lugar a meu lado.

Tudo aconteceu em um instante. Saímos trovejando do pátio e tomamos a Fleet Street. Olhei para cima e vi rostos na janela do quarto de hóspedes. Eles viriam atrás de nós em breve, eu sabia, por isso impelia os cavalos o máximo que me atrevia, prometendo-lhes mentalmente um petisco saboroso quando chegássemos a Dover.

No fim, levamos seis horas, e pude pelo menos agradecer a Deus por não haver sinal dos Carroll atrás de nós pelo caminho. Na realidade, só os vi no momento em que partíamos da praia de Dover em um barco a remo, tomando o rumo do paquete que, segundo nos disseram, estava prestes a levantar âncora.

Nossos remadores resmungavam enquanto nos colocavam mais perto da embarcação maior, e observei dois coches com o brasão dos Carroll chegando à rua costeira, no alto da praia. Estávamos nos afastando, tragados pelo mar preto como breu, sem nenhuma luz, os remadores guiados apenas pela luz do paquete, de modo que os Carrol não conseguiam nos enxergar da margem. Mas podíamos vê-los, indistintos porém iluminados pelas lamparinas oscilantes, correndo em busca de sua presa.

Eu não conseguia ver o rosto da Sra. Carroll, mas podia imaginar o misto de ódio e tristeza que ela ostentava como uma máscara. Quase desfalecendo, o Sr. Weatherall observava, com a perna ferida escondida embaixo de cobertores de viagem. Ele me viu fazer um *bras d'honneur* discreto e me cutucou.

— Mesmo que conseguissem nos enxergar, não saberiam dizer o que você estava fazendo. Este gesto é rude apenas na França. Aqui, experimente isto. — Ele esticou dois dedos e o imitei.

Agora o casco do paquete não estava mais longe. Dava para sentir sua presença volumosa na noite.

— Sabe que virão atrás de você — alertou ele, o queixo encostado no peito. — Você matou a filha deles.

— E não é só isso. Eu ainda tenho as cartas.

— Aquelas que eles queimaram eram uma isca?

— Algumas cartas minhas para Arno.

— Talvez nunca venham a descobrir isso. Seja como for, virão atrás de você.

Eles foram tragados pela noite. A Inglaterra agora era apenas uma massa de terra, penhascos imensos e tingidos pela lua à nossa esquerda.

— Eu sei — falei —, mas estarei preparada para eles.

— É melhor que esteja mesmo.

9 de abril de 1788

— Preciso de sua ajuda.

Chovia. O tipo de chuva que parece faca na pele; que esmurra as pálpebras e soca as costas. Meu cabelo estava grudado à cabeça e, quando eu falava, a água brotava de minha boca, mas pelo menos disfarçava as lágrimas e o muco enquanto eu estava na escada da Maison Royale em Saint-Cyr, esforçando-me para não desabar de pura exaustão, e via o rosto de Madame Levene pálido do choque ao se deparar com minha presença, como se eu fosse um fantasma que surgira na escada da escola na calada da noite.

E de pé ali, com a carruagem às minhas costas — dentro dela o Sr. Weatherall dormindo ou inconsciente, e Hélène olhando ansiosamente pela janela, boquiaberta através da chuva torrencial —, eu me perguntava se estava fazendo a coisa certa.

Por um segundo, enquanto Madame Levene me observava, pensei que ela podia simplesmente mandar-me ao inferno por todos os problemas que criei e bater a porta na minha cara. E se assim o fizesse, quem poderia culpá-la?

— Não tenho mais para onde ir — falei. — Por favor, ajude-me.

Ela não bateu a porta na minha cara. Disse:

— Minha querida, é claro.

E eu caí em seus braços, quase morta de cansaço.

10 de abril de 1788

Existiria homem de maior bravura do que o Sr. Weatherall? Ele não gritou de dor nem uma vez durante a viagem a Dover, mas quando embarcamos no paquete, já havia perdido muito sangue. Encontrei Hélène a bordo, os penhascos de Dover encolhendo ao longe, meu tempo em Londres transformando-se em uma lembrança, e deitamos o Sr. Weatherall no convés, onde tínhamos alguma privacidade.

Hélène ajoelhou-se junto dele, tocando-lhe a testa com as mãos frias.

— Você é um anjo — disse-lhe ele com um sorriso, e apagou.

Fizemos o melhor curativo possível e, ao chegarmos à margem de Calais, ele havia recuperado parte da cor. No entanto, ainda sentia dores e, até onde sabíamos, a bala ainda estava na perna. Quando trocamos o curativo, a ferida brilhava para nós, sem apresentar sinais de cura.

A escola tinha uma enfermeira, mas Madame Levene mandou chamar um médico de Châteaufort, um sujeito experiente no tratamento de ferimentos de guerra.

— Terá de ser amputada, não? — questionou o Sr. Weatherall a ele da cama, cinco de nós espremidos em seu quarto.

O médico concordou com a cabeça e senti meus olhos ardendo por causa das lágrimas.

— Não se preocupe com isso — retrucou o Sr. Weatherall —, percebi que a maldita coisa teria de ser amputada no segundo em que ela me atingiu. Escorregando pelo maldito telhado em meu próprio sangue, com a bala de mosquete na perna, pensei: "Acabou-se... Está perdido." E dito e feito.

Ele olhou para o médico e engoliu em seco, o rosto enfim transparecendo algum medo.

— Você é rápido?

O médico assentiu, acrescentando com certo ar de orgulho:
— Posso fazer uma perna em 44 segundos.
O Sr. Weatherall ficou impressionado.
— Usa uma lâmina serreada?
— Afiada como navalha...
Ele respirou fundo, pesaroso.
— Então o que estamos esperando? — disse. — Acabemos logo com isso.

Jacques, o filho ilegítimo da diretora, me ajudou a segurar o Sr. Weatherall; o médico cumpriu com sua palavra, sendo rápido e cabal, mesmo quando o Sr. Weatherall desmaiou de dor. Quando estava encerrado, ele enrolou a perna do Sr. Weatherall em papel pardo e a levou. No dia seguinte voltou com um par de muletas para ele.

2 de maio de 1788

Para manter as aparências, voltei à escola, onde eu era um grande mistério a minhas colegas de turma, as quais foram informadas de que eu tinha sido segregada por motivos disciplinares. Naqueles últimos meses, eu seria a aluna mais comentada da escola, objeto de mais boatos e falatório do que me importa mencionar: ouvi o boato de que eu havia me envolvido com um cavalheiro de má reputação (falso); que eu tinha dado à luz (falso); ou que tinha partido para passar minhas noites jogando nos bares das docas (ora, sim, fiz isso, uma ou duas vezes).

Nenhuma delas adivinhou que eu estivera tentando localizar um homem que um dia fora contratado para matar a mim e mamãe; que havia retornado com um Sr. Weatherall ferido e uma Hélène devotada e que agora nós três morávamos no chalé do jardineiro com Jacques.

Não, ninguém jamais adivinhara isto.

Li as cartas de Haytham Kenway mais uma vez e então, um dia, escrevi a Jennifer Scott. Contei-lhe o quanto eu lamentava. E me "apresentei", falando-lhe de minha vida em casa, de Arno, meu amado, e de como eu deveria afastá-lo dos Assassinos e trazê-lo para os Templários.

E naturalmente discuti as cartas de Haytham e mencionei como as palavras dele me comoveram. Disse-lhe que faria tudo que pudesse para promover a paz entre nossas duas doutrinas, porque Jennifer tinha razão e Haytham também: houve mortes demais e isso precisava parar.

6 de dezembro de 1788

Esta noite eu e o Sr. Weatherall tomamos a carroça para Châteaufort, a uma casa que ele chamava de seu "ponto".

— Você é um cocheiro mais agradável do que o jovem Jacques, devo dizer — comentou ele, acomodando-se ao meu lado. — Embora eu deva reconhecer que ele é um cavaleiro danado de bom. Nunca precisa usar o chicote e raramente toca nas rédeas. Apenas senta-se de pés erguidos, assoviando entre os dentes, assim...

Ele assoviou em uma imitação de seu cocheiro habitual. Bem, eu não era Jacques e minhas mãos forçavam as rédeas, mas ao menos eu desfrutava da paisagem quando cavalgávamos. O inverno tinha chegado com intensidade e os campos dos dois lados da estrada que levava à cidade estavam castigados com um gelo que brilhava sob uma borda baixa de neblina do início da tarde. Seria mais um inverno cruel, com certeza, e perguntei-me o que sentiriam os camponeses que trabalhavam nos campos, olhando de suas janelas. Meus privilégios permitiam-me ver a beleza introduzida na paisagem. Eles enxergariam apenas sofrimento.

— O que é um "ponto"? — perguntei.

— A-ha! — Ele riu, batendo palmas com as mãos enluvadas, seu hálito frio formando uma nuvem ao redor da gola virada para cima. — Já viu algum despacho chegar ao chalé? Não. Isso porque eles vêm daqui. — Ele apontou para a estrada. — Um ponto me permite conduzir meus negócios sem entregar minha localização exata. A história oficial é que você está completando sua educação e que meu paradeiro é desconhecido. É assim que desejo que as coisas continuem por enquanto. E, para tanto, preciso encaminhar minha correspondência por uma série de contatos.

— E quem são as pessoas que você espera ludibriar, os Corvos?

— Pode ser. Ainda não sabemos, não é? Ainda estamos longe de descobrir quem contratou Ruddock.

Houve um momento canhestro entre nós. Quase tudo sobre a viagem a Londres continuava inconfesso, sobretudo o fato de eu ter conseguido pouco de verdadeiro valor. Sim, agora tínhamos as cartas e eu havia retornado de lá uma mulher diferente e mais esclarecida, mas a verdade era que tínhamos viajado até lá com o intuito de encontrar Ruddock, e nada fizemos nesse sentido.

Bem, nós o encontramos. Só que eu o deixei ir embora. E as duas únicas informações que obtivemos com a experiência foram que Ruddock não se vestia mais de médico e que ele às vezes usava o codinome Gerald Mowles.

— Bem, ele não estará mais usando o tal codinome, será? Ele precisa ser um tremendo idiota para tentar isso de novo — resmungava o Sr. Weatherall, que reduzira as informações que eu tinha a uma só.

Além disso, é claro, eu matei May Carroll.

À mesa da cozinha do chalé, discutimos como os Carroll poderiam reagir. Durante mais ou menos um mês, o Sr. Weatherall monitorou os despachos e não descobriu menção alguma ao incidente.

— Não creio que queiram tornar o assunto oficial — dissera o Sr. Weatherall. — A verdade é que estavam prestes a dar cabo da filha do Grão-Mestre, ela mesma aguardando para ocupar o cargo. Tente explicar essa. Não. Os Carroll desejarão sua vingança, mas a farão de modo clandestino. Desejam a morte a você, a mim e talvez até mesmo a Hélène. E mais cedo ou mais tarde, provavelmente quando menos esperarmos, alguém nos fará uma visita.

— Estaremos preparados para eles — falei. Mas daí me lembrei da batalha na Boar's Head Inn, quando o Sr. Weatherall fora mera sombra de seu antigo eu. A bebida, a idade avançada, uma perda de confiança; qualquer que fosse o motivo, ele não era mais o grande guerreiro de antes. E agora, naturalmente, tinha perdido uma perna. Estive treinando com ele. Embora o Sr. Weatherall continuasse a me ensinar na espada, de sua parte começava a se concentrar mais nas habilidades de arremesso de facas.

Fomos saudados pela visão dos três castelos de Châteaufort. Desci na praça, peguei as muletas do Sr. Weatherall e o ajudei a descer.

Ele nos levou a uma loja em uma esquina.

— Uma loja de queijos? — questionei, arqueando as sobrancelhas.

— O pobre e velho Jacques não suporta o cheiro deles; tenho de deixá-lo do lado de fora. Vai entrar?

Sorri e o segui enquanto ele baixava a cabeça e retirava o chapéu, entrando na loja. Cumprimentou uma jovem ao balcão e se embrenhou até os fundos. Resistindo ao impulso de cobrir a boca com a mão, eu o acompanhei, encontrando-o cercado por prateleiras de madeira onde havia rodelas de queijo. Ele empinava o nariz enquanto desfrutava do aroma dos vapores pungentes.

— Sente este cheiro? — perguntou ele.

Não poderia me passar despercebido.

— Este local é o ponto, não?

— De fato é. Se olhar embaixo daquele queijo ali, poderá encontrar uma correspondência para nós.

Havia uma carta só, a qual entreguei a ele. Aguardei enquanto ele lia.

— Muito bem — disse quando terminou, dobrando a carta e pondo-a na sobrecasaca. — Você sabe que eu disse que nosso amigo, o Sr. Ruddock, teria de ser um tremendo idiota para usar mais uma vez a identidade de Gerald Mowles, não?

— Sim — respondi com cautela, sentindo uma pontada de empolgação ao mesmo tempo.

— Bem, ele é... É um tremendo idiota.

12 de janeiro de 1789

Estava escuro e enfumaçado na The Butchered Cow, conforme imaginei que sempre fosse, e a escuridão era opressiva, apesar do barulho no lugar. Sabe do que me lembrou? Da taberna em Calais. Só que a taberna Os Chifres era afastada dos campos severos e da vida ainda mais severa os campos de Rouen.

Eu tinha razão. O inverno havia chegado cruel. Mais do que nunca.

O cheiro de cerveja parecia pender pelas tábuas úmidas como uma névoa; estava entranhado nas paredes, na madeira e nas mesas às quais os bebedores sentavam-se — não que se importassem. Alguns estavam debruçados sobre seus canecos, tão curvados que a aba do chapéu quase tocava o tampo da mesa, falando baixinho e matando a noite com resmungos e falatório; outros estavam em grupos, sacudindo dados em copos ou rindo e brincando. Batiam os canecos vazios na mesa e pediam mais cerveja, levada a eles pela única mulher no ambiente, uma criada sorridente que tinha tanta prática em servir cerveja quanto em escapulir dançando das mãos dos homens.

Foi nesta taberna que vim parar, escapando de um vento amargo que assoviava e rodopiava enquanto eu abria a porta, parando por um segundo à soleira, batendo os pés para me livrar da neve.

Eu usava uma capa que quase arrastava no chão, um capuz puxado, escondendo meu rosto. A tagarelice ruidosa na taberna de repente foi silenciada, substituída por um murmúrio. As abas dos chapéus baixaram ainda mais; os homens olhavam enquanto eu me virava para fechar a porta, parando em seguida por um instante nas sombras.

Atravessei o ambiente, as botas estalando nas tábuas, até um balcão onde estavam o estalajadeiro, o garçom e dois fregueses segurando canecos, um deles olhando o chão, o outro observando, com olhos pétreos e boca firme.

Junto ao balcão, puxei o capuz para trás e revelei o cabelo ruivo, que sacudi um pouco para soltar. A criada franziu os lábios e levou as mãos à boca quase que por reflexo, o peito balançando um pouco por causa do gesto.

Olhei cuidadosamente pelo cômodo, demonstrando que não me deixaria intimidar pelo ambiente. Os homens também me fitavam com cautela, não mais examinando os tampos das mesas, fascinados e em transe com a recém-chegada. Alguns lamberam os lábios e houve muitos cutucões, alguns risinhos. Observações obscenas foram trocadas.

Apreendi tudo e virei-me para dar as costas ao salão, aproximando-me do balcão, onde um dos fregueses havia se afastado para permitir que eu me acomodasse. O outro, porém, continuou onde estava, de forma que se colocou perto de mim, me olhando deliberadamente de cima a baixo.

— Boa noite — cumprimentei o atendente do bar —, espero que possa me ajudar... Procuro por um homem. — Falei aquilo em voz alta o bastante para que toda a taberna ouvisse.

— Parece que você veio ao lugar certo — disse o bêbado com nariz de batata a meu lado, asperamente, embora tivesse feito o gracejo para todos ali, que trovejaram com uma gargalhada.

Sorri, ignorando-o.

— Ele atende pelo nome de Bernard — acrescentei. — Tem uma informação que me é necessária. Disseram-me que eu poderia encontrá-lo aqui.

Todos os olhos se viraram para um canto da taberna, onde Bernard estava sentado, de olhos arregalados.

— Obrigada — agradeci. — Bernard, talvez possamos sair por um momento a fim de conversarmos.

Bernard me encarou, mas não se mexeu.

— Vamos, Bernard, eu não mordo.

E então o Nariz de Batata se afastou do balcão e ficou de frente para mim, encarando-me. Seu olhar ficou mais feroz, se é que era possível, mas o sorriso estava relaxado e ele oscilava ligeiramente, ali de pé.

— Ora, espere aí um minuto, garotinha — disse ele, com um tom de escárnio. — Bernard não vai a lugar nenhum, principalmente não antes de você nos dizer o que tem em mente.

Franzi o cenho um pouco. Olhei-o com ar de superioridade.

— E que tipo de parentesco você tem com Bernard? — perguntei educadamente.

— Bem, parece que acabo de tornar-me guardião dele — respondeu o Nariz de Batata. — Protegendo-o de uma meretriz ruiva que parece muito cheia de si, se me permite dizer.

Houve uma gargalhada de toda a taberna.

— Meu nome é Élise de la Serre, de Versalhes. — Sorri. — Para ser franca, se não se importa que eu diga, é o senhor que está cheio de si.

Ele bufou.

— Duvido que seja esta a verdade. Pelo que vejo, logo será o fim da linha para gente como você e de sua laia. — Ele jogou as últimas palavras por sobre o ombro, arrastando-as um pouco.

— O senhor ficaria surpreso — respondi tranquilamente. — Nós, as meretrizes ruivas, temos o hábito de concluir um trabalho. O trabalho, neste caso, é falar com Bernard. Pretendo que ele seja concluído. Sendo assim, sugiro que volte à sua cerveja e deixe-me cuidar de meus afazeres.

— E que afazeres seriam esses? Pelo que posso ver, o único afazer de uma mulher em uma taberna é servir a cerveja, e receio que este cargo já esteja ocupado. — Mais risadas, desta vez lideradas pela criada.

— Ou talvez você tenha vindo nos entreter. É isso mesmo, Bernard, você pagou uma cantora para esta noite? — O Nariz de Batata lambeu os lábios, que já estavam úmidos. — Ou talvez outro tipo de diversão?

— Escute, o senhor está embriagado, esquece-se de suas maneiras, e já que é assim, também vou me esquecer do que disse, com a condição de que você fique de fora.

Minha voz saiu dura como aço, os homens na taberna perceberam.

Mas não o Nariz de Batata, que manteve-se alheio à mudança no clima, ainda fazendo chacota.

— Talvez você esteja aqui para nos entreter com uma dança — disse ele em voz alta. — E o que você esconde aí embaixo? — E, com isso, ele estendeu a mão para puxar minha capa.

Aí ficou chocado. Minha mão foi à dele. Semicerrei os olhos. Daí o Nariz de Batata recuou e pegou uma adaga no cinto.

— Ora, ora — disse ele em voz alta —, parece-me que a meretriz ruiva porta uma espada. — Ele acenou com a faca. — Qual é a necessidade de carregar uma espada, mademoiselle?

Suspirei.

— Ah, não sei. Caso precise cortar um queijo? Por que isto importaria ao senhor?

— Ficarei com ela, se não se importa — disse ele —, *depois* você poderá seguir seu caminho.

Atrás de mim, os outros fregueses observavam de olhos arregalados. Alguns começaram a sair, sentindo que era improvável que a visitante cedesse sua arma de boa vontade.

Em vez disso, depois de um momento de pretensa reflexão, estendi a mão à capa. O Nariz de Batata gesticulava com a adaga de modo ameaçador, mas mesmo assim estendi as palmas das mãos e agi lentamente, puxando a capa para trás.

Por baixo, eu vestia um colete de couro. A guarda da espada estava junto à minha cintura. Alcancei-a com o braço oposto, sem jamais tirar os olhos do Nariz de Batata.

— A outra mão — disse o Nariz de Batata, sorrindo devido à própria astúcia, insistindo com a faca.

Obedeci. Com o dedo e o polegar, usei a outra mão para retirar a espada pelo punho, delicadamente. Ela deslizou lentamente da bainha. Todos prenderam a respiração.

Aí, com um movimento súbito de meu pulso, virei a espada para cima e a retirei da bainha, de forma que logo ela estava em meus dedos, e no seguinte já não estava mais.

Aconteceu em um piscar de olhos. Por uma fração de segundo, o Nariz de Batata ficou boquiaberto, encarando o local onde a espada deveria estar; depois seus olhos se desviaram a tempo de flagrá-la descendo para a mão que segurava a faca. Mão esta que ele tirou do caminho, a espada batendo na madeira, onde ficou presa, vibrando ligeiramente.

Um sorriso de vitória já começava a se formar na boca do Nariz de Batata antes que ele percebesse que tinha se exposto, sua faca apontando para o lado errado, dando-me espaço suficiente para avançar, girar e golpeá-lo no nariz com meu braço.

O sangue jorrou de seu nariz e ele revirou os olhos. Os joelhos encontraram as tábuas enquanto ele arriava, parecendo hesitar enquanto eu avançava, pousando minha bota no peito dele a fim de empurrá-lo gentilmente para trás; daí pensei melhor, afastei-me e, em vez disso, dei-lhe um chute no rosto.

Ele caiu de cara e ficou imóvel, respirando, porém desmaiado.

Houve silêncio na taberna enquanto eu acenava para Bernard e recuperava minha espada. Bernard já estava cambaleando obedientemente para o meu lado enquanto eu guardava minha espada na bainha.

— Não se preocupe — falei a ele quando guardou alguma distância, o pomo de Adão subindo e descendo —, você não corre perigo... A não ser que pretenda me chamar de meretriz ruiva. — Olhei para ele. — Pretende me chamar de meretriz ruiva?

Bernard, mais jovem, mais alto e mais magro do que o Nariz de Batata, meneou a cabeça vigorosamente.

— Ótimo, vamos resolver isso lá fora.

Olhei em volta, verificando se havia mais algum desafiante — os fregueses, o proprietário e a criada... todos tinham encontrado algo de interesse para examinar a seus pés e, satisfeita, conduzi Bernard para fora.

— Muito bem — falei assim que chegamos lá —, disseram-me que você pode saber algo do paradeiro de um amigo meu... Ele atende pelo nome de Mowles.

14 de janeiro de 1789

i

Em uma encosta de morro que dava para uma aldeia mínima nos arredores de Rouen, três lavradores com gibão de couro riam e brincavam; e então, depois de contar até três, ergueram uma forca em uma plataforma baixa de madeira.

Um dos homens colocou um banco de três pernas abaixo da forca, depois se abaixou para ajudar os dois companheiros que martelavam as estacas que manteriam o cadafalso no lugar, a batida ritmada transportada pelo vento até onde eu estava, sentada em meu cavalo, um capão belo e calmo que eu chamava de Scratch, em homenagem a nosso amado e há muito falecido lébrel.

Ao pé da colina, havia uma aldeia. Era muito pequena, mais parecia um aglomerado de choças desconsoladas e uma taberna, espalhadas pelo perímetro de uma praça marrom e lamacenta, mas ainda assim era uma aldeia.

Uma chuvinha gelada havia se reduzido a um chuvisco constante e igualmente gelado, e um vento feroz soprava, digno de arrepiar os ossos. Os aldeões esperavam na praça, embrulhados em xales bem apertados, segurando as camisas no pescoço e aguardando o entretenimento do dia — um enforcamento. O que poderia ser melhor? Nada como um bom enforcamento para elevar os ânimos enquanto a geada destruía as safras, o senhor de terras local aumentava o valor do arrendamento e o rei em Versalhes tinha novos impostos que esperava impor.

De uma construção, que imaginei ser a prisão, saiu um barulho, e os espectadores petrificados viraram-se para ver sair um padre de chapéu e batina pretos, sua voz muito solene ao ler a bíblia. Atrás dele vinha um carcereiro, que segurava uma corda, em cuja ponta estavam amarradas as mãos de um homem com a cabeça coberta por um capuz, cambaleando e escorregando na lama da praça, gritando protestos às cegas para ninguém em particular.

— Creio que houve um erro — gritava ele, mas em inglês, antes de se lembrar de fazê-lo em francês. Os aldeões o observaram ser levado para o morro, alguns se persignando, outros escarnecendo. Não havia um só *gendarme* à vista. Nenhum juiz ou oficial da lei. Aparentemente, aquele era o conceito de justiça da área rural. E ainda diziam que Paris não era civilizada.

O homem, naturalmente, era Ruddock, e ao vê-lo ali em cima do morro, ao vê-lo ser içado por uma corda para depois ficar dependurado, era difícil acreditar que um dia fora um Assassino. Não me admirava que o Credo tivesse lavado as mãos em relação a ele.

Puxei o capuz de minha capa e sacudi o cabelo, olhando para Bernard, que me fitava de baixo com olhos arregalados e adoradores.

— Lá vão eles, mademoiselle — disse ele —, justamente como prometi que fariam.

Balancei uma bolsa na palma de sua mão e a recolhi quando ele fez menção de pegá-la.

— E sem dúvida nenhuma é ele, não? — perguntei.

— É ele, sim, mademoiselle. O homem que atende pelo nome de Monsieur Gerald Mowles. Dizem que tentou afanar o dinheiro de uma idosa, mas foi apanhado antes de conseguir partir.

— E então foi sentenciado à morte.

— É verdade, mademoiselle, os aldeões o sentenciaram à morte.

Soltei uma risada curta e voltei a olhar a terrível procissão, que tinha chegado ao pé do morro e agora subia à forca, meneando a cabeça ao ver o quanto Ruddock tinha decaído e perguntando-me se seria melhor para o mundo permitir que fosse enforcado. Afinal, aquele era o homem que havia tentado matar a mim e minha mãe. Algo que o Sr. Weatherall me dissera antes de eu sair brincava em minha mente.

— Se o encontrá-lo, faça-me o favor de não trazê-lo para cá.

Olhei incisivamente para ele.

— E por que isso, Sr. Weatherall?

— Bem, por dois motivos. Primeiro, porque este é nosso esconderijo e não quero que seja comprometido por uma escória que vende seus serviços a quem paga mais.

— E o segundo motivo?

Ele se remexeu, pouco à vontade, e coçou o coto da perna, algo que tinha o hábito de fazer.

— O outro motivo é que estive pensando muito em nosso Sr. Ruddock. Talvez pensando até demais, você poderia dizer... Mais do que seria considerado saudável. E creio que eu o culpo por isto — Ele apontou para a perna. — E também porque, ora, ele tentou matar você e Julie, e disso jamais me esquecerei.

Dei um pigarro.

— Houve alguma coisa entre você e minha mãe, Sr. Weatherall?

Ele sorriu e deu uma pancadinha na lateral do nariz.

— Um cavalheiro jamais comenta a respeito disto, jovem Élise, você já deveria saber.

Mas ele tinha razão. Aquele homem tinha nos atacado. É claro que eu o salvaria da forca, mas só porque havia coisas que eu desejava saber. Mas e depois? Eu teria minha vingança?

Arrastando-se para a forca, havia um grupo de mulheres que formava uma fila desordenada enquanto Ruddock, ainda protestando sua inocência, era levado para junto da silhueta do cadafalso, que se contrastava ao céu cinzento de inverno.

— O que elas estão fazendo? — perguntei a Bernard.

— São mulheres estéreis, mademoiselle. Esperam que, tocando na mão do condenado, tenham ajuda para conceber.

— Você é supersticioso, Bernard.

— Não é superstição se eu sei que é verdade, mademoiselle.

Olhei-o, perguntando-me o que se passava em sua cabeça. Como Bernard e seus semelhantes podiam ser tão medievais?

— Quer salvar Monsieur Mowles, mademoiselle? — perguntou-me ele.

— De fato quero.

— Bem, então é melhor se apressar, eles começaram.

O quê? Girei na sela a tempo de ver um dos gibões de couro puxando o banco, e o corpo de Ruddock caindo e sendo apanhado com força pelo nó.

— *Mon Dieu* — praguejei, e parti pela encosta, abaixada na cela, o cabelo estendendo-se atrás de mim.

Ruddock dava solavancos e se contorcia na corda.

— Haaa! — Aticei meu cavalo. — Vamos, Scratch! — Trovejamos para a forca enquanto as pernas penduradas de Ruddock se agitavam. Saquei a espada.

Larguei as rédeas e me sentei reta na cela, agora a poucos metros da forca. Passei a espada da mão direita para a esquerda, posicionei a arma atravessada pelo meu corpo e estendi o braço direito. Curvei-me para a direita, perigosamente baixo na cela.

As pernas dele apresentaram uma última comoção.

Corri a espada, cortei a corda e ao mesmo tempo agarrei o corpo espasmódico de Ruddock com o braço direito, colocando-o sobre o pescoço de Scratch e rezando a Deus que o bicho aguentasse o peso repentino a mais e, com a graça de Deus e talvez um pouco de sorte, de algum modo conseguisse permanecer sobre as quatro patas.

Vamos, Scratch.

Mas o peso foi demasiado para Scratch, cujas patas vergaram, e todos tombamos ao chão.

Em um segundo eu estava de pé, de espada em riste. Um aldeão enfurecido, privado de seu enforcamento do dia, avançou da pequena multidão para me atacar, mas eu plantei os pés, girei o corpo e o chutei, preferindo atordoá-lo em vez de feri-lo, fazendo-o cambalear de volta ao grupo de aldeões. Coletivamente, eles pensaram duas vezes antes de tentar impedir, resolvendo, em vez disso, parar e resmungar sombriamente, as mulheres apontando para mim:

— Ah, não pode fazer isso — e instigando seus homens a tomarem alguma providência; ao mesmo tempo todos olhavam incisivamente para o padre, que apenas aparentava preocupação.

Ao meu lado, Scratch se punha de pé. Assim como Ruddock, que desatou a correr de imediato. Ainda encapuzado, em pânico, disparou para o lado errado, de volta à forca, de mãos amarradas, a corda cortada dançando junto às costas.

— *Cuidado* — tentei gritar. Porém, com um baque sólido, ele esbarrou na plataforma, afastando-se dela aos rodopios com um grito de dor e caindo no chão, onde ficou, tossindo e evidentemente ferido.

Afastei a capa para trás e embainhei a espada, virando-me para pegar Scratch. Em seguida, encarei os olhos de um jovem camponês na frente da multidão.

— Você — ordenei —, você me parece um sujeito grande e forte. Pode me ajudar a erguer peso. *Aquele* homem semiconsciente *naquele* cavalo, por favor.

— Ah, você não pode... — começou uma mulher mais velha que estava por ali, mas em um segundo minha espada estava no pescoço dela, que olhou com desdém da espada para mim. — Vocês pensam que podem fazer o que querem, não é? — escarneceu ela.

— É mesmo? Então diga-me, que autoridade determinou que aquele homem fosse condenado à morte? Vocês podem se considerar com sorte por eu não denunciar seus atos aos *gendarmes*.

Eles se acanharam, alguns pigarrearam e a mulher na ponta de minha lâmina desviou o olhar para o outro lado.

— Agora — ordenei outra vez —, só quero alguma ajuda com o peso.

Meu ajudante designado fez o que pedi.

Em seguida, certificando-me de que Ruddock estava seguro, montei em Scratch e, enquanto manobrava para sair, captei o olhar do rapaz que tinha me ajudado, dei-lhe uma piscadela — e parti.

Cavalguei por quilômetros. Havia muita gente do lado de fora, a maioria correndo para chegar em casa antes do cair da noite, mas não prestaram atenção em mim. Talvez tivessem chegado à conclusão de que eu era uma esposa muito sofrida carregando o marido bêbado da taberna para casa. E, se chegaram a tal conclusão, bem, eu sem dúvida era muito sofrida, pelo menos no que dizia respeito a Ruddock.

O corpo jogado à minha frente soltou um gorgolejo, então desmontei, deitei o prisioneiro no chão, peguei um frasco de água e agachei-me ao lado dele. Seu fedor tomou minhas narinas de assalto.

— Olá outra vez — cumprimentei quando os olhos vidrados se abriram e ele me olhou —, é Élise de la Serre.

Ele gemeu.

ii

Ruddock tentou se apoiar nos cotovelos, mas estava fraco como um gatinho, e de minha posição agachada eu o prendi facilmente, usando a ponta dos dedos de apenas uma das mãos, colocando a outra no cabo de minha espada.

Ele se contorceu pateticamente durante alguns instantes, parecendo mais um bebê muito crescidinho dando um ataque de birra do que alguém tentando escapar.

Depois de se acalmar, ele me olhou com ódio.

— Escute, o que você quer? — perguntou com uma voz magoada. — Isto é, evidentemente não quer me matar, caso contrário já o teria feito...

Algo lhe ocorreu.

— Ah, não. Você não tem salvado minha vida para ter o prazer de me matar você mesma, não é? Quero dizer, isso seria cruel e incomum. Não vai fazer isso, vai?

— Não — respondi —, não vou fazer isso. Ainda não.

— Então o que você quer?

— Quero saber quem o contratou para matar a mim e a minha mãe em Paris no ano de 1775.

Ele bufou, incrédulo.

— E se eu disser, você me matará *depois*.

— Então melhor: se você não me disser, eu o matarei.

Ele virou a cabeça de lado.

— E se eu não souber?

— Bem, eu o torturarei até que me diga.

— Ora, então direi apenas um nome qualquer até você me soltar.

— E depois, quando eu descobrir que você mentiu, irei atrás de você de novo... e eu já o encontrei duas vezes, Monsieur Ruddock, eu o acharei novamente, e mais uma vez se necessário, e ainda outra. Jamais se livrará de mim, até que eu esteja satisfeita.

— Ah, pelo amor de Deus — disse ele —, o que eu fiz para merecer isso?

— Você tentou matar a mim e a minha mãe.

— Ora, sim — admitiu ele —, mas não consegui, não foi?

— Quem o contratou?
— Não sei.

Ergui-me sobre um joelho, saquei a espada e a espetei em seu rosto, a ponta pouco abaixo do globo ocular.

— Se você não foi contratado por um fantasma, sabe quem o contratou. Agora, quem contratou você?

Seus olhos disparavam furiosamente, como se tentando se fixar na ponta da lâmina.

— Eu lhe garanto — choramingou —, garanto-lhe que não sei.

Empurrei a lâmina ligeiramente.

— Um homem! — gritou ele. — Um homem em uma cafeteria de Paris.

— Que cafeteria?
— Café Procope.
— E qual era o nome dele?
— Ele não me falou.

Passei a lâmina por sua bochecha direita, provocando-lhe um corte. Ele gritou e, embora eu tivesse me retraído por dentro, mantive a expressão vaga — cruel, até — o rosto de alguém decidido a conseguir o que queria, ainda que eu contivesse a depressão que sentia, uma sensação de que tinha chegado ao fim de uma caçada inútil de uma década.

— Eu lhe dou minha palavra. Garanto. Era um estranho para mim. Ele não me disse, eu não perguntei. Peguei metade do dinheiro naquele momento e deveria voltar para pegar o restante quando o trabalho estivesse concluído. Mas, evidentemente, jamais voltei.

— Creio que esteja me dizendo a verdade: que 14 anos antes um anônimo contratara outro anônimo para fazer o serviço. E fim da história.

Eu tinha uma última carta na manga, então me levantei, mantendo a lâmina onde estava.

— Então só resta me vingar pelo que você fez em 1775.

Ele arregalou os olhos.

— Ah, pelo amor de Deus, você *vai* me matar.
— Sim — confirmei.
— Eu posso descobrir — disse ele rapidamente. — Posso descobrir quem era o homem. Deixe que eu descubra para a senhora.

Eu o fitei cautelosamente, como se refletindo, embora na verdade não tivesse qualquer intenção de matá-lo. Não daquele jeito. Não a sangue frio.

Por fim, falei:

— Pouparei sua vida para que você faça o que diz. Mas saiba, Ruddock, quero ter notícias suas dentro de seis meses... *Seis meses*. Pode me encontrar na propriedade dos De la Serre, na Île Saint-Louis, em Paris. Quer você tenha alguma informação ou não, poderá me encontrar ou passar o restante de seus dias esperando que eu surja das sombras e corte sua garganta. Eu me fiz entender?

Coloquei a espada na bainha e montei em Scratch.

— Há uma cidade a cinco quilômetros daqui, naquela direção. — Apontei. — Eu o verei em seis meses, Ruddock.

Parti em meu cavalo. E esperei até que estivesse fora do campo de visão de Ruddock para relaxar os ombros.

Foi de fato uma perseguição inútil. Só o que eu soube era que não havia nada para se saber.

Será que eu veria Ruddock novamente? Eu duvidava disso. Não tinha certeza se minha promessa de persegui-lo tinha sido uma ameaça vazia, mas de uma coisa eu sabia: como em quase tudo na vida, falar era muito mais fácil do que fazer.

4 de maio de 1789

Esta manhã acordei cedo, vesti-me e fui de encontro ao meu baú, à porta da frente do chalé. Tinha esperanças de escapulir em silêncio, mas quando me esgueirei para o hall de entrada estavam todos ali: Madame Levene e Jacques; Hélène e o Sr. Weatherall.

O Sr. Weatherall estendeu a mão. Olhei para ele.

— Sua espada. — insistiu ele. — Deixe-a aqui. Cuidarei bem dela.

— Mas assim vou ficar sem...

Ele pegou outra espada. Meteu as muletas nas axilas e estendeu a arma para mim.

— Um alfanje — falei, virando-o nas mãos.

— De fato é — disse o Sr. Weatherall. — Uma adorável arma de luta. Leve e fácil de manejar, ótima para combate corpo a corpo.

— É lindo.

— É claro que é. Ficará lindo se você cuidar bem dele. E nada de dar nomes a ele, ouviu bem?

— Prometo. — Fiquei na ponta dos pés para lhe dar um beijo. — Obrigada, Sr. Weatherall.

Ele ficou vermelho.

— Sabe, agora você é adulta, Élise. Uma adulta que salvou minha vida. Pode parar de me chamar de Sr. Weatherall. Pode me chamar de Freddie.

— Você sempre será o Sr. Weatherall para mim.

— Ah, faça como quiser, maldição. — Ele fingiu se exasperar e aproveitou a oportunidade para se virar e enxugar uma lágrima.

Dei um beijo em Madame Levene e lhe agradeci por tudo. Com os olhos brilhando, ela me manteve à distância de um braço, como se querendo me examinar.

— Eu lhe pedi para voltar de Londres uma pessoa transformada e você me deu orgulho. Saiu daqui uma menina furiosa, voltou uma jovem mulher. Você é uma honra para a Maison Royale.

Afastei a mão estendida de Jacques e, em vez disso, tomei-o em um abraço e lhe dei um beijo, que o fez ruborizar e lançar um olhar de soslaio a Hélène, e em um instante percebi que havia alguma coisa entre eles.

— Ele é um sujeito adorável — cochichei ao ouvido de Hélène enquanto lhe dava um beijo de despedida; e comerei meu chapéu, ou darei a mão à vara, se não estiverem juntos quando de minha próxima visita.

Por falar em chapéu, coloquei o meu e peguei o baú. Jacques avançou para tirá-lo de mim, mas o impedi.

— É muita gentileza sua, Jacques, mas quero chegar à carruagem sozinha.

E assim o fiz. Levei minha mala à saída de serviço, perto dos portões da Maison Royale. O prédio da escola na encosta do morro me observava e, onde antigamente eu teria enxergado malignidade em seu olhar, no momento eu via conforto e proteção — os quais agora eu estava abandonando.

É claro que a distância entre a Maison Royale e a minha casa não era grande. Eu mal tinha me acomodado quando chegamos à entrada arborizada de nosso château, que logo adiante parecia um castelo com seus torreões e torres, presidindo os jardins que se estendiam para todos os lados.

Ali fui recebida por Olivier e, depois de entrar, cumprimentada pela criadagem, alguns que eu conhecia bem — Justine, sua visão me inundando com lembranças de minha mãe — e alguns rostos desconhecidos. Quando meu baú foi levado ao quarto, dei uma volta pela casa. Eu sempre voltava nos feriados da escola, naturalmente. Aquele não era bem um grande retorno. Mesmo assim, parecia um. E pela primeira vez em anos subi a escadaria aos aposentos de mamãe e fui até seu quarto.

O fato de estar arrumado, porém deixado tal como estava quando ela era viva, criou uma sensação forte e quase dominadora de sua presença, como se ela pudesse entrar a qualquer momento, encontrar-me sentada na beiradinha de sua cama e se pôr a meu lado, passando o braço ao meu redor. "Estou muito orgulhosa de você, Élise. Nós dois estamos."

Fiquei um tempo ali, com o braço fantasma de mamãe em meu ombro. Só percebi que chorava quando senti as lágrimas fazendo cócegas em minhas bochechas.

5 de maio de 1789

i

Em um pátio do Hôtel des Menus-Plaisirs, em Versalhes, o rei se dirigia ao encontro de 1.614 homens dos Estados Gerais. Era a primeira vez que representantes dos três Estados — o Clero, a nobreza e o povo — se reuniam oficialmente desde 1614, e a imensa câmara abobadada estava lotada, fileira após fileira, de franceses esperançosos, na expectativa de que o rei dissesse algo — qualquer coisa — que ajudasse a tirar seu país do pântano em que aparentemente atolara. Algo que lhes apontasse a saída.

Sentei-me ao lado de meu pai durante o discurso e nós dois vibramos positivamente com esperança antes do início, uma sensação que logo se dissipou quando nosso amado líder começou a falar de forma monótona — e assim continuou, sem parar —, sem dizer nada de importante, sem oferecer conforto ao oprimido Terceiro Estado, o povo.

Do outro lado, sentados juntos, estavam os Corvos. Messieurs Lafrenière, Le Peletier e Sivert e Madame Levesque, todos ostentando carrancas que combinavam com o negrume de seus trajes. Ao me sentar, captei os olhares deles e fiz uma mesura breve e deferente, escondendo meus verdadeiros sentimentos por trás de um sorriso falso. Em troca, assentiram com sorrisos falsos também, e senti os olhares pousados em mim, avaliando-me enquanto tomava meu lugar.

Quando fingi inspecionar algo a meus pés, olhei-os disfarçadamente de sob minhas madeixas. Madame Levesque cochichava algo com Sivert. Recebeu um meneio de cabeça como resposta.

Quando acabou o discurso enfadonho, os Estados começaram a trocar berros. Meu pai e eu saímos do Hôtel des Menus-Plaisirs, dispensamos nossas carruagens e fomos a pé pela avenue de Paris, daí tomamos uma senda que levava aos gramados dos fundos de nosso château na cidade.

Conversamos amenidades enquanto caminhávamos. Ele me perguntou sobre meu último ano na Maison Royale, mas desviei a conversa para águas menos perigosas e repletas de mentiras, e assim, por um tempo, recordamo-nos de quando mamãe era viva e de quando Arno se juntou à casa. E então, assim que abandonamos as multidões e os campos abertos de um lado, e do outro, o palácio sempre nos observando, ele tocou no assunto: meu fracasso em trazer Arno para nós.

— Quer dizer doutriná-lo — corrigi à menção da ideia.

Meu pai suspirou. Estava com seu chapéu preferido, um preto de pele de castor que ele agora tirava, primeiro coçando a peruca, que o irritava, depois passando a mão na testa e olhando a palma como se esperando encontrá-la úmida de suor.

— Preciso lembrar-lhe, Élise, de que há uma possibilidade muito real de os Assassinos alcançarem Arno primeiro? Você se esquece de que passei muito tempo com ele. Estou ciente de suas habilidades. Ele é... talentoso. É só uma questão de tempo até os Assassinos se darem conta disto também.

— Papai, e se eu estiver a ponto de trazer Arno para a Ordem...

Ele soltou uma gargalhada curta e sem humor.

— Bem, sendo assim, já não era sem tempo.

Continuei:

— O senhor disse que ele é talentoso. E se Arno de alguma forma for capaz de combinar os dois Credos? E se ele for o único capaz disso?

— Suas cartas — disse meu pai, assentindo pensativamente —, você falou sobre isso em suas cartas.

— Pensei muito nesta questão.

— Sei que pensou. Suas concepções, elas têm um idealismo juvenil, mas também demonstram certa... maturidade.

Ofereci um agradecimento mental (isso sem falar no pedido de desculpas) a Haytham Kenway.

— Talvez seja de seu interesse saber que marquei um encontro com o Grão-Mestre Assassino, o conde de Mirabeau. — continuou meu pai.

— Marcou?

Ele levou o dedo aos lábios.

— Sim, marquei.

— Porque deseja que nossas duas Ordens comecem a negociar? — perguntei, agora aos sussurros.

— Porque creio que podemos ter alguns pontos em comum no que diz respeito ao futuro de nosso país.

Talvez, querido diário, você esteja se perguntando se minha conversão à ideia da unidade Assassinos-Templários tem algo a ver com o fato de eu ser uma Templária e Arno, um Assassino.

Não, esta é a resposta. Qualquer visão minha para o futuro seria para o bem de todos. Mas se isso significasse que Arno e eu pudéssemos ficar juntos, sem fingimentos nem mentiras entre nós, naturalmente eu a adotaria também, mas apenas como um efeito colateral agradável. Garanto-lhe.

ii

Mais tarde, no palácio, houve uma cerimônia — minha iniciação na Ordem. Meu pai vestia o traje cerimonial do Grão-Mestre: um manto longo e esvoaçante, forrado de arminho, com uma estola de seda no pescoço, colete abotoado e fivelas dos sapatos brilhando de tão polidas.

Enquanto ele me dava o broche Templário da iniciação, eu encarava seus olhos sorridentes; ele estava tão bonito, tão orgulhoso.

Eu não fazia ideia que seria a última vez que o veria vivo.

Mas durante a iniciação não houve qualquer sinal de nossa discordância. Em vez de esgotamento, havia orgulho nos olhos de papai. É claro que outros estavam presentes também. Os pavorosos Corvos, assim como outros cavaleiros da Ordem, e todos tinham sorrisos débeis e ofereciam cumprimentos não sinceros, no entanto a cerimônia pertencia à família De la Serre. Senti o espírito de minha mãe vigiando-me enquanto enfim faziam de mim uma cavaleira Templária, e jurei defender o nome De la Serre.

iii

Mais tarde, na "soirée privativa" realizada em homenagem à minha iniciação, senti-me uma mulher transformada enquanto circulava pela festa. Sim, talvez achassem que eu não podia ouvi-los fofocando por trás de seus leques, dizendo uns aos outros que eu havia passado meus dias bebendo e jogando. Cochichavam sobre a compaixão que sentiam por meu pai. Faziam comentários pejorativos sobre minhas roupas.

Mas as palavras deles eram uma gota no oceano. Minha mãe detestava aquelas mulheres da corte e me criou para não dar crédito a nada que dissessem. Suas lições me servem bem. Elas agora não podem me magoar.

E então eu o vi. Vi Arno.

iv

Levei-o a uma dança animada, é claro, em parte pelos velhos tempos e especialmente para me recompor antes de encontrá-lo novamente.

Ha ha. Parece que a presença de Arno na festa não estava oficialmente ratificada. Ou era isso, ou, fiel ao seu estilo, ele havia feito um inimigo. Conhecendo Arno, provavelmente um pouco das duas coisas. Na realidade, andei rapidamente pelos corredores, suspendendo minhas saias, costurando entre os convivas, mantendo-o bem atrás de mim, de modo que parecíamos estar em uma espécie de procissão.

Naturalmente não seria bom para a filha recém-iniciada do Grão-Mestre Templário ser vista exibindo tal comportamento, até mesmo incentivando-o. (Vê, Sr. Weatherall? Vê, meu pai? Eu estava amadurecendo. Estava crescendo.) E assim resolvi encerrar a perseguição, entrei em uma sala lateral e aguardei que Arno aparecesse. Depois o arrastei para dentro e enfim coloquei-me de frente para ele.

— Você parece ter causado um alvoroço e tanto — falei, absorvendo sua presença.

— O que posso dizer? Você sempre foi uma péssima influência...

— Você era pior. — Eu lhe disse.

E então nos beijamos. Não sei exatamente como aconteceu. Em um instante éramos amigos matando a saudade e no seguinte éramos amantes.

Nosso beijo foi longo e apaixonado e, quando por fim nos separamos, olhamo-nos por alguns minutos.

— Está usando um dos trajes de meu pai? — provoquei.

— Você está de vestido? — retorquiu ele. Graças a isto, ele ganhou um tapinha brincalhão.

— Nem comece. Sinto-me uma múmia embrulhada nessa coisa.

— Deve ser uma grande ocasião para você estar tão elegante. — Ele sorriu.

— Não é nada disso. A bem da verdade, é um monte de cerimônia e pompa. Tudo muito enfadonho.

Arno sorriu. Ah, o velho Arno. A antiga diversão voltava à minha vida. Era como se ele fosse o sol após um dia de chuva — era como voltar para casa de uma longa viagem e enfim ver a porta da frente à distância. Nós nos beijamos de novo e nos abraçamos com força.

— Bem, quando você não me convida para suas festas, todos sofrem — brincou ele.

— Eu tentei, mas papai foi inflexível.

— Seu pai?

Do outro lado da porta vinha o som abafado da orquestra, o riso dos convivas andando de um lado a outro pelo corredor, passadas pesadas, correria, guardas ainda em busca de Arno. Depois, de repente, a porta estremeceu, alguém batia do outro lado e uma voz irritada chamou:

— Quem está aí dentro?

Arno e eu nos entreolhamos, sendo crianças mais uma vez — crianças flagradas roubando maçãs ou surrupiando tortas da cozinha. Se eu pudesse engarrafar este momento, eu o faria.

Algo me diz que jamais voltarei a sentir uma felicidade como esta.

v

Empurrei Arno pela janela, peguei um cálice e abri a porta de rompante, fingindo uma expressão desequilibrada.

— Ah, meu Deus. Esta não é a sala de bilhar, é? — falei alegremente.

Os soldados se revelaram desconfortáveis ao me flagrarem ali. E deveriam sentir-se desse jeito mesmo. Afinal, aquela "soirée privativa" estava sendo dada em minha homenagem.

— Estamos perseguindo um intrujão, Mademoiselle de la Serre. A senhora o viu?

Lancei um olhar deliberadamente vago ao sujeito.

— Esturjão? Não, não creio que eles saibam subir escadas, e como teriam saído do Zoológico Real?

Os homens trocaram um olhar hesitante.

— Não um esturjão, um intrujão. Uma pessoa suspeita. A senhora viu alguém com este perfil?

A essa altura os guardas estavam ansiosos e tensos. Sentindo que sua presa estava próxima, ficaram irritados com minha estagnação.

— Ah, lá está Madame de Polignac. — Baixei a voz a um sussurro. — Tem uma ave no cabelo dela. Creio que a roubou do Zoológico Real.

Sem mais poder controlar a irritação, outro dos guardas avançou.

— Por favor, dê um passo para o lado a fim de que possamos verificar esta sala, mademoiselle.

Balancei-me como bêbada e talvez, assim eu esperava, levemente provocante.

— Receio que só encontrará a mim. — Sorri radiante para ele, dando-lhe pleno benefício de meu sorriso, para não falar de meu decote. — Fiquei procurando pela sala de bilhar por quase uma hora.

Os olhos do guarda vagaram.

— Podemos lhe mostrar onde fica, mademoiselle — disse ele com uma mesura breve — e trancaremos esta porta para evitar quaisquer outros mal-entendidos.

Enquanto os guardas me acompanhavam, eu tinha esperanças, primeiramente, de que Arno fosse conseguir pular para o pátio e, em segundo lugar, que algo acontecesse para distrair os guardas, evitando assim que me levassem pelo longo caminho até a sala de bilhar.

Existe um ditado: cuidado com o que deseja, pois você pode conseguir.

Consegui a distração que queria quando ouvi um grito:

— Meu Deus, ele matou o Lorde de la Serre.

E meu mundo inteiro mudou.

1º de julho de 1789

Parece que a França desmorona em volta de mim. A louvada Assembleia dos Estados Gerais proporcionou o nascimento terrível da cura para a insônia mascarada de discurso do rei, e certamente toda a farsa rapidamente decaiu a um desfile de bate-boca e brigas, e nada foi realizado.

Como? Porque, antes da reunião, o Terceiro Estado estava furioso. Estavam furiosos porque eram os mais pobres e os que pagavam os maiores impostos, e embora compusessem a maioria dentre os Estados Gerais, tinham menos poder de voto do que a nobreza e o Clero.

Depois da reunião, ficaram ainda mais furiosos. Porque o rei não abordara nenhuma das preocupações deles. Eles iam fazer alguma coisa. Todo o país — a não ser que fossem burros ou deliberadamente estúpidos e teimosos — sabia que algo ia acontecer.

Mas eu não me importava.

Em 17 de junho, o Terceiro Estado votou para se intitular Assembleia Nacional, uma assembleia do "povo". Houve algum apoio dos outros Estados, mas na realidade era o homem comum encontrando sua voz.

Não me importei.

O rei tentou impedi-los, fechando a sala de reuniões, a Salle des États, mas foi como tentar fechar a porta do estábulo depois que o cavalo já fugiu. Sem se deixar abalar, o povo fez sua assembleia em uma quadra coberta de pela, e no dia 20 de junho a Assembleia Nacional fez o juramento. O Juramento do Jogo da Pela, assim chamaram, o que soa bem cômico, mas na realidade não o era.

Não quando você parar para pensar que eles pretendiam criar uma nova constituição para a França.

Não quando se você pensar que falava do fim da monarquia.

Mas eu não me importei.

Em 27 de junho o nervosismo do rei era mais evidente do que nunca. Enquanto mensagens de apoio para a Assembleia jorravam de Paris e de outras cidades francesas, os militares chegavam a Paris e Versalhes. Havia uma tensão palpável no ar.

E também não me importei com isso.

É claro que deveria ter me importado. Deveria ter tido a força de caráter para deixar meus problemas pessoais de lado. Mas a verdade era que eu não conseguia.

Não conseguia porque meu pai estava morto e a tristeza tinha voltado à minha vida como uma forma escura e viva dentro de mim; que acorda comigo pela manhã, acompanha-me durante o dia, depois fica inquieta à noite, impedindo-me de dormir, alimentando meus remorsos e meus desgostos.

Passei tantos anos sendo uma decepção para ele. A oportunidade de ser a filha que ele merecia foi arrancada violentamente de mim.

E, sim, tenho consciência de que nossos lares em Versalhes e em Paris foram negligenciados, seus terrenos um reflexo do meu estado de espírito. Fico em Paris, mas as cartas de Olivier, nosso mordomo em Versalhes, chegam duas vezes por semana, cada vez mais preocupadas e estridentes, relatando detalhes sobre criadas e lacaios que vão embora e não são substituídos. Mas não me importo.

Aqui, na propriedade de Paris, proibi a criadagem de entrar em meus aposentos e esgueiro-me pelos andares térreos à noite, sem desejar ver outra viva alma. Bandejas trazendo comida e correspondência são colocadas à minha porta, e às vezes ouço a criada cochichando com a dama de companhia, e posso imaginar o que dizem a meu respeito. Mas não me importo.

Recebi cartas do Sr. Weatherall. Dentre outras coisas, ele quer saber se eu visitaria Arno na Bastilha, onde ele está preso, suspeito de assassinar meu pai, ou mesmo se estou tomando medidas para protestar por sua inocência.

E eu deveria escrever e dizer ao Sr. Weatherall que a resposta é não, porque logo depois do assassinato de meu pai voltei a Versalhes, fui ao escritório dele e encontrei uma carta que havia sido colocada por baixo da porta. Uma carta dirigida a meu pai, que dizia:

Grão-Mestre de la Serre,

Soube por meus agentes que um indivíduo de nossa Ordem trama contra o senhor. Peço-lhe para fazer sua guarda na noite da iniciação. Não confie em ninguém. Nem mesmo naqueles que o senhor chama de amigos. Que o pai da compreensão o guie.

L

Escrevi a Arno. Uma carta na qual o acusava de ser responsável pela morte de meu pai. Uma carta na qual eu disse não querer vê-lo nunca mais. Mas não a enviei.

Em vez disso, meus sentimentos por ele apodreciam. No lugar de um amigo de infância e, recentemente, amante, entrou um invasor, um órfão digno de pena que chegou e roubou o amor de meu pai, e depois ajudou a matá-lo.

Arno está na Bastilha. Ótimo. Espero que apodreça por lá.

4 de julho de 1789

É doloroso para o Sr. Weatherall caminhar tanto. Não só isso, mas a região da Maison Royale onde eles moravam, bem distante da escola e proibida às alunas, não era exatamente a mais bem-cuidada; era difícil para ele usar muletas ali.

Todavia, ele adorava caminhar quando eu o visitava. Só eu e ele. E eu me perguntava se era porque víamos um ou outro cervo juntos, observando-nos das árvores, ou se talvez porque chegávamos a uma clareira banhada pelo sol com um tronco de árvore para se sentar, fato que nos fazia recordar dos anos que passamos treinando.

Seguimos até lá nesta manhã, e o Sr. Weatherall sentou-se com um suspiro agradecido enquanto aliviava o peso do pé saudável e, com toda certeza, senti uma onda de nostalgia por minha antiga vida, quando meus dias eram ocupados com luta de espada com ele e brincadeiras com Arno. Quando mamãe ainda estava viva.

Eu sentia falta deles. Sentia muita saudade deles.

— Arno deve ter entregado a carta, não? — perguntou ele depois de um tempo.

— Não. Ele devia ter *dado* a meu pai. Olivier o viu com uma carta.

— Então ele devia e não o fez. E como você se sente em relação a isso?

Minha voz saiu baixa:

— Traída.

— Acredita que a carta poderia ter salvado seu pai?

— Creio que sim.

— E por isso ficou tão calada sobre a pequena questão de seu namorado atualmente residir na Bastilha?

Eu não disse palavra. Não havia o que dizer. O Sr. Weatherall passou um instante com o rosto virado para um facho de luz do sol que rompia o dossel das árvores — a luz dançando por seus bigodes e pelas dobras de pele dos olhos fechados —, absorvendo o dia com um sorriso quase beatífico. Depois, com um breve meneio de cabeça, agradecendo a mim por permitir-lhe o silêncio, ele estendeu a mão.

— Deixe-me ver a carta de novo.

Procurei em meu colete e lhe entreguei.

— Quem você imagina ser este "L"?

O Sr. Weatherall arqueou uma sobrancelha ao me devolver a carta.

— Quem você pensa ser "L"?

— O único "L" em quem consigo pensar é nosso amigo Monsieur Chretien Lafrenière.

— Mas ele é um Corvo.

— E isto não satisfaz a teoria de que os Corvos conspiravam contra sua mãe e seu pai?

Segui a linha de raciocínio dele.

— Não, só pode significar que alguns deles conspiravam contra minha mãe e meu pai.

Ele riu, coçou a barba.

— Tem razão. "Um indivíduo", segundo a carta. Mas, pelo que sabemos, ninguém propôs um novo Grão-Mestre ainda.

— Não — falei baixinho.

— Bem, eis a questão... Agora você é a Grã-Mestre, Élise.

— Eles sabem disso.

— Sabem? Então você me enganou. Diga-me, quantas reuniões teve com seus conselheiros?

Eu o fitei com olhos semicerrados.

— Mereço meu período de luto.

— Ninguém está afirmando o contrário. Mas já faz dois meses, Élise. Dois meses e você não conduziu um só assunto dos Templários. Nem um. A Ordem sabe que você é Grã-Mestre no título, mas você não fez nada para tranquilizá-los de que a direção está em mãos seguras. Se houver um golpe... Se outro cavaleiro avançar e se declarar Grão-Mestre, bem, não encontrará muita contestação de sua parte, não é mesmo?

"Uma coisa é o luto por seu pai, porém você precisa honrá-lo. Você é a última na linhagem dos De la Serre. A primeira Grã-Mestre da França. Precisa sair daqui e provar que é digna deles, em vez de ficar zanzando aparvalhada por seu château.

— Mas meu pai foi assassinado. Que exemplo eu daria se deixasse seu assassinato impune?

Ele soltou uma risada breve.

— Ora, corrija-me se eu estiver enganado, mas você não está exatamente fazendo nem uma coisa nem outra no momento, está? O melhor curso de ação: você assume o controle da Ordem e ajuda a orientá-la durante os tempos difíceis à espera. O segundo melhor curso de ação: você mostra um pouco do espírito dos De la Serre e torna público que persegue o assassino de seu pai... e talvez ajude a desentocar este "indivíduo". O pior curso de ação: você permanece sentada lastimando pela morte de seu pai e de sua mãe.

Assenti.

— O que devo fazer então?

— Primeiro, deve entrar em contato com Lafrenière. Não mencione a carta, mas diga que está ávida para assumir o comando da Ordem. Se ele for leal à família, estenderá a mão. Em segundo lugar, encontrarei um lugar-tenente para você. Alguém que eu saiba merecer nossa confiança. Terceiro, você deve pensar também em visitar Arno. Deve se lembrar de que não foi ele quem matou seu pai. A pessoa que matou seu pai foi aquela que literalmente matou seu pai.

8 de julho de 1789

Chegou uma carta:

Minha querida Élise
Primeiramente, devo me desculpar por não ter respondido antes às suas cartas. Confesso que não lhe fiz a cortesia de uma resposta, mas foi principalmente por raiva, por você ter me ludibriado para obter minha confiança, porém, refletindo agora, vejo que temos muito em comum e, de fato, sou grata por ter escolhido se confidenciar comigo e quero lhe garantir que suas desculpas estão aceitas.
Estou sobretudo satisfeita que você tenha considerado os escritos de meu irmão. Não somente porque justifica minha decisão de entregá-los a você, mas porque acredito que, se estivesse vivo, meu irmão poderia ter alcançado parte de seus objetivos, e espero que você o faça no lugar dele.
Devo observar que seu pretendente, Arno, pode ostentar uma herança Assassina, e o fato de estar apaixonada por ele prenuncia um futuro acordo. Creio que você tem razão em suas dúvidas quanto aos planos de seu pai para converter Arno, e embora eu também concorde que suas dúvidas possam ter origem em motivos mais egoístas, isto não as torna necessariamente um curso de ação errado. Do mesmo modo, se Arno for descoberto pelos Assassinos, o Credo pode ser convincente o bastante para transformá-lo. Seu amado pode muito bem tornar-se seu inimigo.
A propósito, tenho informações que podem ser de utilidade para você. Algo que apareceu no que só posso descrever como comunicado dos Assassinos. Conforme pode imaginar, normalmente não me envolveria em tais questões; as informações sobre atividades que recebo de

passagem do Credo tendem a não evoluir, tanto em função de meu desinteresse como por qualquer discrição particular. Mas esta informação pode ser de suma importância para você. Envolve um Assassino de alta posição chamado Pierre Bellec, atualmente preso na Bastilha. Bellec escreveu dizendo que descobriu um jovem de posse de enorme talento Assassino. O comunicado dá a este jovem prisioneiro o nome de "Arnaud". No entanto, tal como você é capaz de imaginar, as semelhanças no nome me parecem mais do que coincidentes. No mínimo, pode ser algo digno de uma investigação de sua parte.

Afetuosamente,
Jennifer Scott

14 de julho de 1789

i

Paris encontrava-se em tumulto enquanto eu andava pelas ruas. Já tem estado assim há mais de duas semanas, desde que vinte mil dos homens do rei chegaram à cidade para dar um fim às perturbações, bem como para ameaçar o conde de Mirabeau e seus suplentes do Terceiro Estado. Depois, quando o rei exonerou seu ministro das finanças, Jacques Necker, um homem que muitos acreditavam ser o salvador do povo francês, houve outros levantes.

Dias atrás, a prisão da Abadia foi invadida para libertar os guardas detidos por se recusarem a atirar em manifestantes. Ultimamente dizem que o soldado comum anda entregando sua lealdade ao povo, e não ao rei. Aparentemente a Assembleia Nacional — agora chamada de Assembleia Constituinte — está no poder. Criaram sua própria bandeira: uma *tricolore*, que pode ser vista por toda parte. E se alguma vez houve um símbolo do predomínio crescente da Assembleia, era esta bandeira.

Desde a revolta na prisão da Abadia, as ruas em Paris ficaram repletas de homens armados. Treze mil deles se uniram à milícia do povo e percorrem os distritos à procura de armas, as ordens para encontrar armas tornando-se cada vez mais sonoras e intensas. E nesta manhã, chegaram a um crescendo.

Logo cedo, a milícia invadiu o Hôtel des Invalides e colocou as mãos em mosquetes, dezenas de milhares de mosquetes, segundo dizem. Mas não tinham pólvora, então agora precisam de pólvora. Onde haveria pólvora?

Na Bastilha. E era para lá que eu estava indo. De manhã cedo, em uma Paris fervendo de fúria e vingança reprimida. Não era um bom lugar para se estar.

ii

Olhando em volta, enquanto me apressava pelas ruas, demorei para me dar conta, mas depois vi que as multidões — um misto de corpos precipitados em um tumulto — na realidade recaíam em dois grupos distintos: aqueles que pretendiam se preparar para o problema iminente, protegendo-se, bem como às suas respectivas famílias e aos seus bens, fugindo dos problemas porque desejavam evitar o conflito ou, como eu, porque estavam com medo de ser o alvo do problema.

E aqueles que pretendiam criar o problema.

No entanto, o que distinguia os dois grupos? Armas. Os que carregavam armas — vi forcados, machados e bastões sendo brandidos e erguidos — e a localização das armas. Um sussurro se tornou um grito, que se tornou um clamor: onde estão os mosquetes? Onde estão as pistolas? Onde está a pólvora? Paris estava a ponto de explodir.

Será que tudo aquilo poderia ter sido evitado?, perguntei-me. Poderíamos nós, os Templários, ter evitado que nosso amado país chegasse àquele impasse pavoroso, oscilando à beira de um precipício de mudanças jamais imaginadas?

Ouvi gritos — gritos por "liberdade!" misturados a relinchos e berros de animais assustados e dispersos.

Cavalos resfolegavam, sendo impelidos por seus condutores em pânico e a velocidades perigosas em meio às ruas lotadas. Pastores tentavam levar o gado assustado e de olhos arregalados para a segurança. O fedor de esterco fresco era denso; porém, mais do que isso, havia outro cheiro em Paris. O cheiro da rebelião. Não, não da rebelião, da revolução.

E por que eu estava nas ruas, e não ajudando os criados a cobrir com tábuas as janelas da propriedade dos De la Serre?

Por causa de Arno. Porque, embora eu odiasse Arno, não suportava ficar parada — não enquanto ele corria perigo. A verdade era que eu nada tinha feito a respeito da carta de Jennifer Scott. O que o Sr. Weatherall, minha mãe e meu pai teriam pensado sobre isso? Eu, uma Templária — não, uma Grã-Mestre Templária, não menos do que isso —, sabendo muito bem que um dos nossos estava a ponto de ser descoberto pelos Assassinos e sem nada fazer — nada mesmo — a respeito?

Esquivando-se nos andares despovoados de sua propriedade em Paris como uma viúva excêntrica, velha e solitária?

Uma coisa direi desta rebelião: não há nada melhor para incitar uma garota à ação, e muito embora meus sentimentos por Arno não tivessem mudado — não é como se de repente eu tivesse deixado de odiá-lo por não ter entregado a carta —, eu ainda queria alcançá-lo antes da turba.

Tinha esperanças de chegar antes deles, mas mesmo enquanto corria para Saint-Antoine, ficou evidente que eu não estava à frente de uma maré de pessoas que seguiam para a mesma direção; na verdade, eu fazia parte dela, unindo-me a um amontoado de *partisans*, milicianos e mercadores de toda sorte, os quais brandiam armas e bandeiras e avançavam para aquele grandioso símbolo da tirania do rei, a Bastilha.

Praguejei, sabendo que estava atrasada, mas permanecendo junto à multidão, correndo entre grupos de pessoas e tentando, de algum modo, chegar à frente da turba. Com as torres e baluartes da Bastilha visíveis ao longe, a multidão pareceu reduzir o ritmo de repente e um grito se elevou. Na rua, encontrava-se uma carroça eriçada de mosquetes, provavelmente retirados do arsenal, e havia homens e mulheres entregando-os a um mar de mãos estendidas e agitadas. O clima era jovial, até mesmo comemorativo. Havia a sensação de que seria fácil.

Passei abrindo caminho aos empurrões pelas fileiras de corpos apertados, ignorando o palavreado que me lançavam. A turba era menos densa do outro lado, mas agora eu via um canhão sendo levado pela rua. Era manobrado por homens a pé, alguns fardados, alguns nos trajes de *partisans*, e por um momento perguntei-me o que ia acontecer, até que o grito se elevou: "Os Gardes Françaises estão conosco!" E, dito e feito, ouvi histórias de soldados voltando-se contra seus comandantes; ouvi o falatório de que cabeças de homens foram empaladas.

Não muito longe, vi um cavalheiro bem-vestido que entreouviu o mesmo. Ele e eu trocamos um breve olhar e vi o medo nos olhos dele. Ele estava pensando o mesmo que eu: estaria ele em segurança? Até que ponto iriam aqueles revolucionários? Afinal, a causa deles tinha sido apoiada por muitos nobres e integrantes dos outros Estados, e o próprio Mirabeau era um aristocrata. Mas isto teria importância no levante? Quando chegasse a hora da vingança, eles fariam distinção?

A batalha na Bastilha começou assim que cheguei lá. No caminho a prisão, tinha ouvido que uma delegação da Assembleia havia sido convidada a entrar para discutir os termos com seu diretor, De Launay. Porém, a delegação já estava ali dentro havia três horas, fazendo o desjejum, e a multidão do lado de fora ficava cada vez mais indócil. Nesse meio-tempo, um dos manifestantes subiu do telhado de uma perfumaria até as correntes que seguravam a ponte levadiça e começou a cortar as correntes. Assim que virei a esquina e a Bastilha entrou em meu campo de visão, ele finalizou a tarefa. A ponte caiu com um forte estrondo que pareceu reverberar por toda a região.

Todos nós a vimos cair em um homem que estava embaixo. Um sujeito com azar suficiente para estar no lugar errado na hora errada, que em um momento estava de pé na margem do fosso, brandindo um mosquete e instigando aqueles que tentavam soltar a ponte levadiça e, no instante seguinte, desaparecera em uma névoa de sangue e emaranhado de membros projetando-se em ângulos horrendos sob a ponte.

Um urro da multidão se elevou. A vida perdida daquele infeliz não era nada comparada à vitória de derrubar a ponte levadiça. No instante seguinte, a turba começou a fluir pela abertura, entrando no pátio externo da Bastilha.

iii

E veio a reação. Ouvi um grito saído da direção das muralhas e um disparo de mosquete, o qual foi seguido por uma nuvem de fumaça que se elevou como um sopro de pólvora dos baluartes.

Abaixo, agachamo-nos para nos proteger enquanto balas de mosquete zuniam na pedra e no calçamento ao redor, e ouvi mais gritos. Porém, aquilo não foi o bastante para dispersar a multidão. Como quem cutuca um ninho de vespas com uma vareta, o tiroteio, longe de dissuadir os manifestantes, só os deixou mais coléricos. Mais decididos.

Além disso, naturalmente, eles tinham canhões.

— Fogo! — Veio um berro de não muito longe dali, e vi os canhões pinoteando com imensas nuvens de fumaça antes de as balas arrancarem pedaços da Bastilha. Adiante, mais homens armados. Os mosquetes nas mãos dos invasores eriçavam-se acima de suas cabeças como os espinhos de um ouriço.

Os milicianos haviam assumido o controle dos prédios à nossa volta, e havia fumaça saindo das janelas. A casa do diretor da Assembleia estava em chamas, pelo que disseram. O cheiro de pólvora misturava-se ao fedor de fumaça. Mais um grito de ordem veio da Bastilha, e depois uma segunda saraivada de tiros. Abaixei-me atrás de uma mureta de pedra. Ao meu redor, mais berros.

Enquanto isso, a multidão já atravessava uma segunda ponte levadiça e tentava transpor um fosso. Atrás de mim, tábuas eram arrancadas e usadas para formar uma ponte para o interior da prisão. Logo estariam passando.

Mais tiros foram disparados. Os canhões dos manifestantes responderam. Pedras caíam à nossa volta.

Ali, em algum lugar, estava Arno. De espada em riste, juntei-me aos manifestantes que jorravam para dentro.

Do alto, os disparos de mosquete cessaram, a batalha vencida por ora. Tive um vislumbre do diretor da Assembleia, De Launay. Tinha sido preso e falavam em levá-lo ao Hôtel de Ville, a prefeitura de Paris.

Por um momento permiti-me ter um instante de alívio. A revolução mantivera a frieza; não haveria banho de sangue.

Mas eu estava enganada. Um grito se elevou. Como um idiota, De Launay deu um pontapé em um homem da multidão e, enfurecido, o tal sujeito saltou para a frente e lhe cravou uma faca no corpo. Os soldados que tentavam protegê-lo foram empurrados pela turba e De Launay desapareceu debaixo de uma massa fervilhante de corpos. Vi lâminas subindo e descendo em arco, jatos de sangue formando arco-íris e um grito demorado e penetrante, como o de um animal ferido.

De súbito houve uma aclamação coletiva e uma estaca se elevou acima da multidão. Nela estava a cabeça de De Launay, a carne do pescoço com um corte irregular e ensanguentada, os globos oculares revirados nas órbitas.

A turba soltou gritos e uivos, os rostos sujos de sangue encarando alegremente seu troféu enquanto este era sacudido para cima e para baixo na estaca, desfilando pelas tábuas e pontes levadiças, sobre o corpo estropiado e esquecido do manifestante esmagado pela ponte, tomando as ruas de Paris, onde sua visão inspiraria outros atos de sanguinolência e barbárie.

Naquele momento, entendi que era o fim de todos nós. De todos os da França, homens e mulheres, era o fim. Independentemente de inclinação política: mesmo que falássemos da necessidade de mudança; mesmo que concordássemos que os excessos de Maria Antonieta eram repugnantes e que o rei era ganancioso e inadequado, e mesmo que apoiássemos o Terceiro Estado e a Assembleia, não importava, porque a partir daquele momento nenhum de nós estava mais a salvo; éramos todos colaboradores ou opressores aos olhos da turba, e agora ela estava no poder.

Houve outros gritos quando mais guardas da Bastilha foram linchados. Em seguida, vi rapidamente um prisioneiro, um velho frágil que era baixado de uma escada que saía de uma porta da prisão. Depois, com uma onda de emoções confusas — entre elas gratidão, amor e ódio —, vi Arno no alto dos baluartes. Estava com um homem mais velho, ambos correndo para o outro lado da fortaleza.

— Arno — gritei, mas ele não escutou. Havia barulho demais e ele estava muito longe.

Gritei novamente, "Arno", e aqueles perto de mim viraram-se, desconfiados de meu tom refinado.

Impotente, observei quando o primeiro homem se colocou à beira dos baluartes e pulou.

Foi um salto de fé. O ato de fé de um Assassino. Então aquele era Pierre Bellec. Sem dúvida, Arno hesitou e depois fez o mesmo. Mais um ato de fé de um Assassino.

Ele agora era um deles.

iv

Virei-me e corri. Precisava chegar em casa, dispensar os criados. Permitir que fugissem antes que fossem apanhados pelo tumulto.

Multidões se afastavam da Bastilha, rumo à prefeitura. Eu já estava ouvindo que o reitor dos mercadores de Paris, Jacques de Flesselles, tinha sido assassinado na escada do Hôtel de Ville, que sua cabeça arrancada já estava sendo exibida pelas ruas.

Meu estômago revirou-se. Lojas e prédios estavam em chamas. Ouvi o barulho de vidro se quebrando, vi gente correndo, carregando produtos saqueados. Durante semanas, Paris passou fome. Naturalmente nós, em nossas propriedades rurais e de costume, comíamos bem, mas o povo quase foi à inanição e, embora a milícia nas ruas tivesse conseguido qualquer saque em larga escala, agora era impotente para isso.

Longe de Saint-Antoine, as multidões diminuíram, e havia carruagens e carroças na rua, conduzidas principalmente por moradores da cidade que desejavam escapar dos tumultos. Metiam seus pertences com pressa em qualquer meio de transporte que encontrassem, tentando desesperadamente fugir. A maioria simplesmente era ignorada pelas turbas, mas prendi a respiração ao ver uma enorme carruagem de dois cavalos, completa, com um cavalariço de libré na frente, tentando abrir caminho lentamente pelas ruas, sabendo de pronto que quem quer que estivesse em seu interior estava pedindo para ter problemas.

Aquele sujeito não estava agindo com discrição. Como se a simples visão de sua carruagem suntuosa já não bastasse para enfurecer a turba, o cavalariço gritava a espectadores para que saíssem da rua, agitando seu chicote para eles como se tentando afastar uma nuvem de insetos, enquanto era espicaçado o tempo todo por sua senhora de cara vermelha, que espiava pela janela da carruagem, agitando um lenço de renda.

A arrogância e estupidez deles era impressionante, e mesmo eu, em cujas veias corria sangue aristocrata, tive certa satisfação quando a multidão não lhes deu atenção alguma.

No entanto, em seguida, a turba virou-se contra eles. A situação já estava bastante intensa e eles começaram a sacudir a carruagem em suas molas amortecedoras.

Pensei em avançar para ajudar, mas sabia que, se o fizesse, estaria assinando minha sentença de morte. Em vez disso, só me restou observar o cavalariço ser arrancado de seu assento imperioso, e o espancamento começou.

Ele não merecia aquilo. Ninguém merecia ser espancado por uma multidão, afinal era algo indiscriminado e cruel, e impelido pelo puro desejo coletivo de sangue. Mesmo assim, ele nada fez para se proteger de seu destino. Toda Paris sabia que a Bastilha havia caído. O Ancien Régime já vinha se esfacelando, mas em apenas uma manhã ruíra completamente. Fingir o contrário era loucura. Ou, neste caso, suicídio.

O cocheiro conseguiu fugir. Enquanto isso, integrantes da multidão subiam no alto da carruagem, abrindo baús e atirando as roupas do teto enquanto buscavam bens de valor. As portas foram arrancadas e uma mulher, aos protestos, arrastada de dentro da condução. A multidão riu quando um dos manifestantes plantou um pé no traseiro da senhora e ela caiu estatelada no chão.

Da carruagem, veio um berro de protesto:

— Mas o que significa tudo isso? — E meu coração afundou um pouco mais no peito ao ouvir o tom habitual de indignação aristocrata naquela voz. Seria ele tão burro? Seria tão burro a ponto de não perceber que ele e sua classe não possuíam mais o direito de falar naquele tom? Ele e sua classe não estavam mais no poder.

Ouvi as roupas do sujeito sendo rasgadas enquanto o arrancavam da carruagem. Sua mulher foi tocada dali, gritando pela rua, impelida por uma série de pontapés no traseiro, e perguntei-me como ela se viraria sozinha por uma Paris caótica, bem diferente daquela que ela conhecera em sua vida toda. Duvidei que fosse sobreviver até o fim do dia.

Ao prosseguir, minhas esperanças começaram a desvanecer. Pelo que parecia, saqueadores brotavam das casas de ambos os lados da via. No ar, o estampido de mosquetes e o barulho de vidro se quebrando continuavam, gritos triunfantes daqueles que conseguiam o que queriam, gritos desanimados dos que não tinham tido sorte.

Agora eu estava correndo, a espada ainda em riste e pronta para enfrentar qualquer um que se colocasse entre mim e meu château. Meu coração martelava nos ouvidos. Eu rezava para que a criadagem tivesse conseguido ir embora; para que a turba ainda não tivesse chegado à nossa propriedade. Só conseguia pensar no meu baú. O qual, dentre outras coisas, continha as cartas de Haytham Kenway e o colar dado a mim por

Jennifer Scott. Algumas bugigangas que eu tinha guardado com o passar dos anos, coisas que tinham significado para mim.

Chegando aos portões vi o mordomo, Pierre, parado com uma mala abraçada ao peito, os olhos disparando de um lado a outro.

— Graças a Deus, mademoiselle — disse ao me ver, e olhei para além dele, meu olhar percorrendo o pátio e subindo a escadaria, até a porta da frente do château.

O que vi foi o pátio com meus pertences espalhados. A porta do château estava aberta e notei a devastação em seu interior. Minha casa tinha sido saqueada.

— A turba entrou e saiu em minutos — disse Pierre, sem fôlego. — Colocamos tábuas nas janelas e trancamos tudo, mas eles capturaram o jardineiro Henri e ameaçaram matá-lo caso não abríssemos as portas. Não tivemos escolha, mademoiselle.

Assenti, pensando apenas no baú em meu quarto, parte de mim querendo correr diretamente para lá, outra parte precisando entender melhor tudo aquilo.

— Você agiu corretamente — garanti a ele. — E quanto a seus pertences pessoais?

Ele levantou a mala que segurava.

— Está tudo aqui.

— Mesmo assim, deve ter sido uma experiência apavorante. Deve ir embora. Esta não é uma boa hora para se associar à nobreza. Vá para Versalhes e cuidaremos para que receba uma recompensa.

— E a senhora, mademoiselle? Não irá?

Olhei para a casa, sentindo o coração apertado ao ver os pertences de minha família descartados como lixo. Reconheci um vestido que pertencera à minha mãe. Então eles tinham ido aos andares superiores e saqueado os quartos também.

Apontei com minha espada.

— Vou entrar — falei.

— Não, mademoiselle, não posso permitir — disse Pierre. — Ainda há alguns bandidos lá dentro, completamente embriagados, revirando os quartos, procurando mais pertences para roubar.

— Por isso entrarei. Para impedir que o façam.

— Mas estão armados, mademoiselle.
— Eu também estou.
— Estão bêbados e são cruéis.
— Ora, eu estou furiosa e sou cruel. E isto é ainda melhor. — Olhei para ele. — Agora, vá.

v

Ele não falou com seriedade quando disse sobre ficar na casa. Pierre era um bom homem, mas sua lealdade tinha limites. Ele teria resistido aos saqueadores — mas não tanto. Talvez fosse melhor eu não ter estado em casa quando os invasores chegaram. Haveria banho de sangue. Talvez as pessoas erradas perdessem a vida.

À porta da frente, saquei a pistola. Com o cotovelo, abri mais a porta e pisei de mansinho no hall de entrada.

Estava uma bagunça. Mesas viradas. Vasos quebrados. Saques indesejados jogados para todo lado. Deitado de bruços, ali perto, estava um homem, roncando em um sono embriagado. Arriado em um canto oposto, havia outro, este com o queixo encostado no peito e uma garrafa de vinho vazia na mão. A porta da adega estava aberta e me aproximei dali com cautela, pistolas erguidas. Esforcei-me, mas nada ouvi, cutuquei o bêbado mais próximo com a ponta do pé e obtive um ronco mais alto por tê-lo incomodado. Embriagado, sim. Cruel, não. O mesmo valia para o amiguinho dele perto da porta.

Exceto pelo ronco, o andar térreo estava em silêncio. Fui à escadaria que levava ao porão e mais uma vez fiquei atenta aos ruídos, mas não ouvi nada.

Pierre tinha razão; eles provavelmente entraram e saíram em instantes, pilhando a adega e a despensa, e sem dúvida roubando a prataria da copa. Minha casa era só mais um passo pelo caminho.

Agora, rumo ao andar de cima. Voltei ao hall de entrada e tomei a escada, seguindo diretamente para o meu quarto e encontrando-o em um estado semelhante ao restante da casa, saqueado. Eles tinham encontrado o baú, mas evidentemente concluíram que seu conteúdo não valia a pena, então contentaram-se apenas em espalhar tudo que havia dentro pelo chão. Coloquei meu alfanje na bainha, a pistola no coldre e me pus de joelhos, reunindo os papéis, arrumando-os e recolocando-os no baú. Felizmente o colar estava no fundo, eles tinham deixado passar. Cuidadosamente, pus a correspondência por cima dos fechos, alisando qualquer página amassada, mantendo as cartas juntas. Quando terminei, tranquei o baú. Precisaria mandá-lo à Maison Royale para que ficasse seguro, tão logo eu saísse e trancasse minha casa.

Eu estava entorpecida, percebi enquanto me colocava de pé e me sentava na beira da cama para refletir. Só conseguia pensar em fechar as portas e arrastar-me a um canto qualquer, evitando assim qualquer contato humano. Talvez fosse este o verdadeiro motivo pelo qual havia mandado Pierre embora. Porque a pilhagem de minha casa dava-me outra razão para lamentar, e eu queria me condoer sozinha.

Levantei-me e fui ao patamar de cima, olhando o hall de entrada logo abaixo do meu ponto na varanda. O único barulho era o ruído distante da inquietação nas ruas, mas agora a luz diminuía; começava a escurecer lá fora e eu precisava acender algumas velas. Primeiro, porém, eu me livraria de meus hóspedes indesejados.

O adormecido perto da porta pareceu acordar um pouco quando me aproximei ao pé da escada.

— Se está acordado, sugiro que vá embora agora — falei, e minha voz soou alta no hall. — E, se não estiver acordado, vou chutar suas bolas até que acorde.

Ele tentou levantar a cabeça, piscando, como se estivesse recuperando a consciência e tentando se lembrar de onde estava e de como tinha ido parar ali. Tinha um braço preso sob o próprio corpo e gemeu enquanto rolava para soltá-lo.

E então ele se levantou e fechou a porta.

Simples assim. Ele se levantou e fechou a porta.

vi

Levei mais ou menos um segundo para formular a pergunta, que era: como um homem que estava prostrado e bêbado no chão do meu hall de entrada conseguiu se levantar, sem nenhum vestígio de hesitação ou cambaleio, e fechou a porta sem se atrapalhar? Como ele fez aquilo?

A resposta era que ele não estava bêbado. Jamais esteve. E o que tinha embaixo do corpo era uma pistola, a qual ele ergueu com um ar quase despreocupado e apontou para mim.

Merda.

Girei a tempo de ver que o segundo bêbado também ficou milagrosamente sóbrio e estava de pé. Também portava uma pistola e a apontava igualmente para mim. Eu estava em uma armadilha.

— Os Carroll, de Londres, mandam lembranças — disse o primeiro bêbado, o mais velho e de peito mais largo dentre os dois, evidentemente o chefe, e ocorreu-me o puro fato do inevitável. Sabíamos que os Carroll viriam atrás de nós, mais cedo ou mais tarde. Estejam preparados, dissemos, e talvez pensássemos estar.

— E então... o que está esperando? — perguntei.

— As instruções são que você sofra antes de morrer — disse o chefe, tranquilamente e sem maldade verdadeira —, além disso, a recompensa é por você, um tal Frederick Weatherall e sua dama de companhia, Hélène. Achamos uma boa combinação arrancar de você o paradeiro deles e ao mesmo tempo lhe causar sofrimento, como matar dois coelhos com uma cajadada só.

Sorri para ele.

— Podem me causar quanta dor desejarem, podem me causar toda a dor do mundo, não revelarei coisa alguma a vocês.

Atrás de mim, o outro soltou um "ohm". O tipo de exclamação que você solta quando vê um filhotinho particularmente fofo brincando com uma bola.

O chefe tombou a cabeça de lado.

— Ele ri porque todos dizem isso. Todos que torturamos dizem isso. Mas assim que trazemos os ratos famintos eles começam a se perguntar sobre a sensatez dessas palavras.

Olhei teatralmente à minha volta, virei-me para ele e sorri.
— Não vejo nenhum rato faminto.
— Ora, isso porque ainda não começamos. Temos um processo longo e renomado em mente. Madame Carroll foi bem específica a esse respeito.
— Ela ainda está zangada por May, não é?
— Ela disse para lembrar a você de May durante o processo. Era a filha dela, suponho.
— Sim, era.
— E você a matou?
— Matei.
— Ela a atacou?
— Eu diria que sim. Ia me matar.
— Então foi legítima defesa?
— Pode-se dizer que sim. Esta informação o faz mudar de ideia?
Ele sorriu. A pistola jamais hesitou.
— Não. Só me diz que você é do tipo espertinha e que precisaremos ter cuidado. Assim, por que não começamos com a espada e a pistola? Jogue ambas no chão, por gentileza.
Obedeci.
— Agora afaste-se delas. Vire-se, de frente para o corrimão, coloque as mãos na cabeça e saiba que, enquanto o Sr. Hook aqui estiver procurando por armas escondidas em você, ele terá minha cobertura com as pistolas. Gostaria que você se lembrasse de que eu e o Sr. Hook estamos cientes de suas capacidades, Srta. de la Serre. Não cometeremos o erro de subestimá-la só porque você é jovem e mulher. Não é verdade, Sr. Hook?
— É bem verdade, Sr. Harvey — disse Hook.
— É tranquilizador saber disso — falei e, com um olhar para o Sr. Hook, fiz o que ele me mandou, indo até o corrimão e colocando as mãos na cabeça.
A luz era fraca no hall de entrada e, embora meus dois cordiais assassinos tivessem levado isso em conta, tal fato ainda trabalhava em meu favor.
E havia mais uma vantagem: eu não tinha nada a perder.

Agora Hook estava atrás de mim. Ele chutou minhas armas para o meio da sala antes de retornar, permanecendo a pouca distância.

— Tire o casaco — disse ele.

— Como disse?

— Você ouviu o homem — disse o Sr. Harvey —, tire o casaco.

— Terei de retirar as mãos da cabeça.

— Apenas tire o casaco.

Eu o desabotoei, deixando que caísse ao chão.

Na sala, o silêncio era intenso. Os olhos do Sr. Hook vagavam.

— Solte a blusa — disse o Sr. Harvey.

— Não pretende me fazer...?

— Apenas solte a blusa e puxe à altura da cintura para que possamos ver o cós da calça.

Obedeci.

— Agora tire as botas.

Ajoelhei-me, pensando de imediato que poderia usar uma bota como arma. Mas não. Assim que eu atacasse Hook, Harvey certamente atiraria em mim. Eu precisava de uma tática diferente.

Sem as botas, eu me levantei, de meias, a blusa erguida para a inspeção.

— Muito bem — disse Harvey. — Vire-se. Mãos atrás da cabeça. Lembre-se do que eu disse sobre tê-la sob vigilância.

Reassumi minha posição de frente para o corrimão enquanto Hook se aproximava de minhas costas. Ele se ajoelhou, passando as mãos pelos meus pés em uma jornada que foi da ponta dos dedos até meus calções. No alto, elas se demoraram...

— Hook... — alertou Harvey.

— Só estou sendo meticuloso — disse Hook, e pela direção que sua voz tomou percebi que ele olhou para Harvey ao responder, o que me deu uma chance. Uma chance mínima, mas ainda assim era uma chance. E eu a aproveitei.

Dei um salto, segurei um suporte do corrimão e no mesmo movimento agarrei o pescoço de Hook entre minhas coxas, torcendo-o — uma torção forte, com o intuito de lhe quebrar o pescoço, ao mesmo tempo em que o usava como escudo humano. Porém, quebrar o pescoço de homens com uma chave de pernas nunca foi uma parte importante do treinamento do Sr. Weatherall, e eu não tinha forças para torcer tanto assim. De qualquer modo, agora ele estava entre mim e a pistola, e era este meu primeiro objetivo. Seu rosto se avermelhou, as mãos em minhas coxas tentando libertá-lo enquanto eu o apertava, na esperança de conseguir exercer pressão suficiente para ao menos fazê-lo desmaiar.

Não tive tanta sorte assim. Ele se contorcia e puxava, e eu me agarrava com todas as minhas forças ao suporte do corrimão, sentindo meu corpo se esticar e a madeira começar a ceder enquanto ele tentava se desvencilhar. Nesse meio-tempo, Harvey ficou praguejando, daí colocou a pistola no coldre e sacou uma espada curta.

Com um grito de esforço, aumentei a pressão de minhas coxas e ao mesmo tempo puxei para cima. Assim que estiquei o corpo, o corrimão se quebrou e se soltou em minhas mãos, e por um segundo fiquei montada em Hook tal como uma menina nos ombros do pai, segurando o suporte do corrimão no alto e olhando de cima um Harvey subitamente atordoado.

O suporte desabou de vez. Caiu na cara de Harvey.

Eu não saberia dizer quais pedaços do suporte fincaram em quais partes da cara dele e, particularmente, não queria saber.

Só o que posso dizer é que mirei em um olho, e embora a estaca fosse grossa demais para penetrar a órbita, bem, ela cumpriu a tarefa, porque em um instante ele avançava com a espada curta pronta para atacar e no seguinte tinha o olho cravado por uma estaca e girava, com as mãos no rosto, preenchendo os últimos segundos de sua vida com gritos arrepiantes.

Com uma torção dos quadris, fiz com que eu caísse no chão, levando Hook comigo. Caímos de mau jeito, mas eu me afastei, lançando-me para minha espada e a pistola no meio do piso. Minha pistola estava carregada e pronta, mas a de Hook também estava. Tudo que pude fazer foi mergulhar para minha arma e rezar para alcançá-la antes que ele se recuperasse para pegar a dele.

Consegui, depois me pus de costas e ergui a arma entre as mãos para ele — no exato instante em que ele fez o mesmo. Pelo mais breve segundo, nós dois tivemos um ao outro sob mira

E então a porta se abriu e uma voz disse "Élise", fazendo Hook se retrair. E foi então que disparei.

Durante talvez meio segundo pensei ter errado completamente o tiro, mas logo o sangue começou a esguichar dos lábios de Hook; ele baixou a cabeça e percebi que havia lhe acertado com um tiro na boca.

vii

— Parece que cheguei bem a tempo — disse Ruddock mais tarde, depois que carregamos os cadáveres de Hook e Harvey pelo pátio dos fundos até a rua, onde os largamos, em meio a caixas e barris quebrados, e carroças tombadas. Dentro da casa, encontramos uma garrafa de vinho na despensa, acendemos velas e nos sentamos no escritório da governanta, de onde podíamos ficar de olho na escada dos fundos, para o caso de alguém voltar.

Servi duas taças e empurrei uma a ele pelo tampo da mesa. Não preciso dizer que ele parecia muito mais saudável do que da última vez em que nos encontramos, considerando que à época ele estava dependurado em uma corda; no entanto, mesmo levando tal fator em conta, ele tinha recuperado bem o porte. Parecia mais senhor de si. Pela primeira vez desde nosso encontro em 1775, eu conseguia imaginar Ruddock como um Assassino.

— O que eles queriam, os seus dois amigos? — perguntou ele.

— Executar a vingança em nome de terceiros.

— Entendo. Você deixou alguém irritado, não é?

— Obviamente.

— Sim, de fato. Desconfio que você já tenha deixado um monte de gente irritada, não? Como eu já disse, foi uma sorte eu ter chegado a tempo.

— Não se gabe. Eu tinha tudo sob controle — falei, bebericando meu vinho.

— Bem, então fico muito satisfeito em ouvir isso. Só me pareceu que a coisa toda poderia ter outro desfecho e que minha entrada lhe deu o elemento surpresa necessário para ganhar vantagem.

— Não abuse da sorte, Ruddock.

A verdade era que eu estava maravilhada por vê-lo. Mas se ele tinha levado minha ameaça de persegui-lo a sério, ou se era um homem mais honrado do que eu supusera, o fato era que ele estava ali agora. Não só isso: tinha vindo com o que se poderia chamar de "notícias".

— Descobriu alguma coisa?

— Decerto descobri.

— A identidade do homem que o contratou para matar a mim e a minha mãe?

Ele ficou desconcertado e pigarreou.

— Fui contratado para matar apenas sua mãe, não você.

Reprimi uma onda de irrealidade. Sentada na casa saqueada de minha família, partilhando o vinho com um homem que confessava abertamente ter tentado matar minha mãe e que, se tudo tivesse corrido de acordo com os planos, sem dúvida teria me largado sozinha ali, chorando sobre o corpo dela.

Servi-me de mais vinho, preferindo beber a pensar, porque, se eu pensasse, talvez passasse a me questionar como me deixei entorpecer a ponto de conseguir beber com aquele homem; a ponto de pensar em Arno e não sentir emoção alguma; a ponto de enganar a morte e nada sentir.

Ruddock continuou.

— O fato é que não sei exatamente quem me contratou, mas sei a quem ele estava afiliado.

— E quem seria?

— Já ouviu falar do Rei dos Mendigos?

— Não, não posso dizer que sim... Mas esta é a pessoa a quem seu homem é afiliado?

— Pelo que sei, o Rei dos Mendigos queria sua mãe morta.

Aquela estranha onda de irrealidade surgiu mais uma vez. Ouvir aquilo do homem contratado para levar a tarefa a cabo.

— A pergunta é, por quê — disse, bebendo um gole do vinho.

— Calma — pediu ele, e estendeu a mão para tocar meu braço. Parei, o copo ainda nos lábios, fuzilando a mão dele com meu olhar até ele retirá-la de mim.

— Não volte a tocar em mim — alertei —, jamais.
— Desculpe-me. — Ele baixou o olhar. — Não era minha intenção ofender. É só que... você parece estar bebendo depressa demais, só isso.
— Não ouviu os boatos? — falei com ironia. — Sou uma bêbada de certa reputação. E posso lidar muito bem com meu vinho, obrigada.
— Eu só quero ajudar, mademoiselle. É o mínimo que posso fazer. Ao salvar minha vida, você me deu uma nova perspectiva. Agora estou tentando me tornar gente.
— Fico satisfeita por você. Mas se eu pensasse que salvar sua vida significaria ganhar um sermão sobre o vinho que bebo, eu não teria me dado ao trabalho.
Ele assentiu.
— Mais uma vez, peço desculpas.
Tomei outro gole de vinho, apenas para contrariá-lo.
— Agora me diga o que sabe sobre o Rei dos Mendigos.
— Ele é um homem difícil de se encontrar. Os Assassinos já tentaram matá-lo.
Arqueei uma sobrancelha.
— Você estava trabalhando para um inimigo jurado dos Assassinos? E devo supor que guardará segredo sobre isto?
Ele ficou envergonhado.
— Certamente. Eram outros tempos, mais desesperados, minha dama.
Desprezei a ideia com um gesto.
— Então os Assassinos tentaram matá-lo. Por quê?
— Ele é cruel. Controla os mendigos da cidade, que são obrigados a lhe pagar um tributo. Dizem que, se o tributo é insuficiente, o Rei dos Mendigos tem um homem chamado La Touche para lhe amputar os membros, pois a boa gente de Paris provavelmente fará doações mais generosas a um mendigo assim destituído.
Reprimi uma onda de repulsa.
— Por que motivo *ambos*, Assassinos e Templários, o quereriam morto? Ele não é amigo de ninguém. — Retorci os lábios para ele. — Ou você está dizendo que só os Assassinos de bom coração o queriam morto, enquanto nós, os Templários de coração ruim, fizemos vista grossa?

Com um olhar de tristeza estudada, ele falou:

— E eu estaria em condições de fazer algum julgamento moral, minha dama? Mas o fato é que, se os Templários fazem vista grossa à atividade dele, é porque ele é um deles.

— Que absurdo. Não teríamos relação com homem tão repugnante. Meu pai não o teria admitido na Ordem.

Ruddock deu de ombros e abriu as mãos.

— Lamento tremendamente se o que estou dizendo a deixa em choque, minha dama. Talvez não deva tomar este fato como um reflexo de toda sua Ordem, e sim de elementos perniciosos dentro dela. E por falar em "elementos perniciosos"...

Elementos perniciosos, pensei. Elementos perniciosos que tramaram contra minha mãe. Seriam as mesmas pessoas que mataram meu pai? Se assim fosse, eu seria a próxima.

— Quer voltar a fazer parte dos Assassinos? — perguntei, servindo mais vinho a ele.

Ele assentiu.

Eu sorri.

— Bem, perdoe-me por minha grosseria, mas você tentou me matar uma vez, então creio que a vantagem é minha. Mas se você tem alguma esperança de voltar a fazer parte dos Assassinos, precisa cuidar desse cheiro.

— Cheiro?

— Sim, Ruddock, o cheiro. O seu cheiro. Você fedia em Londres, fedia em Rouen e fede agora. Quem sabe um banho não lhe cairia bem? Um perfume? Ora essa, estou sendo grosseira?

Ele sorriu.

— De maneira nenhuma, mademoiselle, agradeço por sua franqueza.

— Mas devo dizer que o motivo de você desejar voltar a ser um dos Assassinos está além de minha compreensão.

— Como disse, mademoiselle?

Curvei-me para a frente, semicerrei os olhos e balancei o copo de vinho ao mesmo tempo.

— Quero dizer que eu pensaria com muito cuidado na questão se estivesse no seu lugar.

— O que quer dizer exatamente?

Gesticulei de maneira afetada.

— Quero dizer que você está fora disso. Bem fora disso. Livre de tudo isso... — gesticulei de novo —... dessas coisas. Assassinos, Templários. Bah, eles têm dogmas suficientes para dez mil igrejas e o dobro de crenças equivocadas. Durante séculos, nada fizeram além de brigar, e com que fim, hein? A humanidade continua, apesar disso. Veja a França. Meu pai e seus conselheiros passaram anos discutindo a "melhor" direção para o país e, no fim, a revolução se adiantou e aconteceu sem eles. Rá! Onde estava Mirabeau quando tomaram a Bastilha? Ainda conseguindo votos em jogos de pela? Os Assassinos e Templários são como dois carrapatos brigando pelo controle do gato, um exercício de arrogância e futilidade.

— Mas mademoiselle, qualquer que seja o resultado, precisamos acreditar que temos a capacidade de transformar para o melhor.

— Só se formos iludidos, Ruddock — falei. — Só se formos iludidos.

viii

Depois que dispensei Ruddock, concluí que estaria pronta para eles caso viessem, quem quer que eles fossem: revolucionários saqueadores, agentes dos Carroll, um traidor de minha própria Ordem. Eu estaria preparada para eles.

Por sorte, havia vinho mais do que suficiente na casa para me fortalecer para a espera.

25 de julho de 1789

Já era dia quando eles chegaram. Infiltraram-se no pátio, o barulho dos passos alcançando-me até onde eu os aguardava com uma pistola na mão, no hall escuro e coberto de tábuas.

Eu, que estava à espera, prontinha para eles. E enquanto subiam a escada para a porta que eu havia deixado entreaberta de propósito, tal como vinha fazendo todo dia, puxei o cão da pistola e a ergui.

A porta rangeu. Uma sombra caiu no retângulo de luz do sol refletido nas tábuas do piso e se alongou pelo chão enquanto uma figura atravessava a soleira e adentrava na escuridão de minha casa.

— Élise — disse ele, e percebi que já fazia muito tempo que não ouvia outra voz humana, e como o som daquela era doce. E que alegria aquela voz pertencer a ele.

Depois me lembrei de que ele poderia ter salvado meu pai e que não o fez, e que se uniu aos Assassinos. E, pensando bem, quem sabe os dois fatos não estivessem relacionados? E mesmo que não estivessem...

Acendi uma lamparina, ainda apontando a arma para ele, satisfeita ao ver que ele teve um leve sobressalto quando a chama ganhou vida. Por alguns instantes simplesmente nos olhamos, os rostos inexpressivos, até que ele assentiu, apontando a pistola.

— Que belo desejo de boas-vindas.

Abrandei-me um pouco ao ver o rosto dele. Mas só um tantinho.

— Todo cuidado é pouco. Especialmente depois do que aconteceu.

— Élise, eu...

— Já não fez o bastante para retribuir a gentileza de meu pai? — retruquei incisivamente.

— Élise, por favor. Não pode acreditar que matei Monsieur de la Serre. Seu pai... Ele não era o homem que você pensava ser. Nenhum de nossos pais era quem aparentava.

Segredos. Como eu detestava o sabor deles. *Vérités cachées.* Por toda minha vida.

— Sei exatamente quem meu pai era, Arno. E sei quem era o seu. Imagino que isto fosse inevitável. Você, um Assassino, eu, uma Templária.

Vi a percepção clarear lentamente no rosto dele.

— Você...? — começou ele, gaguejando.

Assenti.

— Isto o choca? Meu pai sempre quis que eu seguisse os passos dele. Agora só me resta vingá-lo.

— Eu juro que não tive nada a ver com a morte dele.

— Ah, mas você teve...

— Não. Não. Juro por minha vida que eu não...

Logo a carta estava em minha mão. Agora eu a erguia.

— Por acaso isto é...? — disse ele, semicerrando os olhos.

— Uma carta endereçada a meu pai no dia de seu assassinato. Encontrei-a no chão do quarto dele. Lacrada.

Quase senti pena de Arno, notando o sangue sumir de seu rosto enquanto ele entendia o que tinha feito. Afinal, ele também amara papai. Sim, eu quase senti pena dele. Quase.

A boca de Arno tremia. Seus olhos estavam arregalados e vidrados.

— Eu não sabia — disse ele por fim.

— Nem meu pai — respondi simplesmente.

— Como eu poderia saber?

— Apenas vá embora — ordenei a ele. Detestei ouvir o choro em minha voz. Odiei Arno. — Apenas vá.

E ele se foi. Então bloqueei a porta e em seguida desci a escadaria dos fundos ao escritório da governanta, onde arrumei minha cama. Ali, abri uma garrafa de vinho. O melhor para me ajudar a dormir.

20 de agosto de 1789

i

Acordada em um sobressalto, pisquei os olhos injetados e turvos na tentativa de pôr em foco o homem de pé acima de minha cama, o qual tinha muletas sob as axilas. Parecia o Sr. Weatherall, mas não podia ser, afinal meu protetor estava em Versalhes e não podia viajar, não com a perna daquele jeito. E eu não estava em Versalhes, estava na Île Saint-Louis, em Paris, aguardando — aguardando por alguma coisa.

— Aí está você — dizia ele —, vejo que já está vestida. Hora de sair de sua cama e vir conosco.

Atrás dele havia outro homem muito mais jovem, que se escondia, inquieto, junto à porta do escritório da governanta. Por um segundo pensei ser Jacques, da Maison Royale, mas não, era outro sujeito mais jovem.

E *era* ele — era o Sr. Weatherall. Levantei-me depressa, agarrei-o pelo pescoço e o puxei para mim, chorando agradecida em seu pescoço, abraçando-o com força.

— Espere — disse ele em uma voz estrangulada —, você está me arrancando de minhas malditas muletas. Espere um minuto, sim?

Eu o soltei e me pus de joelhos.

— Mas não podemos ir — falei com firmeza —, preciso estar preparada para quando vierem atrás de mim.

— Quem virá atrás de você?

Eu o agarrei pela gola e o encarei, aquele rosto barbado vincado de preocupação, não conseguia soltá-lo.

— Os Carroll mandaram assassinos, Sr. Weatherall. Mandaram dois homens para me matar pelo que fiz com May Carroll.

Seus ombros arriaram nas muletas enquanto ele me abraçava.

— Ah, Deus, minha criança. Quando?

— Eu os matei — continuei, sem fôlego. — Matei os dois. Cravei uma estaca de madeira em um deles. — Eu ri.

Ele se afastou, olhando bem em meus olhos, de cenho franzido.

— E depois comemorou com algumas centenas de garrafas de vinho, a julgar pelo modo como as coisas estão.

Balancei a cabeça.

— Não. Só para me ajudar a dormir, uma ajuda para esquecer que... que perdi Arno e meu pai, e o que fiz com May Carroll, e os dois homens que vieram me matar. — Agora eu estava chorando de soluçar; em um segundo ria, no outro chorava, sem perceber que aquele não era um comportamento normal, mas incapaz de me conter. — Eu cravei uma estaca em um deles.

— Muito bem — disse ele, e se virou para o outro sujeito. — Ajude Élise a chegar à carruagem, carregue-a se for necessário. Ela está fora de si.

— Estou bem — insisti.

— Ficará bem — disse ele —, este jovem aqui é Jean Burnel. Assim como você, ele é um Templário recém-iniciado, embora, ao contrário de você, não seja o Grão-Mestre e não esteja bêbado. Porém, é leal ao nome De la Serre e pode nos ajudar. Mas só pode fazer isso quando você estiver de pé.

— Meu baú — falei. — Preciso do meu baú...

ii

Aquilo foi há... Bem, a verdade é que não sei há quanto tempo ocorreu e estou sem graça de perguntar. Só sei que desde então fiquei confinada à cama no chalé do jardineiro, transpirando profusamente nos primeiros dias, insistindo que eu ia ficar bem, enfurecendo-me quando me era negado um pouco de vinho; em seguida, depois de dormir muito, minha cabeça clareou o suficiente para compreender que estive nas garras de alguma fuga sombria — um "distúrbio dos nervos", como disse o Sr. Weatherall.

iii

Finalmente eu estava bem o bastante para sair da cama e vestir as roupas que foram lavadas havia pouco por Hélène, que era de fato um anjo e, conforme esperado, tinha construído um relacionamento sólido com Jacques durante minha ausência. Depois o Sr. Weatherall e eu saímos do chalé em determinada manhã e caminhamos em silêncio quase completo, ambos sabendo que íamos a nosso lugar habitual; e ali ficamos na clareira, onde o sol caía pelos galhos como uma cascata, e nos banhamos nele.

— Obrigada — eu disse quando por fim nos sentamos, o Sr. Weatherall no toco de árvore, eu no chão macio do bosque, cutucando a terra distraidamente e semicerrando os olhos para ele.

— Obrigada pelo quê? — questionou ele. Aquela voz rosnada que eu amava tanto.

— Obrigada por me salvar.

— Obrigada por salvá-la de si mesma, você quis dizer.

Sorri.

— Salvar-me de mim mesma ainda é me salvar.

— Se prefere assim. Tive meus problemas quando sua mãe morreu. Eu mesmo recorri à garrafa.

Eu me lembrei — lembrei-me do cheiro de vinho no hálito dele na Maison Royale.

— Há um traidor dentro da Ordem — falei em seguida.

— Pensamos da mesma forma. A carta de Lafrenière...

— Mas agora tenho mais certeza. Seu nome é Rei dos Mendigos.

— O Rei dos Mendigos?

— Você o conhece?

Ele assentiu.

— Sei da existência dele. Não é um Templário.

— Foi o que eu disse. Mas Ruddock insiste que ele é.

Os olhos do Sr. Weatherall chamuscaram à menção do nome de Ruddock.

— Que absurdo. Seu pai jamais teria permitido isso.

— Foi exatamente o que eu disse a Ruddock, mas talvez meu pai não soubesse...?

— Seu pai sabia de tudo.
— Será que o Rei dos Mendigos foi iniciado desde então?
— Depois do assassinato de seu pai?

Concordei com a cabeça.

— Talvez até *graças* ao assassinato de meu pai... Como pagamento por tê-lo realizado, uma recompensa.

— Agora o que você fala tem sentido — disse o Sr. Weatherall. — Está dizendo que Ruddock foi contratado pelo Rei dos Mendigos para matar sua mãe, talvez para incorrer nas boas graças dos Corvos?

— É isso mesmo.

— Bem, ele falhou, não é? Talvez estivesse ganhando tempo desde então, esperando por outra oportunidade para se provar. Matando seu pai, enfim ele conseguiu o que desejava... uma iniciação.

Pensei na questão.

— Talvez, mas isso não faz muito sentido para mim, e ainda não consigo entender por que os Corvos quereriam minha mãe morta. Na verdade, sua terceira via era uma ponte entre os dois grupos de ideais.

— Ela era forte demais para eles, Élise. Uma ameaça demasiada.

— Uma ameaça para quem, Sr. Weatherall? Isso tudo está acontecendo sob a autoridade de quem?

Trocamos um olhar.

— Escute, Élise — disse ele, apontando o dedo para mim —, você precisa se consolidar como líder. Precisa convocar uma reunião especial e afirmar sua liderança, deixar que a maldita Ordem saiba nas mãos de quem está o leme, descobrir quem está tramando contra você.

Senti meu corpo esfriar.

— Está dizendo que não é apenas um indivíduo, é uma facção?

— E por que não? No mês passado, vimos o governo de um rei distante e desinteressado ser derrubado pela revolução.

Franzi o cenho para ele.

— E é isso que o senhor acha que sou? Uma governante "distante e desinteressada"?

— Não acho isso. Mas talvez existam outros que pensem assim.

Concordei.

— Tem razão. Preciso reunir os que me apoiam. Farei a reunião na propriedade em Versalhes, sob a vista dos retratos de minha mãe e de meu pai.

Ele ergueu as sobrancelhas.

— Sim, muito bem. Não vamos colocar a carroça adiante dos bois, pois não? Primeiro, precisamos ter certeza de que aparecerão. O jovem Jean Burnel pode começar a tarefa de alertar os membros.

— Preciso que ele investigue Lafrenière também. As informações que possuo conferem mais credibilidade à carta dele.

— Sim, ora, apenas tenha cuidado.

— Como você recrutou Jean Burnel?

O Sr. Weatherall corou um pouco.

— Bem, sabe como são as coisas, eu simplesmente recrutei.

— Sr. Weatherall... — pressionei.

Ele deu de ombros.

— Muito bem, ora, escute, tenho minha rede de contatos, conforme você sabe, e por acaso eu imaginei que o jovem Burnel aproveitaria a oportunidade de trabalhar próximo da bela Élise de la Serre.

Sorri com uma sensação de inquietude e deslealdade.

— Então ele tem estima por mim?

— Este é o glacê do bolo da lealdade dele a sua família, eu diria, mas, sim, suponho que haja algum sentimento.

— Entendo. Talvez ele dê um bom par.

Ele riu.

— Ah, a quem está enganando, criança? Você ama Arno.

— Amo?

— Bem, não ama?

— Houve muita mágoa.

— Pode ser que ele sinta o mesmo. Afinal, você escondeu segredos bem grandes dele. Pode ser que ele tenha o direito, tanto quanto você, de sentir-se a parte magoada. — Ele se inclinou para a frente. — Você deve começar a pensar no que vocês dois têm em comum, e não naquilo que os separa. Talvez descubra que um supera o outro.

— Não sei. — Virei a cara. — Sinceramente, não sei mais.

5 de outubro de 1789

i

Escrevi antes que a queda da Bastilha havia marcado o fim do governo do rei e, embora assim o tivesse feito em um sentido — naquele de questionar o poder dele, testá-lo, e prová-lo falho —, oficialmente pelo menos, se não na realidade, ele continuava no poder.

À medida que as notícias da queda da Bastilha percorriam a França, o mesmo acontecia com um boato de que o exército do rei executaria uma terrível vingança sobre todos os revolucionários. Mensageiros chegavam a aldeias com a pavorosa notícia de que o exército estava tomando a área rural. Apontavam o pôr do sol e diziam que era um vilarejo em chamas ao longe. Os camponeses pegaram em armas para combater um exército que nunca chegou. Queimaram os escritórios de cobrança de impostos. Combateram a milícia local enviada para domar a perturbação da ordem.

Em apoio, a Assembleia aprovou uma lei, uma "Declaração dos Direitos do Homem e do Cidadão", a fim de impedir que os nobres exigissem impostos, dízimo e trabalho dos camponeses. A lei foi redigida pelo marquês de Lafayette, que também havia ajudado a redigir a constituição americana, e tal declaração destruía o privilégio dos nobres e tornava todos os homens iguais perante a lei.

Também fez da guilhotina o instrumento oficial da morte na França.

ii

Mas que destino dar ao rei? Oficialmente, ele ainda possuía poder de veto. Mirabeau, que quase tinha formado uma aliança com meu pai, argumentou que os protestos deviam cessar e que o rei ainda deveria governar, como antes.

Neste objetivo, teria o apoio de meu pai caso ele estivesse vivo, e quando me perguntei se uma aliança entre Assassinos e Templários poderia ter mudado as coisas, vi-me certa de que sim, e percebi então ser esta a razão do assassinato de meu pai.

Havia outros — sendo o principal deles o médico e cientista Jean-Paul Marat que, embora não fosse membro da Assembleia, tinha encontrado uma voz — afirmando que os poderes do rei deveriam ser inteiramente retirados; que ele devia ser solicitado a sair de Versalhes para Paris e ali continuar puramente em um papel de conselheiro.

A visão de Marat era a mais radical. Para mim, isto era importante, porque nem uma vez ouvi alguém falar do rei sendo deposto do modo como entreouvira em minha infância.

Vamos colocar de outra maneira. Os revolucionários mais passionais de Paris nunca propuseram nada tão radical como o que foi sugerido pelos conselheiros de meu pai em nossa propriedade em Versalhes, em 1778.

E perceber isto provocou um arrepio em minha espinha conforme o dia do conselho Templário se aproximava. Os Corvos tinham sido convidados, naturalmente, embora eu me visse obrigada a parar de usar tal apelido para eles, afinal agora eu era a Grã-Mestre deles. O que eu devia dizer é que onze dos associados e conselheiros próximos de meu pai seriam solicitados a comparecer, bem como representantes de outras famílias de alta posição entre os Templários.

Quando estivessem reunidos, eu lhes diria que agora eu estava no comando. Alertaria que a traição não seria tolerada e que se o assassino de meu pai viesse daquele grupo, ele (ou ela) seria exposto e punido.

Era este o plano. E, em momentos íntimos, eu o imaginava se desenrolando desta forma. Imaginava a reunião ocorrendo em nosso château em Versalhes, exatamente como eu dissera ao Sr. Weatherall naquele dia na Maison Royale.

No fim, porém, decidimos que era preferível um território mais neutro e escolhemos nos reunir no Hôtel de Lauzun, na Île Saint-Louis. Era de propriedade do marquês de Pimôdan, um cavaleiro da Ordem conhecido por sua empatia pelos De la Serre. Portanto, não era inteiramente neutro. Porém, era *mais* neutro pelo menos.

O Sr. Weatherall protestou, insistindo na necessidade de manter a discrição. Sou grata por isso, a julgar pelo modo como as coisas se desenvolveram.

iii

Algo aconteceu naquele dia. Ultimamente, parecia que algo acontecia todo dia, mas naquele em especial — ou, para ser exata, ontem e hoje — ocorreu algo mais grandioso do que o normal, um acontecimento que deu início a uma série de ações quando, apenas dias antes, o rei Luís e Maria Antonieta beberam vinho demais em uma festa em homenagem ao regimento de Flandres.

Reza a história que o casal real, enquanto festejava, pisou cerimonialmente em um emblema revolucionário, ao passo que outros ali viravam o emblema para exibir seu verso, atitude considerada antirrevolucionária.

Tão arrogante. Tão estúpido. Em suas atitudes, o rei e sua consorte lembravam-me da mulher nobre e de seu cavalariço no dia da queda da Bastilha, ainda agarrados ao antigo estilo. E é claro que os moderados, aqueles como Mirabeau e Lafayette, devem ter lançado as mãos para o céu de incredulidade e frustração com o descuido do monarca, porque a atitude do rei caiu como uma luva diretamente nas mãos dos radicais. O povo estava com fome e o rei dava um banquete. Pior ainda, ele pisoteara um símbolo da Revolução.

Os líderes da Revolução apelaram por uma marcha em Versalhes e milhares deles, principalmente mulheres, fizeram a viagem de Paris até lá. Guardas que dispararam nos manifestantes foram decapitados e, como sempre, suas cabeças erguidas em estacas.

Foi o marquês de Lafayette que convenceu o rei a falar à multidão, e sua apresentação foi acompanhada pela presença de Maria Antonieta, cuja coragem de enfrentar a turba pareceu neutralizar grande parte da fúria.

Depois disso, rei e rainha foram levados de Versalhes a Paris. A viagem lhes consumiu nove horas e, uma vez em Paris, foram instalados no Palácio das Tulherias. O acontecimento pôs a cidade no mesmo tumulto vivido desde a queda da Bastilha, três meses antes, e as ruas foram tomadas de grupos armados e *sans-culottes*, homens, mulheres e crianças. Lotaram a Pont Marie enquanto Jean Burnel e eu fazíamos a travessia da mesma, tendo abandonado nossa carruagem e resolvido chegar ao Hôtel de Lauzun a pé.

— Está nervosa, Élise? — perguntou ele, o rosto brilhando de empolgação e orgulho.

— Devo lhe pedir que trate a mim como Grã-Mestre, por favor — disse-lhe.

— Perdoe-me.

— E não, não estou nervosa. Liderar a Ordem é meu direito inato. Aqueles membros da Ordem que comparecerem encontrarão em mim uma paixão renovada pela liderança. Posso ser jovem, posso ser mulher, mas pretendo ser a Grã-Mestre que a Ordem merece.

Senti que ele se enchia de orgulho por mim e mordi o lábio, algo que fazia quando estava tensa, como naquele momento.

Apesar do que eu dissera a Jean, que era por demais parecido com um cachorrinho obediente e amoroso, eu estava, como diria o Sr. Weatherall, "tremendo feito vara verde".

— Queria poder estar lá — dissera o Sr. Weatherall, embora tivéssemos concordado que era melhor que ele ficasse para trás. Sua preleção começou quando me apresentei para a inspeção.

— O que quer que faça, não espere milagres — dissera ele. — Se conseguir arrebanhar os conselheiros e, digamos, cinco ou seis outros integrantes da Ordem, já bastará para pender a Ordem a seu favor. E não se esqueça de que você a abandonou por muito tempo para simplesmente ir lá e exigir seu direito inato. De todo modo, use o choque pela morte de seu pai como motivo para sua morosidade, mas não espere que seja o remédio que vai curar todos os males. Você deve um pedido de desculpas à Ordem, então é melhor começar arrependida, e não se esqueça de que precisará defender seus argumentos. Será tratada com respeito, mas é jovem, é mulher e foi negligente. Apelos para levá-la a julgamento não seriam levados a sério, mas também não seriam ridicularizados.

Eu o fitei de olhos arregalados.

— "Levar a julgamento"?

— Não. Eu não acabei de dizer que não seriam levados a sério?

— Sim, mas depois você disse que...

— Sei o que eu disse depois disso — falou ele com impaciência. — E você precisa se lembrar de que deixou a Ordem sem uma liderança firme durante vários meses... Durante uma época de revolução, ainda por cima. Sendo ou não De la Serre. Com direito inato ou não. Este fato não cairá bem. Só resta a você ter esperanças.

Eu estava pronta para partir.

— Muito bem, está tudo esclarecido para você? — disse ele, apoiando-se nas muletas para retirar uma felpa do ombro de meu casaco. Verifiquei minha espada e a pistola, joguei uma sobrecasaca por cima, escondendo as armas e a vestimenta de Templária, em seguida puxei o cabelo para trás e coloquei um tricorne.

— Creio que sim — sorri juntamente a um suspiro fundo e tenso —, preciso ficar pesarosa, sem excesso de confiança, grata a quem demonstrar apoio. — Interrompi-me. — Quantos confirmaram presença?

— O jovem Burnel recebeu doze "afirmativas", inclusive de nossos amigos, os Corvos. É a primeira vez que se tem notícia de um Grão-Mestre convocando uma reunião desta maneira, sendo assim você pode confiar na presença de alguns ali apenas por curiosidade, mas isto pode funcionar a seu favor.

Fiquei na ponta dos pés para lhe dar um beijo e me embrenhei noite afora, correndo para onde a carruagem me aguardava, com Jean no assento do condutor. O Sr. Weatherall tinha razão a respeito de Jean. Sim, sem dúvida nenhuma ele era um apaixonado, mas também era leal e tinha trabalhado incansavelmente para angariar apoio para a reunião. Seu objetivo, é claro, era conquistar minhas boas graças, tornar-se um de meus conselheiros, mas ele não era o único. Pensei nos Corvos e lembrei-me de seus sorrisos e cochichos quando voltei de minha iniciação; da desconfiança que agora girava em torno deles; da presença do tal Rei dos Mendigos.

— Élise... — chamou o Sr. Weatherall da porta.

Virei-me. Com impaciência, ele gesticulou para que eu retornasse e eu disse a Jean para esperar, correndo de volta.

— Sim?

Ele estava sério.

— Olhe para mim, criança, olhe nestes olhos e lembre-se de que você é digna disto. Você é a melhor guerreira que já treinei. Tem os miolos e o encanto de sua mãe e de seu pai combinados. Tem capacidade para isso. É capaz de liderar a Ordem.

Por aquilo, ele ganhou mais um beijo, então saí correndo outra vez.

Olhando para a casa, dei um último aceno e vi Hélène e Jacques na janela; já à porta da carruagem, virei-me, tirei o chapéu e fiz uma mesura teatral.

Eu me sentia bem. Tensa, mas bem. Já era hora de acertar as coisas.

iv

E agora Jean Burnel e eu atravessávamos a Pont Marie, a qual estava sombria porém iluminada pelas tochas da multidão, e chegávamos à Île Saint-Louis. Pensei na casa de minha família, deserta e abandonada ali perto, mas tratei de afastar o assunto da cabeça. Enquanto andávamos, Jean permanecia ao meu lado, a mão por baixo do casaco, pronta para sacar a espada caso fôssemos interpelados. Enquanto isso, eu fitava ao redor, esperançosa, desejando ver outros cavaleiros da Ordem em meio à turba, rumo ao Lauzun.

Parece estranho contar agora — e quero dizer estranho no sentido de irônico —, mas ao nos aproximarmos do local parte de mim se atrevia a ter esperanças de uma grandiosa transformação — uma exibição imensa e histórica de apoio ao nome De la Serre. E embora agora pareça fantasioso ter pensado nisto, em especial por saber a perspectiva histórica, ao mesmo tempo, bem... Por que não? Meu pai era um líder amado. Os De la Serre, uma dinastia familiar respeitada. Talvez uma Ordem carente de liderança se voltasse para mim, honrando o legado do nome de meu pai.

Como em quase toda parte na ilha, a rua diante do Lauzun estava movimentada. Havia um portão de madeira com uma portinhola engastado em um muro alto e tomado de hera que cercava o pátio. Olhei a rua de um lado a outro, vendo dezenas e dezenas de pessoas chegando, mas nenhuma se vestia como nós.

Jean olhou para mim. Esteve calado desde que eu o repreendera e agora eu me sentia mal por isso, em particular quando notei a tensão dele e entendi que era por minha causa.

— Está pronta, Grã-Mestre? — disse ele.

— Estou, obrigada, Jean — respondi.

— Então, por favor, permita-me bater.

O portão foi aberto por um criado elegantemente trajado com colete e luvas brancas. Ao vê-lo, com sua faixa cerimonial bordada à cintura, animei-me. Eu estava no lugar certo, pelo menos, e eles estavam prontos para me receber.

Baixando a cabeça, ele deu um passo de lado para permitir nossa entrada no pátio. Ali, olhei em volta, notando janelas e varandas cobertas por tábuas em torno de um espaço central abandonado, tomado de folhas secas, vasos de plantas revirados e várias caixas quebradas.

Em outros tempos poderia muito bem haver uma fonte tilintando delicadamente ali naquele mesmo lugar, e o som de aves noturnas proporcionaria um fim tranquilo a mais um dia civilizado no Hôtel de Lauzun. Porém não mais.

Agora só estávamos Jean e eu, o criado e o marquês de Pimôdan, que estivera parado de lado, trajado em seu manto, com as mãos entrelaçadas à frente do corpo. Ele se aproximou para nos cumprimentar.

— Pimôdan — falei calorosamente.

Abraçamo-nos. Beijei o rosto dele e, ainda estimulada pela visão de nosso anfitrião e seu criado em suas vestimentas templárias, permiti-me acreditar que meu nervosismo antes da reunião era por nada. Que tudo correria bem, e que mesmo aquele silêncio aparente não passava de um costume da Ordem.

Mas daí, quando Pimôdan disse "É uma honra, Grã-Mestre", as palavras me soaram vazias e ele se afastou rapidamente para nos guiar pelo pátio, e meu nervosismo anterior à reunião voltou dez vezes maior.

Olhei para Jean, que fez uma careta, tenso com a situação.

— Os outros estão reunidos, Pimôdan? — perguntei enquanto passávamos por portas duplas que levavam ao prédio principal. O criado as abriu e nos conduziu para dentro.

— A sala está preparada para a senhora, Grã-Mestre — respondeu Pimôdan evasivamente quando atravessamos a soleira e adentramos em uma sala de jantar sombria, com janelas tapadas por tábuas e lençóis cobrindo a mobília.

O criado fechou as portas duplas e esperou ali, permitindo que Pimôdan nos levasse a uma outra porta grossa e quase decorativa na parede oposta.

— Sim, mas quais membros estão presentes? — perguntei. As palavras saíram roucas. Minha garganta estava seca.

Ele nada respondeu, então agarrou uma argola de ferro imensa na porta e a girou. O estrondo metálico soou como um tiro de pistola na sala.

— Monsieur Pimôdan... — insisti.

A porta se abriu para uma escada descendente feita de pedra, o caminho iluminado por archotes bruxuleantes embutidos nas paredes. A chama alaranjada dançava de encontro à pedra áspera.

— Venha — disse Pimôdan, ainda me ignorando. Segurava alguma coisa, percebi. Um crucifixo.

E já bastava. Eu estava farta.

— *Pare* — ordenei.

Pimôdan deu outro passo como se não tivesse me ouvido, então joguei minha sobrecasaca para trás, saquei a espada e encostei a ponta em sua nuca. Aquilo o deteve. Atrás de mim, Jean Burnel sacou a espada.

— Quem está aí embaixo, Pimôdan? — exigi saber. — Amigo ou inimigo?

Silêncio.

— Não queira me testar, Pimôdan — rosnei, cutucando-lhe o pescoço —, se eu estiver enganada, pedirei minhas mais humildes desculpas, mas até este momento tenho a sensação de que há algo muito errado aqui e quero saber o porquê.

Os ombros de Pimôdan se ergueram quando ele suspirou, como alguém prestes a se livrar do fardo de um enorme segredo.

— É porque não há ninguém aqui, mademoiselle.
Gelei e comecei a ouvir um zumbido estranho em meus ouvidos enquanto me esforçava para compreender.
— O quê? *Ninguém?*
— Ninguém.
Virei-me um pouco para Jean Burnel, que nos encarava, incapaz de acreditar nos próprios ouvidos.
— E o marquês de Kilmister? — questionei —, Jean-Jacques Calvert e seu pai? O marquês de Simonon?
Pimôdan afastou o pescoço de minha lâmina para menear a cabeça lentamente.
— Pimôdan? — insisti, cutucando-lhe as costas. — Onde estão meus partidários?
Ele abriu as mãos.
— Só o que sei é que houve um ataque de *sans-culottes* ao château dos Calvert esta manhã — disse ele. — Jean-Jacques e o pai pereceram em um incêndio. Dos outros, nada sei.
Meu sangue gelou. Então falei a Burnel:
— Um expurgo. Isto é um expurgo. — E então a Pimôdan: — E lá embaixo? Meus assassinos esperam por mim lá embaixo?
Agora ele se virava um pouco na escadaria.
— Não, mademoiselle — disse —, não há nada lá embaixo, exceto alguns documentos que precisam de sua atenção.
Mas assim que disse aquilo, ele fez que sim com a cabeça, encarando-me diretamente com olhos arregalados e medrosos. E aquilo foi uma migalha de conforto, suponho, que um último vestígio de lealdade ainda restasse naquele homem acovardado; o qual pelo menos não me permitiria descer e adentrar no covil de meus assassinos.
Girei o corpo, empurrei Jean Burnel escada acima, depois bati a porta e puxei o ferrolho. O criado permaneceu junto às portas duplas na sala de jantar, ostentando uma expressão perplexa diante da guinada súbita nos acontecimentos. Enquanto Jean e eu atravessávamos o cômodo às pressas, saquei a pistola e apontei para o criado, desejando poder arrancar a expressão presunçosa dele à bala, mas conformando-me apenas em gesticular para que ele abrisse as portas.

Ele obedeceu e saímos do hotel, chegando ao pátio escuro.

As portas se fecharam às nossas costas. Pode chamar de sexto sentido se assim o desejar, mas eu soube de imediato que havia algo errado, e no instante seguinte senti algo em volta de meu pescoço. Eu sabia exatamente o que era.

Eram ligaduras de categute, jogadas com precisão de uma sacada. No meu caso, não uma precisão perfeita: apanhou a gola de meu casaco, o nó não se apertou muito bem, dando-me preciosos segundos para reagir, ao passo que, ao meu lado, o Assassino de Jean Burnel conseguira um lançamento impecável e em um segundo a ligadura cortava a carne de seu pescoço.

Em pânico, Burnel deixou a espada cair. As mãos lidavam com o nó que lhe apertava o pescoço e um bufar lhe escapou das narinas, o rosto escurecendo e os olhos se esbugalhando à medida que ele era erguido pelo pescoço, o corpo se esticando e as pontas das botas procurando o chão.

Balancei-me para alcançar a ligadura de Burnel com minha espada, mas meu atacante me puxou fortemente para o lado e fui afastada dele, impotente, vendo sua língua se projetar, os globos oculares parecendo inchar de maneira impossível enquanto ele era içado ainda mais alto. Puxando minha própria ligadura, olhei para cima e vi sombras escuras na varanda, operando-nos como duas marionetes.

Mas tive sorte — sortuda, Élise sortuda —, porque embora o ar tivesse sido arrancado de mim, minha gola ainda estava calçada, e isto me deu presença de espírito suficiente para girar novamente com minha espada, só que desta vez não na ligadura de Jean Burnel — pois ele agora estava fora de alcance, esperneando nos estertores da morte —, mas na minha ligadura.

Cortei-a e caí machucada no chão, de quatro, ofegante, mas consegui rolar e pousar de costas ao mesmo tempo, pegando a pistola e puxando o cão, apontando com as mãos para a varanda e disparando.

O tiro ecoou pelo pátio e teve efeito imediato, o corpo de Jean Burnel caindo no chão como um saco enquanto sua ligadura era afrouxada, seu rosto em um expressão mortuária horrenda e as duas figuras na varanda desaparecendo de vista, o ataque encerrado — por enquanto.

De dentro do prédio, ouvi gritos e barulho de correria. Pelo vidro das portas duplas juro ter podido ver o criado, parado bem nas sombras, observando-me enquanto eu me levantava com esforço, perguntando-me quantos indivíduos estariam ali, contando os dois assassinos da varanda e talvez mais dois ou três do porão. À minha esquerda, outra porta se abriu de rompante e dois brutamontes com roupas de *sans-culottes* entraram.

Ah. Então há outros dois também em algum lugar na casa.

Ouvi um tiro e uma bala de pistola cortou o ar ao lado de minha cabeça. Não havia tempo para recarregar minha arma. Não havia tempo para nada senão correr.

Sendo assim, corri para onde havia um banco embutido em um muro lateral, sombreado por uma imensa árvore do pátio. Pulei, cheguei ao banco e, com o pé de apoio, me impeli para cima, encontrando um galho baixo e caindo de qualquer maneira no tronco.

Atrás de mim, veio um grito e um segundo disparo, e me abracei ao tronco da árvore quando a bala cravou na madeira entre dois de meus dedos abertos. *Sortuda, Élise, muito sortuda.* Comecei a subir. Mãos tentavam agarrar minha bota, mas chutei, subindo às cegas, na esperança de chegar ao alto do muro.

Alcancei-o e atravessei da árvore para o topo do muro. Mas, quando olhei para baixo, vi os rostos sorridentes dos dois homens que tinham usado o portão e que agora esperavam por mim. Ambos exibiam um imenso sorriso que dizia "te peguei".

Eles pensavam estar abaixo de mim, que havia outros homens se aproximando por trás e que eu estava em uma armadilha. Achavam que era o fim da linha.

Então fiz o que menos se esperava. Pulei em cima deles.

Não sou grande, mas calçava botas pesadas e portava uma espada, além disso, eu tinha o elemento surpresa a meu favor. Lancetei um dos homens ao pousar, empalando-o pela cara e depois, sem retirar a espada, dei um giro e meti um chute alto no pescoço do segundo homem. Ele caiu de joelhos, as mãos no pescoço, já arroxeado. Retirei a espada da cara do primeiro homem — e a enterrei em seu peito.

Ouvi mais gritos de trás. Acima de minha cabeça, surgiram rostos no alto do muro. Fugi, abrindo caminho pela multidão nas ruas. Atrás de mim, dois perseguidores fizeram o mesmo, e fui mais incisiva, ignorando os xingamentos das pessoas que eu empurrava, avançando simplesmente. Na ponte, fiquei junto à mureta baixa.

E então ouvi o grito:

— Uma traidora. Uma traidora da Revolução. Não deixem que a ruiva escape.

Tinha vindo de um de meus perseguidores.

— Peguem-na! Peguem a meretriz ruiva.

Outro:

— Uma traidora da Revolução!

— Ela cuspiu na *tricolore*.

Levou mais ou menos um minuto para que a mensagem se espalhasse pela turba, mas aos poucos eu via cabeças se virando para mim, as pessoas percebendo pela primeira vez minhas roupas mais refinadas, o olhar delas deslocando-se incisivamente para meu cabelo. Meu cabelo ruivo.

— Você — disse o homem —, é você — e depois berrou: — Nós a pegamos! Pegamos a traidora!

Abaixo de mim, uma barcaça arrastava-se pelo rio, logo abaixo da ponte, as cargas cobertas com sacos sobre a proa. Eu não sabia o que havia ali, então só me restava rezar para que fosse algo "macio" e capaz de amortecer a queda de quem saltasse de uma ponte.

No fim, não fez diferença se eram macios ou não. Justamente quando eu pulei, o cidadão enfurecido me agarrou e meu salto se transformou em um movimento evasivo que me tirou do curso. Debatendo-me, atingi a barcaça, mas do lado errado, por fora, batendo no casco com uma força que me tirou o fôlego.

Vagamente, percebi que o estalo que ouvi era de minhas costelas se quebrando enquanto eu mergulhava nas águas negras do rio Sena.

v

Consegui voltar, naturalmente. Depois de chegar à margem, saí do rio e usei a confusão da jornada do rei a Paris para "aliviar" um cavalo, tomei a estrada cheia de destroços na direção contrária à da turba, saí de Paris e fui para Versalhes. Enquanto cavalgava, eu tentava me manter o mais imóvel possível, atenta às minhas costelas quebradas.

    Minhas roupas estavam ensopadas e os dentes trincavam quando desci da sela ao chegar à entrada do chalé do jardineiro, mas, no péssimo estado em que me encontrava, só conseguia pensar que eu o havia decepcionado. Tinha decepcionado meu pai.

Trecho do diário
de Arno Dorian

12 de setembro de 1794

Lendo, flagrei-me prendendo a respiração, não só de admiração pela audácia e coragem dela, mas porque quando acompanho sua jornada, percebo que vejo uma imagem espelhada de mim mesmo. O Sr. Weatherall tinha razão (e obrigado, muito obrigado, Sr. Weatherall, por ajudá-la a enxergar isso), porque éramos muito parecidos, Élise e eu.

A diferença, é claro, era que ela chegou lá primeiro. Foi Élise quem primeiro treinou no estilo de sua... ah, eu ia escrever sua Ordem "escolhida", mas é claro que não havia "escolha" nisso, não para Élise. Ela nasceu para ser Templária, foi criada para a liderança; mas se no início abraçara seu destino, coisa que certamente fez, porque isto lhe dava um meio de escapar da vida de falatório e abanar de leques em Versalhes, depois ela passou também a desconfiar disso; questionava cada vez mais o conflito eterno entre Assassinos e Templários; tinha passado a se perguntar se tudo aquilo valia a pena — se toda aquela matança chegara a algum lugar, ou se um dia chegaria.

Como Élise já sabia, o homem que ela vira comigo era Bellec, aquele que me tornou um Assassino. Foi ele quem me orientou ao longo de minha iniciação entre os Assassinos, que me colocou no rumo para perseguir o matador de meu pai substituto.

Ah, sim, Élise. Você não foi a única a ficar em luto por François de la Serre. Não era a única a investigar sua morte. E eu tinha muitas vantagens nesta iniciativa: o conhecimento de minha Ordem, ou os "talentos" que pude desenvolver sob a orientação de Bellec, e o fato de eu estar presente na noite em que François de la Serre fora apunhalado.

Talvez eu devesse ter esperado e dado esta honra a você. Talvez eu fosse tão impulsivo quanto você. Talvez.

Trechos do diário de Élise de la Serre

25 de abril de 1790

i

Passaram-se seis meses desde que escrevi pela última vez em meu diário. Seis meses desde que mergulhei da Pont Marie, em uma noite gelada de outubro.

Por um tempo, naturalmente, fiquei presa ao leito, sofrendo de uma febre que durou alguns dias após meu mergulho no Sena e tentando me curar das costelas quebradas. Meu pobre corpo enfraquecido tinha dificuldades para fazer estas coisas simultaneamente e, por um tempo, pelo menos segundo Hélène, minhas condições ficaram um tanto incertas.

Tive de aceitar a palavra dela. Minha mente ficou fora de controle, e se não o corpo também, febril e alucinante, balbuciando coisas estranhas à noite, gritando, o corpo emaciado ensopado de um suor gélido.

Minha lembrança dessa época se reduzia a ter despertado certa manhã, flagrando rostos preocupados acima de minha cama: Hélène, Jacques e o Sr. Weatherall, com Hélène dizendo "A febre cedeu", e uma expressão de alívio passando por eles como uma onda.

ii

Alguns dias depois, o Sr. Weatherall veio ao meu quarto e se sentou na beira da cama. Tendíamos a não guardar cerimônias no chalé. Era um dos motivos pelos quais eu gostava dali. Tornava o fato de eu ser obrigada a estar ali, escondida de meus inimigos, um pouco mais suportável.

Durante um bom tempo ele ficou simplesmente sentado, os dois em silêncio, do jeito que velhos amigos fazem quando o silêncio não é algo a se temer. Lá fora, vagavam os sons de Hélène e Jacques trocando provocações, passos além da janela, Hélène rindo e sem fôlego, e eu e o Sr. Weatherall nos encaramos e partilhamos um sorriso malicioso antes de ele baixar o rosto e continuar mexendo na barba, hábito recém-adquirido.

E então, depois um tempo, falei:

— O que meu pai teria feito, Sr. Weatherall?

Inesperadamente, ele riu.

— Ele teria pedido ajuda de além-mar, criança. Da Inglaterra, provavelmente. Diga-me, em que estado se encontra sua relação com os Templários ingleses?

Lancei-lhe um olhar paralisante.

— O que mais?

— Bem, ele teria tentado arregimentar apoio. E antes que você diga alguma coisa, sim, o que mais pensa que estive fazendo enquanto você ficou aqui, gritando como louca e transpirando pela França? Estive tentando arregimentar apoio.

— E?

Ele suspirou.

— Não há muito o que contar. Minha rede está se silenciando aos poucos.

Abracei os joelhos e senti uma onda de dor nas costelas, ainda não inteiramente curadas.

— O que quer dizer com "silenciando aos poucos"?

— Quero dizer que, depois de meses enviando cartas e recebendo respostas evasivas, ninguém quer saber, não é? Ninguém falará comigo... conosco... nem mesmo em segredo. Dizem que agora há um novo Grão-Mestre; que a era dos De la Serre chegou ao fim. Meus correspondentes não assinam mais as cartas. Imploram-me para que eu as queime depois de sua leitura. Quem quer que seja este novo líder, ele lhes mete medo.

— "Que a era dos De la Serre chegou ao fim". É o que eles dizem?

— É o que dizem, criança, sim, e não estão totalmente errados.

Soltei uma gargalhada curta e seca.

— Sabe de uma coisa, Sr. Weatherall, não sei se fico ofendida ou grata quando as pessoas me subestimam. A era dos De la Serre *não chegou ao fim*. Diga isto a eles. Diga-lhes que a era dos De la Serre jamais terá um fim enquanto eu ainda respirar. Esses conspiradores acham que escaparão assim... Matando meu pai, depondo minha família da Ordem? Mesmo? Então merecem morrer só por causa da própria estupidez.

Ele se aprumou.

— Sabe o que é isso? Isso se chama vingança.

Dei de ombros.

— Pode chamar de vingança. Chamarei de resistência. De qualquer modo, não vai acontecer comigo sentada aqui... como você diria... "escarrapachada neste meu traseiro", escondida nos terrenos de uma escola para meninas, arrastando-me por aí e torcendo para que alguém escreva para nossa caixa postal secreta. Pretendo resistir, Sr. Weatherall. Diga isso a seus contatos.

Mas o Sr. Weatherall sabia ser convincente. Além disso, minhas habilidades estavam enferrujadas, minhas forças, esgotadas — as costelas ainda doíam, para começo de conversa —, então permaneci no chalé enquanto ele cuidava de seus afazeres, escrevendo as cartas, tentando angariar apoio para minha causa sob o manto do subterfúgio.

Chegou a mim a notícia de que o último criado havia abandonado o château de Versalhes e eu ansiava para ir até lá, mas naturalmente não podia, não era seguro; assim, devo deixar o amado lar de minha família à mercê de saqueadores.

Mas prometi ao Sr. Weatherall que seria paciente e estou sendo paciente. Por ora.

16 de novembro de 1790

Sete meses de troca de cartas e eis o que sabemos: meus aliados e amigos agora são ex-aliados e ex-amigos.

O expurgo é total. Alguns viraram casaca, alguns foram subornados e outros, aqueles mais resistentes e que tentaram jurar seu apoio, homens como Monsieur le Fanu, bem, foram tratados de outras maneiras. Certa manhã, Monsieur le Fanu tivera a garganta cortada, fora despido e arrastado pelos pés de um prostíbulo parisiense, e depois deixado na rua para ser visto por quem passasse. Por tal desonra, foi postumamente despojado de seu status na Ordem, e sua esposa e filhos, que em circunstâncias normais teriam se beneficiado da ajuda financeira, ficaram na penúria.

Ora, Monsieur le Fanu era um homem de família, dedicado à esposa, Claire, como nenhum homem. Não só jamais havia pisado em um prostíbulo como duvido que soubesse do que se tratava ao entrar lá. Nenhum homem era menos merecedor de tal destino do que ele.

Mas aquele foi o preço por sua lealdade ao nome De la Serre. Custou-lhe tudo: a vida, a reputação e a honra, tudo.

Eu sabia que qualquer membro da Ordem que não entrasse na linha iria se aprumar tão logo ficasse sabendo da possível desonra de seu fim. E, dito e feito, eles cederam.

— Quero que tomem conta da esposa e dos filhos de Monsieur le Fanu — avisei ao Sr. Weatherall.

— Madame le Fanu tirou a própria vida e a de seus filhos — disse-me o Sr. Weatherall —, não suportou conviver com a desgraça.

Fechei os olhos, respirando fundo, tentando controlar uma fúria que ameaçava entrar em ebulição. Outras vidas a acrescentar à lista.

— Quem é ele, Sr. Weatherall? — perguntei. — Quem é o homem por trás de tudo isso?

— Descobriremos — suspirou ele —, não se preocupe com isso.

Mas nada foi feito. Sem dúvida meus inimigos pensavam que a tomada de poder por parte deles estava concluída, que eu não era mais um perigo. Estavam enganados.

12 de janeiro de 1791

Minhas habilidades na espada voltaram e estão mais afiadas do que nunca, minha pontaria está no ápice de sua precisão, e avisei ao Sr. Weatherall que eu partiria em breve, pois minha permanência aqui não estava me levando a lugar algum; que cada dia que passava escondida era um dia perdido de resistência, e ele reagiu tentando me convencer a ficar. Ele estava sempre à espera da resposta de alguém. De mais uma possibilidade a se explorar.

E quando não deu certo, ele me ameaçou. Bastaria eu tentar sair para saber como era ser sonoramente espancada pela ponta suada de uma muleta. Bastaria eu tentar.

Continuei (im)paciente.

26 de março de 1791

i

Esta manhã o Sr. Weatherall e Jacques chegaram do ponto em Châteaufort muitas horas depois do combinado — tão tarde que já tinha começado a me preocupar.

Durante algum tempo, falamos sobre transferir o ponto. Mais cedo ou mais tarde alguém apareceria. Pelo menos era o que dizia o Sr. Weatherall. A questão sobre o remanejamento do ponto tornou-se mais uma arma na guerra travada constantemente por nós dois, o puxa aqui, puxa dali se eu deveria ficar (ele: sim) ou se eu deveria partir (eu: sim). Eu estava forte agora, tinha voltado à plena forma física e em momentos particulares fervilhava de frustração devido à minha inatividade; imaginava meus inimigos anônimos gabando-se da vitória e erguendo brindes irônicos em meu nome.

— Esta é a antiga Élise — alertara o Sr. Weatherall —, e com isso me refiro à jovem Élise. Aquela que velejou a Londres e incitou uma rixa com que ainda temos de lidar.

É claro que ele tinha razão; eu queria ser uma Élise mais velha e mais calma, uma líder digna. Meu pai jamais tivera pressa para nada.

Por outro lado, meus pensamentos voltavam à questão de *fazer alguma coisa*. Afinal, ao passo que uma cabeça mais sensata teria esperado para concluir sua educação como uma boa bonequinha, a jovem Élise entrara em ação, tomando uma carruagem a Calais e dando início à sua vida. O fato era que ficar sentada ali, sem fazer nada, deixava-me agitada e furiosa. Deixava-me ainda *mais* furiosa. E já havia fúria suficiente em mim.

No fim, fui obrigada a agir em função dos acontecimentos desta manhã, quando o Sr. Weatherall despertou minha ansiedade chegando tarde de sua visita ao ponto. Corri ao pátio para recebê-lo enquanto Jacques guardava a carroça.

— O que houve com vocês? — perguntei, ajudando-o a descer.

— Vou lhe dizer uma coisa — ele franziu o cenho —, é uma sorte maldita que o jovem amigo deteste o fedor do queijo. — disse ele meneando a cabeça para Jacques.

— O que quer dizer?

— Porque aconteceu algo estranho enquanto ele esperava por mim em frente à *fromagerie*. Ou, eu deveria dizer, ele viu algo muito estranho. Um jovem zanzando por lá.

Estávamos a meio caminho para o chalé, onde eu pretendia preparar um café para o Sr. Weatherall e deixar que ele me contasse tudo, mas daí parei.

— Como disse?

— Estou lhe dizendo, um malandrinho, zanzando simplesmente.

Acontece que o tal malandro de fato estava só zanzando. Que estranho, ironizei, um jovem malandro zanzando por uma praça da cidade, mas o Sr. Weatherall me admoestou com um murmúrio irritado:

— Não era *qualquer* malandro, mas um especialmente intrometido. Aproximou-se do jovem Jacques enquanto ele aguardava do lado de fora. Este menino lhe fez perguntas, quis saber se tinha visto um homem de muletas entrando na *fromagerie* naquela manhã. Jacques é um bom sujeito e disse ao rapaz que não tinha visto ninguém com aquelas características o dia todo, mas que ficaria de olho para ele. "Ótimo", disse o patife, "ficarei por perto, não irei longe. Você pode até ganhar uma moeda se me contar alguma coisa útil." O faroleiro não tinha mais do que 10 anos de idade, pelos cálculos de Jacques. De onde você acha que ele tiraria o dinheiro para pagar a um informante?"

Dei de ombros.

— De quem quer que esteja pagando a ele, não é isso? O garoto estava trabalhando para os mesmos Templários que tramam contra nós, ou não me chamo Freddie Weatherall. Eles queriam encontrar o ponto, Élise. Procuram por você e, quando pensarem ter localizado o ponto, passarão a monitorá-lo a partir de então.

— Você falou com o menino?

— De maneira alguma. O que pensa que sou, algum maldito idiota? Assim que Jacques entrou na loja e contou-me o que aconteceu, saímos pela porta dos fundos e tomamos a rota mais longa para casa, tomando o cuidado para não sermos seguidos.
— E foram?
Ele negou com a cabeça.
— Mas é só uma questão de tempo.
— Como sabe? — argumentei. — Há muitos "se" nessa história. Se o malandro estava mesmo trabalhando para os Templários, e não apenas desejando roubar você ou lhe pedir dinheiro, ou mesmo querendo apenas dar um chute em suas muletas para se divertir; se ele viu atividade suficiente para despertar a desconfiança deles; se eles concluíram que aquele é o nosso ponto.
— Creio que concluíram — disse ele em voz baixa.
— Como pode saber?
— Por causa disto. — Ele franziu o cenho, enfiou a mão no casaco e me entregou a carta.

ii

Mademoiselle Grã-Mestre
Permaneço leal à senhora e a seu pai. Devemos nos encontrar a fim de que eu possa lhe contar a verdade sobre a morte de seu pai e sobre os acontecimentos desde então. Escreva-me prontamente.
Lafrenière

Meu coração martelava.
— Devo responder — falei rapidamente.
O Sr. Weatherall balançou a cabeça, exasperado.
— O diabo que fará isto — vociferou —, é uma armadilha. É um meio de nos atrair. Estarão esperando por uma resposta. Se esta for mesmo uma carta de Lafrenière, então sou um macaco amestrado. É uma armadilha. E se respondermos, cairemos diretamente nela.
— Se respondermos daqui, sim.

Ele sacudiu a cabeça.

— Você não vai sair.

— Preciso saber — insisti, agitando a carta.

Ele coçou a cabeça, tentando raciocinar.

— Você não irá a lugar nenhum sozinha.

Soltei uma risada breve.

— Bem, quem mais pode me acompanhar? Você?

Quando ele baixou a cabeça, me contive.

— Ah, Deus — falei baixinho. — Ah, meu Deus, peço desculpas, Sr. Weatherall. Não era minha intenção...

Ele balançava a cabeça com tristeza.

— Não, não, tem razão, Élise, você tem razão. Sou um protetor incapaz de proteger.

Aproximei-me dele, ajoelhei-me junto de sua cadeira e o abracei.

Houve uma longa pausa, um silêncio no cômodo da frente do chalé, salvo pelas ocasionais fungadelas do Sr. Weatherall.

— Não quero que você vá — disse ele por fim.

— Preciso ir — respondi.

— Não pode lutar com eles, Élise. — Ele limpava as lágrimas com ferocidade. — Agora são fortes demais, poderosos demais. Não pode se impor contra eles sozinha.

Eu o abracei de novo.

— Nem tampouco posso continuar fugindo. Você sabe tão bem quanto eu que se descobriram nosso ponto, deste modo concluirão que estamos na vizinhança. Traçarão um círculo em um mapa com o ponto em seu centro e começarão a busca. E a Maison Royale, onde Élise de la Serre concluiu seus estudos, é um lugar tão bom para se começar quanto qualquer outro.

"Você sabe tão bem quanto eu que teremos de sair daqui, você e eu. Precisamos ir a outro lugar, onde faremos tentativas infrutíferas de angariar apoio e continuaremos a esperar que nosso ponto seja descoberto antes de uma nova mudança. Ir embora daqui é a única opção."

Ele meneou a cabeça.

— Não, Élise. Vou pensar em alguma coisa. Então apenas me escute, sou seu conselheiro e recomendo que permaneça aqui enquanto formulamos uma reação para este último desenrolar indesejado. Como isto soa para você? É digno de um conselheiro recomendar que tire esta ideia da cabeça?

Odiei o gosto da mentira em meus lábios quando prometi ficar. Perguntei-me se ele tinha ideia de que, enquanto a casa estivesse dormindo, eu me esgueiraria para fora.

De fato, assim que a tinta deste texto estiver seca, colocarei o diário em meu embornal e partirei. Isso destruirá o coração dele. Peço perdão por isto, Sr. Weatherall.

27 de março de 1791

i

Assim que atravessei a porta da frente do chalé, silenciosamente, um espectro esvoaçou pelo corredor.

Pigarreei e a figura parou, virou-se e pôs a mão na boca. Era Hélène, flagrada voltando ao seu quarto após sair do cômodo de Jacques.

— Desculpe-me se a assustei — sussurrei.

— Ah, mademoiselle.

— Toda essa dissimulação é de fato necessária?

Ela ruborizou.

— Não quero que o Sr. Weatherall saiba.

Abri a boca para discutir, mas parei, virando-me para a porta em vez disso.

— Bem, adeus, pelo menos por um tempo.

— Aonde vai, mademoiselle?

— A Paris. Há algo que preciso fazer.

— E vai partir no meio da noite, sem se despedir?

— Preciso fazer isso, é... O Sr. Weatherall. Ele não quer...

Ela atravessou o cômodo na ponta dos pés, veio até mim e puxou meu rosto, beijando-me com força nas bochechas.

— Tenha cuidado, por favor, Élise. Por favor, volte para nós.

Que pitoresco. Estou embarcando em uma jornada para supostamente vingar minha família, mas na verdade o chalé é minha família. Por um segundo, cogito ficar. Não seria melhor viver no exílio com aqueles que eu amava a morrer em busca de vingança?

Mas não. Havia uma bola de ódio em minhas entranhas e eu precisava me livrar dela.

— Voltarei — prometi a ela. — Obrigada, Hélène. Você sabe... sabe que a quero muito bem.

— Eu também. — Ela sorriu, eu me virei e parti.

ii

O que eu sentia enquanto incitava Scratch para Châteaufort, cavalgando para longe do chalé, não era exatamente felicidade. Era o regozijo pela atitude e pelo senso de propósito.

Primeiro, eu tinha uma tarefa a realizar e, ao chegar nas primeiras horas da manhã, encontrei comida e uma taberna ainda aberta. Lá, eu disse a qualquer um que tivesse a curiosidade de perguntar que meu nome era Élise de la Serre e que eu morava em Versalhes, mas que agora estava a caminho de Paris.

Na manhã seguinte parti e cheguei a Paris, atravessando a Pont Marie para a Île Saint-Louis, indo para... casa? Mais ou menos. Pelo menos, meu château.

Como estaria? Eu nem mesmo conseguia me lembrar se fui uma zeladora diligente da última vez em que estive lá. Ao chegar, tive minha resposta. Não, não fui uma zeladora diligente, apenas sedenta, a julgar pelas muitas garrafas de vinho jogadas pelo lugar. Reprimi um calafrio, pensando nas horas sombrias que havia passado naquela casa.

Deixei os resquícios do passado tal como estavam. Em seguida escrevi a Monsieur Lafrenière uma carta solicitando um encontro no Hôtel Voysin dentro de dois dias. Depois de entregá-la pessoalmente no endereço que ele havia me informado, voltei ao château, onde montei armadilhas de fio, para o caso de me procurarem ali, depois me acomodei no escritório da governanta para esperar.

29 de março de 1791

i

Fui ao Hôtel Voysin, em Le Marais, onde pedi para me encontrar com Lafrenière. Quem apareceria? Esta era a grande dúvida. Lafrenière, o amigo? Lafrenière, o traidor? Ou alguém inteiramente diferente? E se eu tivesse caído em uma armadilha? Ou será que eu tinha feito a única coisa possível para evitar uma vida inteira escondendo-me dos homens que queriam me ver morta?

O pátio do Hôtel Voysin era cinza-escuro. A construção se erguia de todos os lados, e outrora fora grandiosa, a aparência tão aristocrática quanto aqueles que frequentavam o local; porém, assim como os aristocratas foram destruídos pela Revolução — e a cada dia perdiam mais direitos por causa da Assembleia —, o Voysin também parecia intimidado pelos acontecimentos dos últimos dois anos: as janelas onde luzes teriam ardido estavam apagadas, algumas quebradas e cobertas por tábuas. Os jardins, que antigamente teriam sido podados e cuidados por jardineiros que cumprimentavam tirando o chapéu, jaziam desertos e abandonados à ruína, de modo que a hera trepava à vontade pelas paredes, suas gavinhas procurando o caminho para as janelas vazias do primeiro andar. Enquanto isso, o mato crescia entre as pedras e lajes do calçamento do pátio deserto que, enquanto eu entrava, ecoava o barulho de minhas botas.

Reprimi uma inquietação, vendo todas aquelas janelas escurecidas dando para o pátio que um dia fora movimentado. Qualquer uma delas poderia proporcionar um esconderijo para um agressor.

— Olá? — chamei. — Olá, Monsieur Lafrenière?

Prendi a respiração, pensando: *Isso não está certo. Isso não está nada certo.* Considerando-me uma idiota por ter marcado um encontro ali e perguntando-me se cogitar uma armadilha era o mesmo que estar preparada para encontrar uma.

O Sr. Weatherall tinha razão. Mas é claro que tinha, e eu mesma sabia disso o tempo todo.

Era uma armadilha.

Às minhas costas, ouvi um barulho e virei-me, vendo um homem surgir das sombras.

Semicerrei os olhos, flexionando os dedos, preparada.

— Quem é você? — questionei.

Ele avançou rapidamente e percebi que não era Lafrenière, ao mesmo tempo vi o luar faiscar em uma lâmina que ele tirou da cintura.

E talvez eu desembainhasse minha espada a tempo. Afinal, eu era rápida.

E talvez eu não desembainhasse minha espada a tempo. Afinal, ele era rápido também.

Independentemente de como fosse, não importava. A dúvida foi solucionada pela lâmina de um terceiro, uma figura que aparentemente surgira do nada. Vi o que eu sabia ser uma lâmina oculta cortar a escuridão, em seguida meu pretenso assassino caiu, e atrás dele estava Arno.

Por um segundo só consegui ficar parada e boquiaberta, porque este Arno estava completamente diferente daquele que eu conhecia. Não só usava o manto dos Assassinos e uma lâmina oculta como o menino tinha desaparecido. Em seu lugar, havia um homem.

Precisei de um instante para me recuperar e então, quando me ocorreu que jamais enviariam um único assassino para dar cabo de mim, que haveria outros, vi o homem assomando por trás de Arno — e todos aqueles meses de treino de tiro ao alvo no chalé compensaram no momento em que disparei acima do ombro dele, criando um terceiro olho no assassino e fazendo-o cair morto nas pedras do pátio.

ii

Recarregando a arma, eu disse:

— O que está havendo? Onde está Monsieur Lafrenière?

— Está morto — respondeu Arno.

Ele disse aquilo em um tom que não me agradou muito, como se houvesse muito mais naquela história do que ele deixava transparecer. Olhei-o incisivamente.

— O quê?

Mas antes que Arno pudesse responder, veio o som de um ricochete e uma bala de mosquete bateu em uma parede próxima, provocando uma chuva de lascas de pedra em cima de nós. Havia atiradores nas janelas do alto.

Arno estendeu uma das mãos em minha direção, e a parte de mim que ainda o odiava queria se livrar dele, dizer que eu podia me virar muito bem sozinha, obrigada; mas as palavras do Sr. Weatherall faiscavam em minha cabeça, a noção de que, independentemente de qualquer coisa, Arno estava ali por mim, e afinal era só isso que realmente importava. E deixei que ele me tocasse.

— Explicarei depois — continuou ele —, vá!

E quando outra rajada de balas de mosquete choveu das janelas, corremos para os portões do pátio e saímos nos jardins.

À nossa frente havia um labirinto, malcuidado e tomado de mato, mas ainda era um labirinto. O manto de Arno se abria enquanto corria, o capuz puxado para trás, vi as feições bonitas, e fui alegremente transportada a uma época mais feliz, antes dos segredos que ameaçavam nos sobrepujar.

— Lembra-se daquele verão em Versalhes, quando tínhamos 10 anos? — berrei enquanto corríamos.

— Lembro-me de ficar perdido naquele maldito labirinto de sebe durante seis horas enquanto você comia minha parte da sobremesa — respondeu ele.

— Então é melhor não ficar para trás desta vez — alertei e, apesar de tudo, não consegui deixar de ouvir o tom de alegria em minha voz. Só Arno era capaz de causar aquilo em mim. Apenas ele era capaz de trazer tal luz à minha vida. E creio que se um dia houve um momento em que eu verdadeiramente o "perdoei", em meu coração e minha mente, foi nesse dia.

iii

Agora tínhamos chegado ao meio do labirinto. Nosso prêmio foi outro matador aguardando por nós. Ele se preparou, olhando nervosamente de um para outro, e fiquei feliz por ele porque Arno iria para o túmulo pensando que eu havia me unido aos Assassinos. Ele poderia encontrar seu criador flutuando em uma nuvem de honradez. Em minha narrativa, ele era o bandido. Na dele, ele era o herói.

Recuei e deixei que Arno enfrentasse o duelo, aproveitando a oportunidade para admirar sua habilidade com a espada. Em todos aqueles anos em que adquiri minhas próprias habilidades, ele sempre demonstrara maior disciplina nos testes de álgebra do preceptor, e dentre os dois eu sempre fui, de longe, a espadachim mais experiente.

Mas ele me alcançou, e alcançou depressa.

Ele notou meu olhar impressionado e exibiu um sorriso que teria derretido meu coração, se é que precisava ser derretido.

Saímos do labirinto e chegamos ao boulevard, que fervilhava com a vida noturna. Uma coisa que notei logo depois da Revolução foi que o povo passou a comemorar mais do que nunca; vivia cada dia como se fosse o último.

Sendo assim, a rua estava viva, com atores, acrobatas, malabaristas e titereiros por todos os lados, e a via repleta de espectadores, alguns já bêbados, outros a caminho da embriaguez. A maioria com sorrisos largos estampados nos rostos felizes. Víamos muitas barbas e vários bigodes reluzindo de cerveja e vinho — os homens agora deixavam os pelos na cara crescerem para mostrar seu apoio à Revolução — bem como as características "boinas da liberdade" vermelhas.

E era por isso que os três homens vindo em nossa direção se destacavam. Ao meu lado, Arno sentiu-me tensa, prestes a pegar a espada, mas conteve minha mão com um aperto gentil em meu braço. Qualquer outra pessoa teria perdido um ou dois dedos por tentar me conter. Arno, eu estava preparada para perdoar.

— Encontre-me amanhã para o café. Aí explicarei tudo.

1º de abril de 1791

A place des Vosges, a maior e mais antiga praça da cidade, não ficava longe de onde eu havia deixado Arno e, depois de uma noite em casa, voltei no dia seguinte, em puro nervosismo, curiosidade e empolgação mal contida, transbordando com a noção de que, apesar do revés de Lafrenière, eu tinha chegado a algum lugar. Tinha avançado.

Cheguei à praça sob uma das imensas arcadas abobadadas que faziam parte das construções de tijolos aparentes por seu perímetro. Algo me fez parar e fiquei confusa por um momento, perguntando-me o que havia de diferente ali. Afinal, os edifícios eram os mesmos, o pilar decorado ainda estava ali. Mas faltava alguma coisa.

Então percebi. A estátua no meio da praça — o bronze equestre de Luís XIII. Não encontrava-se mais lá. Eu tinha ouvido falar que os revolucionários estavam derretendo as estátuas. Eis ali a prova.

Mas Arno estava lá, com seu manto. À luz fria do dia, examinei-o de novo, tentando entender em que aspecto o menino amadurecera para o homem: ele tinha agora uma expressão mais decidida, talvez? Os ombros encontravam-se mais aprumados, o queixo erguido, os olhos de granito simultaneamente ferozes e belos. Arno sempre foi um menino bonito. As mulheres de Versalhes comentavam isso. As meninas mais jovens ficavam vermelhas e davam risadinhas sob suas mãos enluvadas sempre que ele passava; pelo simples fato de sua beleza se sobrepor a quaisquer dúvidas que elas normalmente teriam sobre sua posição social como nosso mero tutelado. Eu costumava amar a sensação calorosa e superior de saber que "ele era meu".

Mas agora — agora havia algo de quase heroico nele. Senti uma pontada de culpa, perguntando-me se, ao encobrir a verdadeira natureza de sua ascendência, de algum modo acabamos evitando que ele atingisse seu potencial mais cedo.

E lá veio mais outra pontada de culpa, desta vez por papai. Se eu tivesse sido menos egoísta e tivesse trazido Arno para nós, como um dia jurei fazer, talvez este novo *homem* engendrado agora estivesse a serviço de nossa causa e não da oposição.

Mas daí, enquanto estávamos sentados tomando café e havia alguma semelhança da vida parisiense normal transcorrendo ao redor, o fato de eu ser uma Templária e ele um Assassino não parecia importar muito. Não fosse pelo manto de seu Credo, poderíamos ser dois amantes desfrutando juntos de nossa bebida matinal. E quando ele sorriu, foi o sorriso do velho Arno que apareceu, o menino com quem cresci e por quem me apaixonei, e durante alguns instantes foi tentador me esquecer de tudo e deleitar-me naquele banho quente de nostalgia, deixando os conflitos e o dever de lado.

— E então... — disse eu, finalmente.

— Então.

— Parece que você esteve ocupado.

— Localizando o homem que matou seu pai, sim — emendou ele, desviando os olhos, de forma que mais uma vez perguntei-me se havia algo oculto ali.

— Boa sorte — desejei. — Ele matou a maioria de meus aliados e intimidou os restantes a se calarem. Pode muito bem ser um fantasma.

— Eu o vi.

— O quê? Quando?

— Ontem à noite. Pouco antes de encontrar você. — Ele se levantou. — Venha. Vou explicar tudo.

Enquanto caminhávamos, pressionei-o para saber mais informações e Arno relatou os acontecimentos da noite anterior. Na realidade, o que ele viu foi uma misteriosa figura de manto. Não havia nome acompanhando tal aparição. Mesmo assim, a capacidade de Arno de saber de tanta coisa era quase sobrenatural.

— Mas como diabos você conseguiu isso? — perguntei.

— Tenho possibilidades singulares de investigação abertas a mim — respondeu ele misteriosamente.

Lancei-lhe um olhar de viés e lembrei-me do que meu pai dissera sobre os supostos "talentos" de Arno. Eu supunha que ele estivesse falando de "habilidades", mas talvez não. Talvez fosse outra coisa — algo tão singular que só os Assassinos conseguiam farejar.

— Muito bem, então, guarde seus segredos. Apenas me diga onde encontrá-lo.

— Não sei se esta é uma boa ideia — protestou ele.

— Não confia em mim?

— Você mesma disse isso. Ele perseguiu seus aliados e assumiu sua Ordem. Ele quer você morta, Élise.

Eu gargalhei.

— E daí? Você quer me proteger? É isso?

— Quero ajudá-la. — Ele agora estava sério. — A Irmandade tem recursos, efetivos...

— A piedade não é uma virtude, Arno — falei incisivamente. — E eu não confio nos Assassinos.

— Você confia em *mim*? — questionou ele, o olhar penetrante.

Desviei o rosto para o outro lado, sem saber a resposta de fato — não, sabendo que eu *queria* confiar em Arno e de fato estava desesperada para tanto, mas sabendo que ele agora era um Assassino.

— Não mudei tanto assim, Élise — implorou ele —, sou o mesmo menino que distraía a cozinheira enquanto você roubava a geleia... O mesmo que a ajudou a pular aquele muro para o pomar infestado de cães...

Havia outra coisa também. Outra coisa na qual se pensar. Conforme o Sr. Weatherall já observara, eu estava praticamente sozinha: eu contra eles. Mas e se eu tivesse o apoio dos Assassinos? Eu não teria de perguntar o que meu pai faria. Já sabia que ele estaria preparado para uma trégua com os Assassinos.

Concordei com a cabeça e falei.

— Leve-me à sua Irmandade. Ouvirei a oferta deles.

Ele se revelou perplexo.

— *Oferta* pode ser uma palavra meio forte...

2 de abril de 1791

i

O Conselho dos Assassinos por acaso se reunia em um salão na Île de la Cité, à sombra da Notre Dame.
— Tem certeza de que esta é uma boa ideia? — perguntei a Arno enquanto entrávamos em uma sala cercada por arcos abobadados de pedra. Em um canto havia uma grande porta de madeira com uma maçaneta em aro de aço, guardada por um Assassino corpulento e barbado cujos olhos brilhavam sob as profundezas escuras de seu capuz. Sem dizer uma palavra sequer, ele assentiu para Arno, que retribuiu o cumprimento, e tive de reprimir uma onda de ilusão ao ver Arno daquela maneira: Arno, um homem; Arno, um Assassino.
— Temos um inimigo em comum — disse ele enquanto a porta era aberta e passávamos para um corredor iluminado por archotes acesos nas paredes. — O Conselho compreenderá isto. Além do mais, Mirabeau era amigo de seu pai, não?
Assenti.
— Não exatamente amigo, mas meu pai confiava nele. Vamos.
Primeiro, porém, Arno pegou uma venda no bolso, insistindo que eu a pusesse. Só para contrariá-lo, contei os passos e as guinadas, confiante de que seria capaz de encontrar a saída do labirinto caso necessário.
Quando a jornada se deu por encerrada, apreendi meu novo ambiente, sentindo estar em uma câmara subterrânea úmida, parecida com a de cima, mas agora povoada. À minha volta, eu ouvia vozes. No início foi difícil situá-las, e pensei que estivessem vindo de galerias no alto, só então percebi que os membros do Conselho estavam distribuídos junto

às paredes, as vozes se elevando como se gotejassem da pedra enquanto se arrastavam, desconfiados e resmungando entre si.

— Isso é...?

— O que ele está fazendo?

Senti uma figura diante de nós, que falou com uma voz áspera, uma espécie de Sr. Weatherall francês.

— Mas que diabos você fez desta vez, beberrão? — questionou ele.

Meu coração martelava e minha respiração era laboriosa. E se aquela infração estivesse sendo demasiada? Um passo longo demais? O que eu ouviria? Mais gritos de "Mate a meretriz ruiva"? Não seria a primeira vez e, afinal, Arno permitiu que ficasse com minha pistola e minha espada — mas de que adiantaria, considerando que eu estava vendada e que enfrentaria vários adversários? Vários adversários *Assassinos*?

Mas não. Arno tinha me salvado de uma armadilha. Ele jamais me entregaria a outra. Eu confiava nele. Confiava tanto quanto o amava. E quando ele se dirigiu ao homem que bloqueava nosso caminho, a voz dele saiu calma e firme, um bálsamo para meus nervos.

— Os Templários querem vê-la morta — disse ele.

— E então você resolveu trazê-la para *cá*? — questionou a voz autoritária, em dúvida. Seria Bellec?

Mas Arno não teve tempo de responder. Houve outra nova entrada à câmara do Conselho. Outra voz que exigiu saber:

— Bem, quem temos aqui?

— Meu nome é... — comecei, mas o recém-chegado me interrompeu.

— Ah, pelo amor de Deus, tire esta venda. É ridículo.

Eu a tirei e os olhei, o Conselho dos Assassinos que, justamente como eu pensava, estava posicionado ao longo das paredes de pedra daquele santuário subterrâneo e escuro, o brilho alaranjado das chamas bruxuleando em seus mantos e os rostos indecifráveis sob capuzes.

Meus olhos pousaram em Bellec. De nariz aquilino e desconfiado, ele me olhava com franco desdém, a linguagem corporal protetora em relação a Arno.

O outro homem julguei ser o Grão-Mestre, Honoré Gabriel Riqueti, conde de Mirabeau. Como presidente da Assembleia, ele tinha sido um herói da revolução, mas ultimamente vinha sendo uma voz moderada em comparação a outros que clamavam por mudanças mais radicais.

Diziam que ele era ridicularizado por sua aparência, mas embora fosse um cavalheiro corpulento de cara redonda, com uma pele tremendamente feia, tinha olhos gentis e confiáveis, e gostei dele de imediato.

Aprumei os ombros.

— Meu nome é Élise de la Serre — anunciei a todos no cômodo. — Meu pai era François de la Serre, Grão-Mestre da Ordem dos Templários. Vim pedir ajuda.

Cabeças se inclinaram quando os membros do Conselho começaram a cochichar, até que o recém-chegado — certamente Mirabeau — os silenciou, erguendo um dedo.

— Continue — instruiu ele.

Outros membros do Conselho protestaram.

— Repetiremos este debate mais uma vez? — Mas Mirabeau os silenciou novamente.

— Sim — disse-lhes ele —, assim o faremos. Se não conseguem ver a vantagem de a filha de François de la Serre nos dever um favor, perco as esperanças por nosso futuro. Continue, mademoiselle.

— Lá vamos nós — cuspiu o homem que presumi ser Bellec.

Foi a ele a quem dirigi meus comentários seguintes:

— O senhor não está entre os homens em quem eu normalmente apostaria, monsieur, mas meu pai está morto, assim como meus aliados na Ordem. Se devo recorrer aos Assassinos para ter minha vingança, assim será.

— "Apostar" uma balela. Isto é um truque para nos fazer baixar a guarda. Devemos matá-la agora e enviar sua cabeça como aviso — disse Bellec depois de bufar.

— Bellec... — alertou Arno.

— *Basta* — gritou Mirabeau. — Francamente, é melhor que esta discussão seja conduzida em particular. Pode nos dar licença, Mademoiselle de la Serre?

Fiz uma breve mesura.

— Certamente.

— Arno, talvez deva acompanhá-la. Sei que vocês têm muito o que conversar.

ii

Saímos, voltando pela ponte e caminhando pelas vias movimentadas, até que nos vimos de volta à place de Vosges.
— Bem — falei enquanto andávamos —, não era bem isso que eu esperava.
— Dê tempo a eles. Mirabeau os convencerá.
Andamos mais e meus pensamentos foram de Mirabeau, o Grão-Mestre dos Assassinos, ao homem que subvertera minha própria Ordem.
— Acredita realmente que podemos encontrá-lo? — perguntei.
— A sorte dele não pode durar para sempre. François Thomas Germain acreditava que Lafrenière era...
Eu o detive.
— François Thomas Germain?
— Sim — disse Arno —, o prateiro que me levou a Lafrenière.
Uma onda de empolgação fria me invadiu.
— Arno — falei, ofegante —, François Thomas Germain era o lugar-tenente de meu pai.
— Um Templário?
— Ex-Templário. Foi expulso quando eu era mais nova, algo a ver com concepções heréticas e Jacques de Molay. Não tenho muita certeza. Mas ele devia estar morto. Morreu anos atrás.
Germain. Jacques de Molay. Afastei tais ideias para voltar a elas depois, talvez com a ajuda do Sr. Weatherall.
— Este Germain é extraordinariamente ativo para um cadáver — dizia Arno.
Assenti.
— Gostaria muito de fazer algumas perguntas a ele.
— Eu também. A oficina dele fica na rue Saint-Antoine. Não é longe daqui.

Com uma determinação renovada, seguimos apressados por uma travessa arborizada que se abria em uma praça, galhardetes pendurados acima de nossas cabeças, os toldos de lojas e cafeterias tremulando na leve brisa de verão.

A rua ainda trazia parte das cicatrizes dos tumultos: uma carroça virada, uma pequena pilha de barris quebrados, uma série de marcas de queimadura nas pedras do calçamento e, naturalmente, bandeiras tricolores no alto, algumas trazendo as marcas da batalha.

Tirando isto, porém, parecia tranquila, tal como antigamente, com as pessoas passando de um lado a outro, cuidando de suas vidinhas cotidianas e, por um momento, foi difícil imaginar que aquele fora o lugar de acontecimentos cataclísmicos que mudavam nosso país.

Arno me guiou por ruas calçadas de pedras até chegarmos ao portão de um pátio. Dali vimos uma casa grandiosa, na qual ele disse localizar-se a oficina. Era onde encontraríamos o prateiro. Germain. O homem que havia encomendado a morte de meu pai.

— Da última vez que vim aqui havia guardas — disse Arno, e parou, com uma expressão preocupada.

— Agora não há nenhum — comentei.

— Não. Mas muita coisa aconteceu desde a última vez que vim. Talvez os guardas tenham sido retirados.

— Ou talvez tenha sido outra coisa.

De repente ficamos silenciosos e cautelosos. Minha mão foi à espada e fiquei feliz ao sentir a pistola em meu cinto.

— Tem alguém em casa? — gritou ele pelo pátio vazio.

Não houve resposta. Embora a rua atrás de nós estivesse ruidosa, a mansão agourenta à nossa frente ostentava apenas silêncio e o encarar fixo das janelas.

A porta se abriu a um toque de Arno. Com um olhar para mim, entramos e descobrimos que o hall de entrada estava deserto. Subimos a escadaria, Arno na frente, até a oficina. Pela aparência despojada, o lugar tinha sido abandonado recentemente. Ali dentro estava a maior parte do equipamento do ofício de um prateiro — pelo menos, até onde eu podia ver —, mas nenhum sinal dele.

Começamos a vasculhar em volta, no início cautelosamente, folheando alguns papéis, afastando objetos em prateleiras, não muito certos de o que procurávamos, apenas procurando, na esperança de encontrar alguma confirmação da teoria de que aquele prateiro aparentemente inocente de fato era Germain, o Templário de alta posição.

Porque se fosse ele, significava que aquele prateiro aparentemente inocente tinha sido o homem responsável pela morte de meu pai, e que estava se esforçando ao máximo para destruir também todos os outros aspectos de minha vida.

Cerrei os punhos quando pensei nisso. Meu coração endureceu ao pensar na dor que aquele homem havia trazido à família de la Serre. Nunca a ideia de vingança me pareceu mais real do que naquele momento.

Veio um barulho da porta aberta. O menor dos ruídos — um mero farfalhar de tecido — entretanto, alto o bastante para alertar sentidos aguçados. Arno também ouviu e, em uníssono, giramos em direção à entrada.

— Não me diga que isso é uma armadilha — arfou ele.

— Isso é uma armadilha — respondi.

iii

Arno e eu nos olhamos e sacamos a espada quando quatro homens carrancudos passavam pela porta, assumiram posição para barrar nossa saída e nos olharam com ódio. Com os chapéus amassados e as botas arranhadas, pareciam ter tido o cuidado de aparentar revolucionários temíveis, que talvez não fossem abordados na rua, mas havia mais na mente deles do que a liberdade, a libertação ou...

Bem, eles tinham a morte na mente. Eles se dividiram, dois para mim e dois para Arno. Um dos sujeitos ficou de frente para mim, encarando-me, os olhos encovados em uma testa alta, um lenço vermelho amarrado no pescoço. Tinha uma faca em uma das mãos e puxou a espada das costas com a outra, girando em uma breve exibição, desenhando um oito e apontando as armas para mim. Seu companheiro fez o mesmo, erguendo o dorso da mão um pouco além da lâmina da espada. Se fossem revolucionários, dispostos a roubar ou a me atacar de outra maneira, agora estariam rindo, subestimando-me nos poucos e breves momentos antes de sua morte rápida. Mas não eram. Eram matadores Templários. E chegara aos ouvidos deles que Élise de la Serre não era uma presa fácil; que ela lhes daria trabalho.

Aquele que segurava a espada no alto avançou primeiro, lançando-a em um zigue-zague tático para minha cintura, ao mesmo tempo em que jogava o peso do corpo no pé de apoio.

O aço tiniu quando aparei a lâmina e dancei um pouco para a esquerda, prevendo corretamente que o Lenço-Vermelho faria seu ataque simultaneamente.

De fato ele o fez, e consegui receber a espada com um golpe de baixo, mantendo os dois homens ao largo por pelo menos mais um instante, dando-lhes tempo para pensar, deixando que soubessem que o que lhes disseram estava certo: eu era treinada; tinha sido treinada pelo melhor. E estava mais forte do que nunca.

À minha direita, ouvi as espadas de Arno e de seus dois adversários, e em seguida veio um grito que não era de Arno.

O Espada-Reta cometeu seu primeiro erro: desviou o olhar para ver qual destino recaíra sobre seu companheiro e, embora tivesse sido um lapso momentâneo de concentração, aquele meio segundo em que ele desviou a atenção de mim bastou para que eu pudesse lhe cobrar o preço.

Eu o tinha na ponta da espada, então avancei, ataquei por baixo de sua guarda e golpeei para cima, abrindo o pescoço dele com um girar do pulso.

O Lenço-Vermelho era bom. Sabia que a morte do companheiro lhe dava uma oportunidade e arremeteu para a frente com a espada em um golpe reto e ofensivo que, caso tivesse feito contato, teria no mínimo tirado meu equilíbrio.

Mas ele não conseguiu. Foi um pouco afobado e desesperado demais para tirar proveito do que pensara ser uma abertura, e eu já esperava seu ataque daquele lado, tinha me abaixado sobre um joelho e erguido minha lâmina, que ainda cintilava com o sangue fresco do Espada-Reta, e que agora estava incrustada abaixo da axila do Lenço-Vermelho, entre duas camadas de uma grossa armadura de couro.

Ao mesmo tempo veio um segundo grito à minha esquerda e ouvi um baque quando o quarto corpo bateu no chão e a batalha se deu por encerrada; Arno e eu os únicos a continuar de pé.

Recuperamos o fôlego, nossos ombros estremecendo por causa do arfar, enquanto os últimos gorgolejos de nossos pretensos matadores minguavam ao ofegar seco da morte.

Olhamos para os cadáveres, depois, um para o outro e decidimos mutuamente voltar a dar a busca na oficina.

iv

— Não há nada aqui — falei depois de um tempinho.

— Ele devia saber que seu blefe não se sustentaria — disse Arno.

— Então perdemos novamente.

— Talvez não. Vamos continuar procurando.

Ele testou uma porta que estava trancada e parecia prestes a abandoná-la quando lhe abri um sorriso e a arrombei com um pontapé. Então fomos saudados por outra câmara ligeiramente menor, esta cheia de símbolos que logo reconheci: cruzes templárias trabalhadas em prata, cálices e jarros lindamente ornados.

Sem dúvida aquela era uma sala de reunião dos Templários. Em uma plataforma elevada em uma extremidade do cômodo, havia uma cadeira decorada com entalhes complexos, onde o Grão-Mestre se sentaria. E de cada lado havia duas cadeiras, para seus lugares-tenentes.

No meio da sala havia um pedestal com cruzes entalhadas, e disposto em cima dele um conjunto de documentos, os quais peguei, com a sensação de que me eram familiares mas também estranhos, como se estivessem deslocados ali naquela câmara adjacente à oficina de um prateiro, e não no château da família De la Serre.

Um deles continha várias ordens. Eu já tinha visto ordens semelhantes, naturalmente, assinadas por meu pai, mas aquela — aquele documento estava assinado por Germain. Lacrado com uma cruz Templária em cera vermelha.

— É ele. Germain agora é o Grão-Mestre. Como isso aconteceu?

Arno meneou a cabeça, indo à janela enquanto falava.

— Filho de uma puta. Precisamos contar a Mirabeau. Assim que...

Ele não terminou sua frase. Ouvimos o barulho de tiros lá fora e de vidro se espatifando enquanto balas de mosquete zuniam pelas janelas, batendo no teto, provocando uma chuva de lascas de pedra. Procuramos cobertura, Arno junto da janela, eu, perto da porta, justamente quando veio mais uma saraivada de tiros.

— Vá — disse ele. — Vá à casa de Mirabeau. Eu cuidarei disso.

Assenti e saí, partindo para procurar o Grão-Mestre Assassino Mirabeau.

v

Estava escurecendo quando cheguei à mansão de Mirabeau. Ali, a primeira coisa que me ocorreu foi a escassez de criados. A casa possuía uma estranha sensação de silêncio — por isso levei um ou dois segundos para reconhecer o modo como minha própria casa ficara na esteira da morte de minha mãe.

A segunda coisa que me ocorreu — e é claro que agora sei que as duas estavam relacionadas — foi o estranho comportamento do mordomo de Mirabeau. Ele exibia uma expressão estranha, como se suas feições não se encaixassem bem no rosto; isto e o fato de ele não ter me acompanhado aos aposentos de Mirabeau. Ao me lembrar de minha chegada à Boar's Head Inn, na Fleet Street, aquela não seria a primeira vez que alguém me tomava por uma dama da noite, mas não pensei que o mordomo desleixado fosse assim tão burro.

Não, havia algo errado. Saquei a espada e entrei silenciosamente no quarto. Estava às escuras, com as cortinas fechadas. As velas em um candelabro eram quase toquinhos, o fogo ardia fraco na lareira; em uma mesa, estavam os restos do que parecia a ceia, e na cama, o que parecia um Mirabeau adormecido.

— Monsieur? — chamei.

Não houve resposta, nenhuma reação de Mirabeau, cujo peito largo, que deveria estar subindo e descendo devido à respiração durante o sono, continuava imóvel.

Aproximei-me.

É claro. Ele estava morto.

— Élise, o que é isso? — A voz de Arno à porta me assustou e dei meia-volta. Ele parecia exausto do que, obviamente, tinha sito uma luta breve, mas, tirando isso, estava bem. Uma repentina sensação de culpa descabida cresceu dentro de mim.

— Eu o encontrei assim... Eu não...

Ele me olhou por um segundo a mais do que o necessário.

— É claro que não. Mas devo informar isto ao Conselho. Eles saberão...

— Não — vociferei. — Eles já não confiam em mim. Serei a suspeita deles, a primeira e única.

— Tem razão — disse ele, assentindo. — Você tem razão.

— O que faremos?

— Vamos descobrir o que aconteceu — rebateu ele, decidido. Então se virou, examinando a madeira que cercava a entrada bem atrás de si.

— Não parece que a porta foi arrombada — acrescentou.

— Então o assassino era esperado?

— Um convidado, talvez? Ou um criado?

Minha mente foi ao mordomo. Mas se o mordomo tinha feito aquilo, por que ainda estava na casa? Minha suposição era de que o mordomo trabalhava sob uma ignorância obstinada.

Algo captou a atenção de Arno e ele pegou o objeto, aproximando-o a fim de examiná-lo. De início, parecia um broche decorativo, mas ele o estendeu, a expressão séria, transparecendo algo significativo.

— O que é isso? — perguntei, mas eu sabia o que era, é claro. Tinha recebido um deles em minha iniciação.

vi

Arno o entregou a mim.

— É... a arma que matou seu pai.

Peguei-o para examinar, vendo a insígnia familiar no centro do desenho, depois examinando o broche em si. Nele havia uma minúscula canaleta, de modo que o veneno pudesse correr por dentro da lâmina e sair de duas aberturas mínimas mais abaixo. Engenhoso. Letal. E de projeto templário. Quem quer que encontrasse aquilo — um dos compatriotas Assassinos de Mirabeau, por exemplo — teria suposto que o Grão-Mestre tinha sido morto por um Templário.

Talvez até supusesse que eu tivesse assassinado Mirabeau.

— Este é um distintivo dos Templários — confirmei a Arno.

Ele assentiu.

— Não viu mais ninguém quando chegou?

— Só o mordomo. Ele abriu a porta para mim, mas não subiu.

Arno agora fazia uma busca pelo quarto, seu olhar se deslocando pelo cômodo como se examinando sistematicamente cada área. Com uma exclamação curta, ele correu a um armário, ajoelhou-se e passou a mão por baixo, pegando uma taça manchada, ainda com a borra seca de vinho.

Ele a cheirou e se retraiu.

— Veneno.

— Deixe-me ver — pedi, e levei a taça ao nariz.

Em seguida voltei minha atenção ao corpo de Mirabeau, abrindo seus olhos com as pontas dos dedos a fim de verificar as pupilas, escancarando-lhe a boca para examinar a língua, empurrando a pele.

— Acônito — falei —, difícil de se detectar, a não ser que você saiba o que procura.

— Essa planta é popular entre os Templários?

— Entre os que querem se safar de um assassinato — expliquei para ele, ignorando a insinuação. — É quase impossível de se detectar, e o cheiro e os sintomas se assemelham à morte por causas naturais. É útil quando você precisa se livrar de alguém sem vigiá-lo.

— E como alguém pode ter adquirido isto?

— Cresce com facilidade em um jardim, mas como os sintomas ocorreram tão subitamente, deve ter sido processado.

— Ou foi comprado de um boticário.

— Veneno templário, broche templário... é incriminador.

Ele me lançou um olhar sugestivo e, em troca, ganhou uma testa franzida.

— Bravo, você entendeu — falei secamente. — Meu plano astuto era eliminar o único Assassino que não queria me ver morta, depois ficar por aqui, esperando ser descoberta.

— Não o único Assassino.

— Tem razão. Peço desculpas. Mas você sabe que isto não é do meu feitio.

— Acredito em você. Mas o restante da Irmandade...

— Então vamos encontrar o verdadeiro assassino antes que eles tomem conhecimento disso.

vii

Uma curiosa guinada nos acontecimentos. Arno soube por um boticário que o veneno havia sido adquirido por um sujeito que usava o manto dos Assassinos. Dali, surgiu um rastro de pistas que Arno seguiu — as quais nos trouxeram até aqui, à igreja Sainte-Chapelle, na Île de la Cité.

Uma tempestade se formava quando chegamos à igreja grandiosa, em mais de um sentido. Vi que Arno ficou abalado com a ideia de existir um traidor nas fileiras Assassinas.

É melhor se acostumar *a isso*, pensei com tristeza.

— O rastro termina aqui — observou ele pensativamente.

— Tem certeza?

Ele olhava para o alto dos campanários da igreja imensa, onde havia uma figura escura. Em silhueta contra o céu, seu manto flutuava ao vento enquanto ele nos olhava lá embaixo.

— Sim, infelizmente — disse ele.

Preparei-me para entrar em batalha mais uma vez, porém, segurando minha mão, Arno me impediu.

— Não, devo fazer isto eu mesmo.

Voltei-me contra ele.

— Não seja ridículo, não vou deixar que faça isso sozinho.

— Élise, por favor. Depois que seu pai morreu, os Assassinos... me deram um propósito. Algo em que acreditar. E ver tal propósito ser traído... preciso corrigir eu mesmo. Preciso saber por quê.

Eu era capaz de entender. Melhor do que ninguém, eu consegui entender e, com um beijo, permiti que ele fosse.

— Volte para mim — falei.

viii

Estiquei o pescoço para olhar o teto da igreja, mas vi apenas pedra e o céu colérico para além dela. A figura tinha sumido. Mesmo assim, continuei olhando, até que instantes depois vi duas figuras lutando em um ressalto.

Minha mão foi à boca. Um grito por Arno, que teria sido inútil de qualquer modo, secou em minha garganta. No instante seguinte, as figuras tombavam, caindo pela frente do edifício, quase sombreadas pela forte chuva.

Por meio segundo pensei que fossem bater no chão e morrer ali, bem diante de mim, mas a queda foi obstruída por uma saliência mais abaixo.

De minha posição, ouvi o impacto dos corpos e os gritos de dor. Perguntei-me se um deles teria sobrevivido à queda e tive minha resposta quando ambos se recompuseram lenta e dolorosamente, continuando a lutar, no início com incerteza, porém depois com uma ferocidade cada vez maior, as lâminas ocultas faiscando como raios no escuro.

Agora eu os ouvia gritar um com o outro, Arno exclamando:

— Pelo amor de Deus, Bellec, uma nova era está chegando. Não vamos superar este conflito interminável?

É claro, era Bellec, o segundo em comando dos Assassinos. Sendo assim... ele era o homem por trás da morte de Mirabeau.

— Será que tudo que ensinei a você ricocheteou neste crânio blindado? — rugiu Bellec. — Estamos lutando pela liberdade da alma humana. Liderando a revolução contra a tirania dos Templários.

— Estranho como é curta a estrada da revolução contra a tirania para o assassinato indiscriminado, não? — gritou Arno.

— *Bah*. Você é um merdinha teimoso, não?

— Pergunte a qualquer um — retorquiu Arno, e deu um salto para a frente, a lâmina formando um oito.

Bellec saltou para trás.

— Abra os olhos — gritou ele —, se os Templários querem a paz, é apenas para se aproximar o suficiente para meter a faca em seu pescoço.

— Você está errado — argumentou Arno.

— Você não viu o mesmo que eu. Vi Templários aniquilarem aldeias inteiras, só pela oportunidade de matar um Assassino. Diga-me, rapaz, em sua vasta experiência... o que você viu?

— Vi o Grão-Mestre da Ordem dos Templários assumir um órfão assustado e criá-lo como o próprio filho.

— Eu tinha esperanças por você — gritou Bellec, agora fervilhando. — Pensei que fosse capaz de raciocinar por si mesmo.

— E sou, Bellec. Só não penso como você.

Os dois, ainda em combate, estavam emoldurados por um vitral enorme da igreja muitíssimo acima de mim. Fustigados pela chuva, iluminados e coloridos por trás, eles lutaram por um segundo, como se vacilando à beira de um precipício, como se pudessem cair de um lado, da sacada para a pedra escorregadia do pátio da igreja; ou de outro, dentro da própria construção.

A única dúvida era para que lado cairiam.

Houve um estrondo, o vitral se espatifando, mantos batendo e sendo rasgados pelos cacos de vidro, e eles caíram mais uma vez, desta vez para dentro da igreja. Corri pelo pátio até o portão, empurrando-o e vendo-os ali dentro.

— Arno — chamei. Ele se levantou e balançou a cabeça, como se tentando desanuviá-la, espalhando cacos no chão de pedra. Não havia sinal de Bellec.

— Estou bem — gritou ele para mim, ouvindo-me sacudir o portão enquanto eu o testava mais uma vez, tentando alcançá-lo. — Fique aí.

E antes que eu pudesse protestar, ele partiu, e me esforcei para ouvi-lo se aventurando na escuridão da igreja.

Em seguida a voz de Bellec veio de... não consegui distinguir sua origem. Mas estava perto.

— Eu devia ter deixado você apodrecer na Bastilha. — A voz dele era um sussurro ecoando na pedra úmida. — Diga-me, algum dia realmente acreditou no Credo ou sempre foi um traidor amante de uma Templária desde o começo?

Ele estava provocando Arno. Provocava das sombras.

— Isto não precisa ser assim, Bellec — gritou Arno, olhando em volta, procurando enxergar nos nichos e recessos escuros.

A resposta chegou, e mais uma vez foi difícil situar sua origem. A voz parecia emanar da pedra da igreja.

— É você que está provocando isso. Se criasse juízo, poderíamos levar a Irmandade a uma altura que não vemos há duzentos anos.

Arno balançou a cabeça, cheio de ironia.

— Sim, matar todos que discordam de você é um jeito brilhante de começar sua ascensão das cinzas.

Houve um barulho acima de mim e vi Bellec um segundo antes de Arno.

— Cuidado — gritei quando o Assassino mais velho investiu das sombras com a lâmina oculta estendida.

Arno se virou, viu Bellec e rolou para o lado. Depois se pôs de pé, pronto para receber um ataque, e por um momento os dois guerreiros ficaram cara a cara. Os dois encontravam-se ensanguentados e feridos da batalha, os mantos rasgados, quase em farrapos em determinados pontos, mas ainda dispostos à luta. Ambos estavam determinados para que aquilo acabasse ali, agora.

De sua posição, Bellec podia me ver ao portão, e senti seus olhos em mim antes de se voltarem para Arno.

— E então — começou ele, a voz cheia de escárnio, tomada de desdém —, agora vemos a essência disso. Não foi Mirabeau quem envenenou você. Foi ela.

Bellec formara um vínculo com Arno, mas não fazia ideia do vínculo que já existia entre mim e seu pupilo, e foi por isso que eu não duvidei de Arno.

— Bellec... — alertou Arno.

— Mirabeau está morto. *Ela* é a última peça desta insensatez. Um dia você vai me agradecer por isso.

Ele pretendia me matar? Ou matar Arno? Ou a nós dois?

Eu não sabia. Só o que sabia era que a igreja ressoava com o barulho de aço encontrando aço enquanto as lâminas ocultas se chocavam mais uma vez e eles dançavam em volta um do outro. O que o Sr. Weatherall me dissera todos aqueles anos atrás era verdade: a maioria das lutas de espada era decidida nos primeiros segundos do confronto. Mas aqueles dois combatentes não eram como a maioria dos espadachins. Eram Assassinos treinados. Mestre e discípulo. E a luta continuou, aço contra aço, os mantos se balançando, ambos atacando e se defendendo, golpeando e aparando golpes, abaixando-se e rodopiando; a luta prosseguiu até que ambos estavam recurvados de cansaço e Arno conseguiu recorrer a reservas ocultas de suas forças e prevaleceu, derrotando o inimigo com um grito de desafio e um último golpe da lâmina oculta na barriga de seu mentor.

E Bellec enfim arriou na pedra do chão da igreja, com as mãos na barriga. Seus olhos pousaram em Arno.

— Faça — implorou ele, agora perto da morte. — Se tem um grama de convicção em si e não é apenas um poltrão iludido pelo amor, você me matará agora. Porque eu não vou parar. Eu *vou* matá-la. Para salvar a Irmandade eu veria Paris arder.

— Eu sei — disse Arno, e deu o *coup de grâce*.

ix

Mais tarde, Arno me contou o que viu. Ele teve uma visão, segundo dissera, com um olhar de soslaio, como se querendo conferir se eu o estava levando a sério, e então pensei no que meu pai falava a respeito de Arno, sobre suas crenças de que o rapaz fosse dono de dons especiais, algo não muito... corriqueiro. E lá estavam os tais dons em ação. Uma visão na qual Arno distinguiu dois homens, um usando o manto Assassino, o outro, um brutamontes Templário, ambos lutando na rua. O Templário parecia triunfar, mas um segundo Assassino entrou na refrega e matou o Templário.

O primeiro Assassino era Charles Dorian, pai de Arno. O segundo era Bellec.

Bellec salvou a vida de seu pai. A partir deste incidente, Bellec reconheceu um relógio de bolso que Arno costumava carregar, e então, quando na Bastilha, notou exatamente quem Arno era.

Arno também teve uma segunda visão, provavelmente ocorrida antes de ele matar mais alguém. Esta mostrava Mirabeau e Bellec conversando em algum momento do passado, Mirabeau dizendo a Bellec: "Um dia Élise de la Serre será a Grã-Mestre. Será de grande benefício se ela tiver uma dívida para conosco."

Bellec dizia em resposta, "Seria benefício ainda maior matá-la antes que ela se torne uma ameaça real".

"Seu protegido a afiança", dissera Mirabeau. "Não confia nele?"

"Com a minha vida", respondeu Bellec. "É na menina que não confio. Nada do que eu disser o convencerá?"

"Receio que não."

E Bellec — com relutância, contou Arno, vendo que seu mentor não tinha prazer nenhum, satisfação maquiavélica nenhuma em matar o Grão-Mestre; que, para ele, aquilo era um mal necessário, gostando ou não — colocou veneno nas taças, entregando uma delas a Mirabeau. "Santé."

A ironia é que eles beberam à saúde um do outro. Mais tarde, Mirabeau estava morto e Bellec estava plantando o broche Templário, para então partir em seguida. Pouco depois disso, é claro, eu entrei em cena.

Conseguimos encontrar o culpado e assim evitar que eu fosse acusada do crime. Será que fiz o bastante para agradar a eles? Eu não acreditava nisso.

Trechos do diário
de Arno Dorian

12 de setembro de 1794

i

Eu sabia o que aconteceria em seguida, embora não estivesse relatado no diário de Élise.

Avancei pelas páginas, mas não; em vez disso, faltavam folhas, rasgadas em algum momento posterior, talvez durante uma crise de... de quê? Arrependimento? Raiva? Outra coisa?

No momento em que eu lhe disse a verdade, ela rasgou as páginas de seu diário.

Eu sabia que seria difícil, é claro, porque eu conhecia Élise tão bem quanto a mim mesmo. De muitas formas, ela era meu espelho, e eu sabia como me sentiria se estivesse no lugar dela. Você não pode me culpar por insistir em procrastinar e depois aguardar até uma noite de jantar farto acompanhado por uma garrafa de vinho consumida quase inteiramente.

— Sei quem matou seu pai — revelei a ela.

— Sabe? Como?

— As visões.

Olhei-a de soslaio para ver se estava me levando a sério. Como antes, ela parecia se divertir, nem bem acreditando nem incrédula.

— E o nome que apareceu nela é o Rei dos Mendigos? — disse ela.

Olhei-a, percebendo que vinha realizando as próprias investigações. É claro.

— Então você estava falando seriamente quando disse que o vingaria — falei.

— Se um dia pensou o contrário, não me conhece tão bem quanto acredita.

Assenti pensativamente.

— E o que você descobriu?

— Que o Rei dos Mendigos estava por trás do atentado a minha mãe em 1775; que o Rei dos Mendigos foi iniciado na Ordem depois da morte de minha família; e tudo isso me faz pensar que ele foi iniciado como uma forma de recompensa pela morte de meu pai.

— E sabe por quê?

— Foi um golpe, Arno. O homem que se declarou Grão-Mestre tramou a morte de meu pai porque desejava assumir sua posição. Sem dúvida ele usou as tentativas de trégua com os Assassinos feitas for meu pai como alavanca. Talvez fosse a peça que faltava no quebra-cabeça. Talvez finalmente tenha pendido a balança a favor dele. Sem dúvida o Rei dos Mendigos agia segundo as ordens dele.

— Não só o Rei dos Mendigos. Havia outra pessoa ali.

Ela assentiu com um sorriso estranho e satisfeito.

— Isso me deixa feliz, Arno. O fato de terem sido necessários dois para matar meu pai. Espero que ele tenha lutado como um tigre.

— Um homem chamado Sivert.

Ela fechou os olhos.

— Faz sentido — falou depois de algum tempo. — Sem dúvida todos estão envolvidos nisso, os Corvos.

— Quem? — Naturalmente eu não fazia ideia do que ela queria dizer.

— É assim que chamo os conselheiros de meu pai.

— Este Sivert... era um dos conselheiros de seu pai?

— Ah, sim.

— François arrancou o olho dele antes de morrer.

Ela riu.

— Muito bem, papai.

— Agora Sivert está morto.

Uma sombra atravessou o rosto de Élise.

— Entendo. Eu tinha esperanças de que o feito pudesse ser meu.

— O Rei dos Mendigos também — acrescentei, engolindo em seco.

Agora ela me encarava.

— Arno, o que está dizendo?

Estendi-lhe a mão.

— Eu o amava, Élise, como se ele fosse meu pai. — Mas ela começou a se afastar, levantando-se e cruzando os braços. Seu rosto se tingia de vermelho.

— Você os matou?

— Sim... e não peço desculpas por isso, Élise.

Mais uma vez estendi-lhe a mão e de novo ela se afastou, entorpecida, descruzando os braços para me evitar ao mesmo tempo. Por um segundo — só por um segundo — pensei que Élise pegaria a espada, mas pareceu ter pensado melhor, recuperando o autocontrole.

— Você os matou.

— Tive de matar — justifiquei, sem entrar em detalhes, embora ela não estivesse interessada no motivo, perambulando pelo cômodo como se não soubesse o que fazer.

— Você tirou a minha vingança.

— Eles eram meros lacaios, Élise. O verdadeiro culpado está lá fora.

Furiosa, ela me atacou.

— Diga-me que os fez sofrer — cuspiu.

— Por favor, Élise, esta não é você.

— Arno, eu fiquei órfã, fui machucada, enganada e traída... E terei minha vingança a qualquer custo.

Os ombros de Élise subiam e desciam. Seu rubor era intenso.

— Bem, não, eles não sofreram. Este não é o estilo Assassino. Não temos prazer em matar.

— Ah, não? Mesmo? Então agora que é um Assassino sente-se qualificado para me dar aulas de ética, não? Bem, não se engane, Arno, eu não tenho prazer em matar. O que me dá prazer é a justiça.

— E foi o que fiz. Levei a justiça àqueles homens. Tive uma chance. Aproveitei.

Aquilo pareceu acalmá-la, e Élise assentiu pensativamente.

— Mas deixe Germain para mim — disse ela, e não foi um pedido, foi uma ordem.

— Não posso prometer, Élise. Se eu tiver a oportunidade, então...

Ela me olhou com um meio sorriso.

— Então você terá de responder a mim — rebateu ela.

ii

Depois daquilo passamos algum tempo sem nos ver, embora tivéssemos trocado cartas, e quando enfim tive alguma informação para dar a ela, pude tentá-la a se afastar da Île de Saint-Louis. Fomos em busca de Madame Levesque, que caiu sob minha lâmina. Foi uma aventura que continuou com um passeio inesperado e não programado no balão de ar quente dos Messieurs Montgolfier, mas o cavalheirismo me impede de revelar o que aconteceu durante o voo.

Basta dizer que, à conclusão de nossa jornada, Élise e eu estávamos mais íntimos do que nunca.

Mas não o bastante para eu perceber o que acontecia com ela; que, para Élise, a morte dos conselheiros do pai era apenas um fator secundário. Que o que a preocupava, talvez até a consumisse, era chegar a Germain.

Trechos do diário
de Élise de la Serre

20 de janeiro de 1793

i

Na rua, em Versalhes, havia uma carroça que logo reconheci. Atrelada a ela, um cavalo que eu também conhecia. Desmontei, amarrei Scratch na carroça, afrouxei sua cela, dei-lhe água, esfreguei a cabeça na dele.

Não tive pressa para deixar Scratch confortável, em parte porque eu o amava e ele merecia toda a atenção que eu lhe dava e mais, e em parte porque eu estava procrastinando, querendo adiar o momento em que enfrentaria o inevitável.

O muro externo dava sinais de abandono. Perguntei quem de nossa criadagem era responsável por aquela parte quando todos morávamos ali. Provavelmente os jardineiros. Sem eles, os muros ficaram grossos de musgo e trepadeiras, as gavinhas subindo ao topo como veias na pedra.

Instalado no muro, havia um portão em arco que eu conhecia bem, embora agora me parecesse esquisito. À mercê dos elementos, a madeira começara a mosquear e a desbotar. Onde antigamente o portão tinha uma aparência grandiosa, agora parecia apenas triste.

Abri o portão e entrei no pátio do lar de minha infância.

Tendo testemunhado a devastação no château de Paris, supus que eu estaria pelo menos mentalmente preparada para o momento. Todavia, me flagrei reprimindo o choro ao ver os canteiros de flores tomados de mato espigado, os bancos cobertos de vegetação. Sentado em um degrau, perto de postigos caídos, estava Jacques, que se iluminou ao me ver. Jacques raras vezes falava; o máximo de animação que já flagrei nele foi durante uma conversa sussurrada com Hélène, e ele não precisou dizer um palavra sequer agora. Apenas apontou para trás, para a casa.

Dentro dela, havia tábuas cobrindo as janelas, a mobília quase toda virada, a mesma história triste que vinha presenciando com tanta frequência ultimamente, só que desta vez era ainda mais triste porque era o lar de minha infância, e cada vaso quebrado e cadeira espatifada me trazia uma recordação. Ao entrar em meu lar destruído, ouvi nosso antigo relógio de pêndulo, um som tão familiar e recendente de minha infância que me atingiu com a força de um tapa e, por um segundo, fiquei parada no hall vazio, onde minhas botas pisavam no chão antes polido até brilhar muito, e reprimi o choro.

Um choro de pesar e nostalgia. Talvez até um pouco de culpa.

ii

Fui para o terraço e fiquei observando os gramados ondulantes, antes bem-cuidados, agora crescidos demais e revoltos. A cerca de duzentos metros estava o Sr. Weatherall, sentado no declive, as muletas jogadas de cada lado.

— O que está fazendo? — perguntei, juntando-me a ele.

Ele deu um leve sobressalto quando pousei ao seu lado, mas recuperou a compostura e me olhou longamente, avaliando-me.

— Eu ia descer ao lago sul, onde costumávamos treinar. O problema é que quando me imaginei indo e retornando, também imaginei o gramado como era antigamente, e aí, quando cheguei e o encontrei assim, de repente não ficou mais tão fácil.

— Bem, este é um bom local.

— Depende da companhia — disse ele com um sorriso cínico.

Houve uma pausa.

— Chegando furtivamente desse jeito... — disse ele.

— Perdoe-me.

— Eu sabia que você faria isso, sabe? Não conheço você desde que era uma alpinista de formigueiro para não ter aprendido algo sobre certa expressão em seus olhos. Bem, pelo menos está viva. O que andou fazendo?

— Fui dar um passeio de balão de ar quente com Arno.

— Ah, sim? E como foi?

Ele me viu corar.

— Foi muito bom, obrigada.

— Então você e ele...

— Eu diria que sim.

— Bem, nesse caso, é alguma coisa. Não consigo vê-la sofrendo por amor. E... — ele abriu as mãos — ... todo o resto? Soube de alguma coisa?

— Bastante. Muitos que tramaram contra meu pai já responderam por seus crimes. Além disso, agora conheço a identidade do homem que encomendou a morte dele; o novo Grão-Mestre.

— Diga-me, por favor.

— O novo Grão-Mestre, o arquiteto da tomada de poder, é François Thomas Germain.

O Sr. Weatherall sibilou.

— É claro.

— Você disse que ele foi expulso da Ordem...

— E foi. Nosso amigo Germain era um adepto de Jacques de Molay, o primeiro Grão-Mestre absoluto. Molay morreu gritando na fogueira em 1314, rogando pragas a todos que estavam por perto. Mestre de Molay era o tipo de sujeito indecifrável, mas este era um assunto um tanto obscuro na época, porque demonstrar apoio às ideias dele era heresia.

"E Germain... Germain era um herege. Era um herege que possuía a confiança do Grão-Mestre. Para dar um fim à contenda, ele foi expulso. Seu pai pediu que Germain voltasse a entrar na linha e seu coração sofreu ao expulsá-lo, mas..

— Ele foi banido?

— Foi, e a Ordem informou que qualquer homem que se colocasse ao lado dele também seria exilado. Logo depois disso sua morte foi anunciada, mas na época ele já era só uma lembrança ruim. Mas nem tanto, hein? Germain esteve reunindo apoio, controlando as coisas nos bastidores, reescrevendo o manifesto aos poucos. E agora está no comando; e a Ordem coça a cabeça e se pergunta como ele deixou de ser um apoio inabalável ao rei e passou a desejar sua morte, e a resposta é que isto aconteceu porque não havia ninguém que se opusesse. Xeque-mate. — O Sr. Weatherall sorriu. — É preciso dar crédito a esse camarada.

— Darei a ele minha espada em suas entranhas.

— E como o fará?

— Arno descobriu que Germain pretende estar presente na execução do rei amanhã.

O Sr. Weatherall olhou-me incisivamente.

— A execução do rei? Então a Assembleia já chegou ao veredicto?

— De fato chegou. E o veredicto é a morte.

O Sr. Weatherall balançou a cabeça. A execução do rei. Como havíamos chegado a tal ponto? Com o correr da história, suponho que o último fator tenha se iniciado no verão do ano anterior, quando vinte mil parisienses assinaram uma petição apelando pela volta do governo da família real. Onde antes se falava em revolução, agora se falava em contrarrevolução.

É claro que os revolucionários não aceitariam tal coisa, e assim, em 10 de agosto, a Assembleia decidiu marchar ao Palácio das Tulherias, onde o rei e Maria Antonieta se encontravam desde seu exílio indigno de Versalhes, quase três anos antes.

Seiscentos homens da Guarda Suíça do rei perderam a vida na batalha, a última resistência do rei. Seis semanas depois, a monarquia foi abolida.

Enquanto isso, havia levantes contrarrevolução na Bretanha e em Vendée, e em 2 de setembro os prussianos tomaram Verdun, provocando pânico em Paris quando começaram a circular histórias de que os prisioneiros da realeza seriam libertados e se vingariam dos revolucionários de modo sangrento. Suponho que você vá dizer que os massacres que se seguiram foram ataques preventivos, mas foram massacres ainda assim, e milhares de prisioneiros foram chacinados.

E então o rei foi a julgamento, e hoje anunciaram que ele morreria na guilhotina no dia seguinte.

— Se Germain estiver lá, eu também estarei — eu falava agora ao Sr. Weatherall.

— E por que isso?

— Para matá-lo.

O Sr. Weatherall semicerrou os olhos.

— Não creio que o caminho seja este, Élise.

— Eu sei — disse eu com ternura —, mas você sabe que não tenho alternativa.

— O que é mais importante para você? — perguntou ele, irritado —, a vingança ou a Ordem?

Dei de ombros.

— Quando eu realizar a primeira, a segunda se ajeitará.

— Ah, sim? Acha mesmo que será desse jeito, não é?

— Sim, é o que acho.

— Por quê? Só o que você vai fazer é matar o atual Grão-Mestre. É provável que seja julgada por traição tanto como pode ser acolhida de volta ao grupo. Enviei apelos a todo lado. À Espanha, à Itália, até à América. Ouvi murmúrios de solidariedade, mas nem uma única promessa de apoio, e sabe por que é assim? É porque, para eles, o fato de a Ordem francesa estar correndo tranquilamente, torna sua destituição um interesse secundário.

"Além disso, podemos ter certeza de que Germain andou fazendo uso de seus contatos. Ele terá assegurado a nossos irmãos de além-mar que a tomada foi necessária e que a Ordem francesa está em boas mãos.

"Podemos supor também que os Carroll envenenarão o poço sempre que seu nome surgir. Não pode fazer isso sem apoio, Élise, e o fato é que você não tem apoio, mesmo sabendo que seu plano ainda assim será levado a cabo. E isto me diz que não se trata da Ordem, trata-se de vingança. O que por sua vez me diz que estou sentado ao lado de uma tola suicida."

— Eu terei apoio — insisti.

— E de onde pensa que virá, Élise?

— Tenho esperança de formar uma aliança com os Assassinos.

Ele tomou um susto, depois meneou a cabeça com tristeza.

— As pazes com os Assassinos são o pote de ouro no final do arco-íris, criança, jamais existirão, não importa o que seu amigo Haytham Kenway tenha dito em suas cartas. Nisso o Sr. Carroll tinha razão. É como pedir a um mangusto e a uma cobra para bebericarem o chá da tarde juntos.

— Você não acredita nisso.

— Não só não acredito como sei, criança. Eu a amo por pensar o contrário, mas você está enganada.

— Meu pai pensava o contrário.

Ele suspirou.

— Qualquer trégua que seu pai tenha negociado foi temporária. Ele sabia disso, assim como todos nós sabemos. A paz jamais se assentará.

21 de janeiro de 1793

i

Fazia frio. Um frio de amargar. E nosso hálito de dragão pendia no ar enquanto estávamos parados na place de la Concorde, local da execução do rei.

A praça estava cheia. Parecia que toda Paris, se não toda a França, tinha se reunido ali para assistir à morte do monarca. Até onde a vista alcançava, havia pessoas que só um ano antes tinham jurado lealdade ao rei, mas que agora preparavam seus lenços para mergulhá-los no sangue dele. Subiam em carroças para ter uma visão melhor, crianças equilibrando-se nos ombros dos pais, jovens mulheres fazendo o mesmo, escarranchadas em maridos ou amantes.

Pela margem da praça, mercadores armaram barracas e não se intimidavam em gritar seus anúncios, todos um "especial de execução". No ar havia um clima que eu só poderia descrever como de sede de sangue comemorativa. Era digno de se perguntar se eles, a essa altura, já não estariam fartos de sangue, aquela gente, o povo da França. Olhando em volta, evidentemente a resposta era não.

Enquanto isso, o carrasco convocava os prisioneiros que seriam decapitados. Eles gritavam e protestavam enquanto eram arrastados ao patíbulo da guilhotina. A multidão clamava por sangue. Calaram-se no segundo antes da queda da lâmina e urraram quando o sangue jorrou naquele dia límpido de janeiro.

ii

— Tem certeza de que Germain estará aqui? — perguntei a Arno quando chegamos.

— Tenho — respondeu ele, e tomamos rumos separados. Embora o plano fosse localizarmos Germain, no fim o ex-lugar-tenente traiçoeiro fez sentir sua presença ao subir em uma plataforma de observação, cercado por seus homens.

É ele, pensei, fitando-o, a multidão parecendo distante por alguns minutos.

Aquele era François Thomas Germain.

Eu sabia que era ele. O cabelo grisalho estava preso para trás com um laço preto e ele usava o manto do Grão-Mestre Templário. E me perguntei: o que pensavam os espectadores ao ver aquele homem de manto assumir posição tão elevada na assistência? Será que viam um inimigo da revolução? Ou um amigo?

Ou, à medida que seus rostos se viravam rapidamente, como se não quisessem olhar nos olhos de Germain, será que enxergavam apenas um homem a se temer? Ele com certeza parecia temível. Tinha uma boca cruel, carrancuda, e olhos que, mesmo de longe, eu notava serem escuros e penetrantes. Havia algo de inquietante naquele olhar.

Fervilhei de ódio. Era o manto que eu estava acostumada a ver em meu pai. Não deveria enfeitar as costas daquele impostor.

Arno também o vira, naturalmente, e conseguira chegar muito mais próximo da plataforma. Fiquei observando quando ele se aproximou dos guardas parados ao pé da escada, os quais tinham a tarefa que envolvia manter a onda de gente longe da elevação. Ele falou com um deles. Ouvi gritos. Meus olhos foram a Germain, que se curvara para ver Arno, depois gesticulou aos guardas para que o deixassem subir.

Enquanto isso, aproximei-me o máximo que me atrevi da plataforma. Se Germain iria me reconhecer, eu não sabia, mas havia outros rostos familiares em volta. Eu não podia correr o risco de ser vista.

Arno tinha chegado à plataforma, juntando-se a Germain e posicionando-se ao seu lado, os dois olhando a guilhotina que subia e descia, subia e descia...

— Olá, Arno. — Ouvi Germain dizer, mas apenas isto, e me arrisquei a erguer o rosto para olhar a plataforma, esperando que, com um misto de leitura labial e o vento na direção certa, eu conseguisse distinguir o que falavam.

— Germain — disse Arno.

Germain apontou para ele.

— É adequado que você esteja aqui para ver o renascimento da Ordem dos Templários. Afinal, você estava presente em sua concepção.

Arno assentiu.

— Monsieur de la Serre — disse ele simplesmente.

— Eu tentei fazê-lo enxergar. — Germain deu de ombros. — A Ordem havia se tornado corrupta, agarrando-se demasiadamente ao poder e ao privilégio. Esquecemo-nos dos ensinamentos do grande De Molay, e de que nosso propósito é liderar a humanidade a uma era de ordem e paz.

No patíbulo, o rei havia sido levado para cima. E para lhes dar o devido crédito, ele encarou seus torturadores com os ombros aprumados e o queixo bem erguido, orgulhoso até o fim. Começou a fazer o discurso que sem dúvida ensaiara enquanto estava encarcerado antes de sua jornada à guilhotina. Mas assim que começou a pronunciar suas últimas palavras, um rufar de tambores se iniciou, tragando-as. Corajoso, sim. Mas ineficiente até o fim.

Acima de mim, Arno e Germain ainda conversavam; Arno, eu percebia, tentando entender as coisas.

— Mas você podia corrigir tudo, não é mesmo? Matando o homem no poder?

O "homem no poder" — meu pai. A onda de ódio que experimentei ao ver Germain pela primeira vez se intensificou. Desejei deslizar a lâmina de minha espada entre suas costelas e vê-lo morrer na pedra fria, do mesmo jeito que acontecera com meu pai.

— A morte de Monsieur de la Serre foi apenas a primeira etapa — disse Germain. — Este é o ápice. A queda de uma Igreja, o fim de um regime... a morte de um rei.

— E o que o rei fez a você? — escarneceu Arno. — Custou-lhe seu emprego? Tomou sua esposa como amante?

Germain meneava a cabeça como se estivesse decepcionado com um discípulo.

— O rei é apenas um símbolo. Um símbolo pode inspirar medo, e o medo pode inspirar controle... Mas os homens inevitavelmente perdem o medo dos símbolos. Como você pode ver.

Inclinando-se sobre a mureta ele gesticulou para o patíbulo, onde o rei, tendo negada sua última chance de recuperar parte do orgulho régio, fora obrigado a se ajoelhar. Seu queixo foi encaixado no bloco e a pele do pescoço exposta para a guilhotina à espera.

— Esta foi a verdade pela qual morreu Jacques de Molay: o direito divino dos reis não é nada senão o reflexo do sol em ouro. E quando Coroa e Igreja forem reduzidas a pó, nós, que controlamos o ouro, decidiremos o futuro — falou Germain.

Houve uma onda de empolgação por parte da turba, que depois caiu em um silêncio. Acabou-se. Era hora. Olhando, vi a lâmina da guilhotina brilhar, daí baixar com um baque suave, e em seguida o barulho da cabeça do rei caindo no cesto abaixo do bloco.

Houve um instante de silêncio na praça, seguido por um barulho que tive dificuldades de identificar no início, até que, mais tarde, reconheci o que foi. Reconheci da Maison Royale. Era o barulho de uma sala de aulas repleta de alunos após perceberem que tinham ido longe demais, em um arfar coletivo que dizia que não havia volta. "Estamos acabados, agora haverá problemas."

Falando quase à meia-voz, Germain disse:

— Jacques de Molay, você está vingado. — E então eu soube que estava lidando com um extremista, um fanático, um louco. Um homem para quem a vida humana não tinha valor se não aquele equivalente à promoção de seus próprios ideais, que, na posição de homem no poder da Ordem dos Templários, talvez fizessem dele o sujeito mais perigoso da França.

Um homem que precisava ser detido.

Na plataforma, Germain virou-se para Arno.

— E agora, devo partir — disse. — Tenha um bom dia.

Ele olhou para seus guardas e, com um gesto imperioso, ordenou que pegassem Arno, as palavras simples e arrepiantes:

— Matem-no.

Ele se foi.

Comecei a correr, saltando degraus acima quando os dois guardas avançaram para Arno, que girou o tronco para recebê-los, a mão da espada cruzada à frente do corpo.

A lâmina dele nunca havia cortado couro; minha espada falou uma, duas vezes: dois cortes fatais nas artérias que fizeram os guardas arremeterem para a frente, os olhos revirando nas órbitas mesmo quando as testas bateram nas tábuas ensanguentadas da plataforma.

Foi tudo muito rápido; e atingiu o objetivo de matar os dois guardas. Mas a coisa toda foi sangrenta e nada discreta.

E, dito e feito, logo veio um grito dos arredores. Com toda a comoção da execução, aquilo não foi urgente nem alto o bastante para deixar a multidão em pânico, porém o suficiente para alertar outros guardas, que vieram correndo, subindo a escadaria da plataforma até onde Arno e eu já estávamos prontos para recebê-los.

Avancei, desesperada para alcançar Germain, passando minha lâmina no primeiro de nossos atacantes, retirando-a e girando ao mesmo tempo, a fim de dar um golpe de través em um segundo guarda. Era o tipo de movimento que o Sr. Weatherall teria detestado, um ataque nascido mais do desejo por uma morte rápida do que da necessidade de manter uma postura defensiva, do tipo que me deixava vulnerável a um contra-ataque. E não havia nada que o Sr. Weatherall desprezasse mais do que um ataque ostentoso e descuidado.

Mas, outra vez, eu tinha Arno em meu flanco, cuidando de um terceiro guarda, e assim talvez o Sr. Weatherall me perdoasse.

No intervalo de apenas alguns segundos, tínhamos três cadáveres empilhados a nossos pés. Porém, mais guardas chegavam, e vi Germain a poucos metros de nós. Ele percebeu a mudança na maré da batalha e agora fugia dela — corria para uma carruagem na rua, no perímetro da praça.

Eu estava impedida de alcançá-lo, mas Arno...

— O que está fazendo? — gritei para ele, instando-o que fosse atrás de Germain. Desviei-me de mais um de meus agressores e vi Germain escapando.

— Não vou deixar você morrer — exclamou Arno, e voltou a atenção aos outros guardas que apareciam na escada.

Mas eu não ia morrer. Havia uma saída. Olhei a rua, vi a porta da carruagem escancarada, Germain prestes a subir a bordo dela. Golpeando loucamente com a espada, saltei sobre a mureta, caindo de mau jeito na terra, mas não tanto a ponto de morrer nas mãos de um guarda que pensara ter visto sua oportunidade de me matar, pagando por sua presunção com o aço nas entranhas.

De algum lugar ouvi Arno gritar, dizendo-me para parar — "Não vale a pena!" —, vendo o mesmo que ele: uma falange de guardas que cercavam a plataforma, criando uma barreira entre mim e...

Germain. Que chegou à carruagem, subiu e bateu a porta. Vi o cocheiro sacudir as rédeas e as crinas dos cavalos voarem ao vento enquanto os focinhos se erguiam e os jarretes se retesavam, então a carruagem partiu rapidamente.

Maldição.

Eu me escorava, prestes a atacar os guardas, quando senti Arno ao meu lado, segurando meu braço.

— Não, Élise.

Com um grito de frustração, desvencilhei-me dele. O esquadrão avançava para nós, lâminas expostas, ombros caídos e projetados. Nos olhos deles havia a confiança da vantagem numérica. Arreganhei os dentes.

Ao inferno com ele. Ao inferno com *Arno*.

Mas ele me segurou pela mão, puxou-me rumo à segurança e ao anonimato da multidão, aí abriu caminho por espectadores assustados na periferia, entrando no coração da turba, abandonando os guardas atrás de nós.

Foi só quando deixamos a cena da execução para trás — quando não havia mais ninguém em volta — que paramos.

Eu o ataquei.

— Ele conseguiu fugir, maldição, nossa única chance...

— Não acabou — insistiu Arno, vendo que eu precisava esfriar os ânimos —, vamos encontrar outra pista...

Senti meu sangue ferver.

— Não, não vamos. Acha que agora ele será descuidado, sabendo o quanto nos aproximamos? Você teve uma oportunidade de ouro de dar um fim à vida dele e se recusou a aproveitá-la.

Ele balançou a cabeça, enxergando a situação de outra forma.

— Para salvar sua vida — insistiu ele.

— Não cabe a você salvá-la.

— O que está dizendo?

— Estou disposta a morrer para derrubar Germain. Se você não tem estômago para a vingança... então não preciso de sua ajuda.

E eu falei sério, querido diário. Enquanto estou sentada e escrevo isto, remoendo as palavras furiosas que trocamos, ainda estou certa de que fui sincera naquele momento, e estou sendo agora.

Talvez a lealdade dele ao meu pai não seja tão grande quanto ele dizia ser.

Não, eu não precisava da ajuda dele.

10 de novembro de 1793

Intitularam a época de Terror.

"Inimigos da revolução" eram enviados à guilhotina às dezenas — por se opor à Revolução, por acumular grãos, por ajudar exércitos estrangeiros. Chamavam a guilhotina de "a navalha nacional", e ela trabalhou muito, reclamando duas ou três cabeças por dia só na place de Révolution. A França se acovardava ante a ameaça da queda de sua lâmina.

Enquanto isso, em acontecimentos que eram mais importantes para mim, fiquei sabendo que Arno tinha sido destituído por sua Ordem.

— Ele foi banido — lia o Sr. Weatherall em sua correspondência, segurando uma carta, os últimos vestígios da antes orgulhosa rede tendo enfim entrado em contato.

— Quem? — perguntei.

— Arno.

— Entendo.

Ele sorriu.

— Está fingindo que não se importa, não é?

— Não há fingimento nisso, Sr. Weatherall.

— Ainda não o perdoou, hein?

— Ele um dia me jurou que, se tivesse sua chance, tiraria proveito dela. Ele teve a chance e não aproveitou.

— Ele tinha razão — disse o Sr. Weatherall. Aquilo fora dito de forma espontânea, como estivesse em sua mente há tempos.

— Como disse? — falei.

Na verdade, eu não "falei". Eu "vociferei". A verdade era que o Sr. Weatherall e eu estávamos irados um com o outro há semanas, talvez até meses. A vida tinha sido reduzida a uma só coisa: discrição. E aquilo me deixava intensamente frustrada. Cada dia era passado preocupando-me em encontrar Germain antes que ele nos encontrasse; cada dia era passado esperando que cartas chegassem de uma série de pontos sempre itinerantes. Sabendo que estávamos travando uma batalha perdida.

E, sim, eu fervilhava, sabendo que Germain havia estado tão perto de sentir minha espada. E o Sr. Weatherall também, mas por motivos um tanto diferentes. O que ficou sem ser dito era que ele me via como alguém imprudente e cabeça quente demais; ele acreditava que eu deveria ter esperado e aproveitado o tempo para tramar contra Germain, do mesmo jeito que Germain havia tramado a tomada de poder de nossa Ordem. O Sr. Weatherall dizia que eu pensava com minha espada. Tentava me dizer que meus pais não teriam agido com uma pressa tão incauta. Ele tinha usado cada truque que conhecia, e agora usava Arno.

— Arno tinha razão — disse ele. — Você teria sido morta. Poderia muito bem cortar a própria garganta, daria no mesmo para você.

Soltei um ruído exasperado, lançando um olhar ressentido para o outro lado da sala do chalé onde nos encontrávamos. Estava aquecida, era aconchegante e eu deveria adorar estar ali, mas, em vez disso, parecia-me pequena e apertada. Aquela sala e o chalé todo tinham passado a simbolizar minha própria falta de ação.

— O que quer que eu faça, então? — perguntei.

— Se você ama a Ordem verdadeiramente, o melhor que pode fazer é propor a paz. Oferecer-se para servir à Ordem.

Fiquei boquiaberta.

— Render-me?

— Não, não é rendição, é fazer as pazes. Negociar.

— Mas eles são meus inimigos. Não posso *negociar* com os meus inimigos.

— Procure enxergar isso de outra perspectiva, Élise — pressionou o Sr. Weatherall, tentando me afetar. — Você está fazendo as pazes com os Assassinos, mas não negocia com sua própria gente. É isso que parece.

— Não foram os Assassinos que mataram meu pai — sibilei. — Acha que sou capaz de fazer uma trégua com os matadores de meu pai?

Ele jogou as mãos para o alto.

— Meu Deus, e ela pensa que Templários e Assassinos podem se entender. E se forem todos como você, hein? "Eu quero vingança, ao diabo com as consequências."

— Levaria tempo — admiti.

Ele partiu para o ataque:

— E é isso que você pode fazer. Pode ganhar tempo. Pode fazer mais lá de dentro do que do lado de fora.

— E eles saberão disto. Estarão sorridentes, porém com facas às costas.

— Eles não matariam uma pacificadora. A Ordem consideraria isto desonroso, e o que eles precisam, acima de tudo, é de harmonia dentro da Ordem. Não. Se você levar diplomacia, eles responderão com diplomacia.

— Você não pode ter certeza disso.

Ele deu de ombros levemente.

— Não, mas de qualquer modo, acredito que se arriscar à morte do meu jeito é melhor do que se arriscar a morrer do seu.

Levantei-me e olhei feio, com ar de superioridade, aquele velho recurvado sobre as muletas.

— Então este é seu conselho? Fazer as pazes com os assassinos de meu pai.

Ele me fitou com olhos tristes, pois ambos sabíamos que só havia um final possível para aquilo tudo.

— Sim — disse ele. — Como seu conselheiro, este é meu conselho.

— Sendo assim, considere-se dispensado — ordenei.

Ele assentiu.

— Quer que eu vá embora?

Balancei a cabeça.

— Não. Quero que você fique.

Era eu quem iria partir.

2 de abril de 1794

Era quase doloroso demais voltar ao château em Versalhes, mas era onde Arno estava, e, portanto, foi para onde me dirigi.

No início pensei que a informação que recebi devia estar errada, porque, por dentro, o château estava o mesmo, se não em condições piores do que quando estive aqui pela última vez.

E eu soube de mais uma coisa: Arno evidentemente encarou mal ter sido banido pelos Assassinos e conquistou certa reputação como o bêbado local.

— Você está péssimo — falei a ele quando enfim o encontrei entocado no escritório de meu pai.

Fitando-me com olhos cansados, ele falou antes de virar a cara:

— Você parece querer algo de mim.

— Esta é uma ótima coisa de se dizer depois de você sumir.

Ele soltou um bufar de desdém.

— Você deixou muito claro que meus serviços não eram mais necessários.

Senti a raiva aumentar.

— Não. Não se atreva a falar comigo desse jeito.

— O que quer que eu diga, Élise? Lamento se não deixei você morrer? Perdoe-me por me importar mais com você do que com matar Germain?

E, sim, acho que meu coração derreteu. Só um pouquinho.

— Pensei que quiséssemos o mesmo.

— O que eu queria era você. E me mata saber que meu descuido resultou na morte de seu pai. Tudo que fiz foi para consertar este erro e evitar que acontecesse novamente. — Ele baixou os olhos. — Você deve ter vindo aqui com algo em mente. O que é?

— Paris está se dilacerando, Germain tem levado a revolução a novos patamares de depravação. As guilhotinas agora operam quase 24 horas por dia.

— E o que espera que eu faça a respeito disso?

— O Arno que eu amo não teria feito esta pergunta — observei. Gesticulei para a bagunça que um dia fora o amado escritório de meu pai. Foi ali que eu soube de meu destino como Templária, ali eu soube da linhagem Assassina de Arno. Agora, era só uma choupana.

— Você é melhor do que isso — disse eu. — Voltarei a Paris... Você virá?

Ele arriou os ombros e por um momento pensei ser o fim para nós. Com tantos segredos envenenando o lago de nosso relacionamento, como um dia poderíamos voltar a ser o que fomos? Nosso amor acabara frustrado pelos planos feitos por terceiros para nós.

Mas ele se levantou, como se tomando a decisão, e ergueu a cabeça, olhando-me com os olhos turvos e de ressaca, que, ainda assim, estavam repletos de um propósito renovado.

— Ainda não — disse-me ele —, não posso sair sem cuidar de alguém. La Touche.

Ah, Aloys la Touche era um novo acréscimo à nossa Ordem — ou eu deveria dizer à Ordem "deles". O sujeito que era designado para amputar os membros dos mendigos. Arno podia matá-lo, eu não me importava. Mesmo assim...

— Isto é realmente necessário? — perguntei. — Quanto mais esperarmos, mais chances de Germain escapar por entre nossos dedos.

— Ele esteve pisoteando Versalhes por meses. Eu devia ter feito algo a respeito disso há muito tempo.

Ele tinha razão.

— Muito bem. Cuidarei de nosso transporte. Fique longe de problemas.

Ele me olhou. Sorri e corrigi minha despedida:

— Não seja pego.

3 de abril de 1794

— As coisas mudaram muito desde que você saiu de Paris — disse a ele no dia seguinte enquanto assumíamos nossos lugares em uma carroça de volta à cidade.

Ele assentiu

— Há muito a ser consertado.

— E ainda estamos longe de encontrar Germain.

— Isto não é totalmente verdade. Tenho um nome.

Encarei-o.

— Quem?

— Robespierre.

Maximilien de Robespierre. Eis aí um nome a conjurar. O homem que chamavam de "*l'Incorruptible*", era presidente dos jacobinos e o mais próximo que a França tinha atualmente de um governante. Consequentemente, era um homem que detinha enorme poder.

— Creio que é melhor você me contar o que sabe, não? — falei.

— Eu vi tudo, Élise — disse ele, o rosto se contorcendo, como se incapaz de lidar com a recordação.

— O que quer dizer com "tudo"? — perguntei com cautela.

— Quero dizer... eu vejo coisas. Lembra-se de quando matei Bellec? Eu vi coisas na época. É assim que consigo saber o que fazer.

— Conte-me mais. — Eu queria que ele se abrisse, mas, ao mesmo tempo, sem querer obrigá-lo a falar.

— Lembra-se de que matei Sivert?

Franzi os lábios, sufocando uma leve onda de negação.

— Tive uma visão na época — continuou Arno. — Tive visões com todos eles, Élise. Todos os alvos... Homens e mulheres com quem eu tenho relação pessoal. Vi seus pais negarem a Sivert a entrada a uma reunião dos Templários, as primeiras sementes de seu ressentimento para com seu pai; vi Sivert aproximar-se do Rei dos Mendigos. Vi os dois atacarem seu pai.

— Os dois — cuspi.

— Ah, seu pai lutou corajosamente e, como eu disse, conseguiu arrancar o olho de Sivert; de fato, ele teria vencido sem dúvida nenhuma se não fosse pela intervenção do Rei dos Mendigos...

— Você viu isso acontecer?

— Na visão, sim.

— E é assim que você sabe que foi usado um broche de iniciação?

— De fato.

Inclinei-me para ele.

— Essa coisa que você faz. Como funciona?

— Bellec disse que alguns homens nascem com a capacidade, outros podem aprender com o tempo, mediante treinamento.

— E você é daqueles que nasceram com isso.

— Parece que sim.

— O que mais?

— Sobre o Rei dos Mendigos, soube que seu pai resistiu às sondagens. Vi Sivert oferecer-lhe o broche, explicando como seu "mestre" poderia ajudar.

— Seu "mestre"? Germain?

— Exatamente. Mas eu não sabia disso na época. Só vi que era uma figura de manto aceitando o Rei dos Mendigos em sua Ordem.

Pensei, com uma onda de remorso no Sr. Weatherall, de quem me separei em condições tão ruins, desejando poder contar a ele que nossas teorias estavam corretas.

— O Rei dos Mendigos foi recompensado pela morte de meu pai? — perguntei.

Parece que sim. Quando matei Madame Levesque, vi os planos dos Templários de aumentar o preço dos grãos. Também testemunhei seu pai expulsando Germain da Ordem. Germain invocava Jacques de Molay enquanto era arrastado para fora. E mais tarde vi Germain procurar Madame Levesque. Vi os Templários tramando para soltar a informação que seria prejudicial ao rei.

"Germain disse que, quando o rei fosse executado como um criminoso comum, ele poderia mostrar ao mundo a verdade sobre Jacques de Molay.

"E vi outra coisa também. Vi Germain apresentar a seus confederados Templários ninguém menos do que Maximilien de Robespierre.

8 de junho de 1794

i

Eu mal conseguia me lembrar de uma época em que as ruas de Paris não estavam tomadas de gente. Via tantos levantes e execuções, tanto sangue derramado. Agora, no Champ de Mars, a cidade estava reunida novamente. Dessa vez, porém, a sensação era diferente.

Antes, os parisienses vinham prontos para a batalha, certamente preparados para matar e morrer se fosse necessário; mas ao passo que antes se reuniam para encher as narinas do cheiro do sangue da guilhotina, agora vinham comemorar.

Distribuíam-se em colunas, com os homens de um lado e as mulheres do outro. Muitos traziam flores, buquês e galhos de carvalho, e aqueles que não tinham flores traziam bandeiras, enchendo o Champ de Mars, aquele parque imenso, olhando o morro feito pelo homem em seu centro, onde esperavam ver seu novo líder.

Aquele então era o Festival do Ser Supremo, uma das ideias de Robespierre. Enquanto outras facções revolucionárias queriam dispensar inteiramente a religião, Robespierre compreendia o poder da fé. Sabia que o homem comum era ligado à ideia da crença. Que desejava acreditar em *alguma coisa*.

Com muitos republicanos apoiando o que agora chamavam de "descristianização", Robespierre teve uma ideia. Pensou na criação de um novo credo. Apresentou a ideia de uma nova deidade não cristã: o Ser Supremo. E no último mês anunciou o nascimento de uma nova religião de Estado, decretando que "o povo francês reconhece a existência do Ser Supremo e a imortalidade da alma..."

Para convencer o povo de que era uma ótima ideia, ele pensou nos festivais. O Festival do Ser Supremo era o primeiro deles.

Onde estavam suas verdadeiras motivações, eu não tinha ideia. Só o que sabia era que Arno tinha descoberto alguma coisa. Arno ficara sabendo que Robespierre era marionete de Germain. O que quer que acontecesse aqui hoje tinha menos a ver com as necessidades do populacho em geral e mais com a consecução dos objetivos de meus antigos associados Templários.

— Jamais conseguiremos chegar perto dele no meio de tudo isso — observou Arno. — É melhor nos retirarmos e aguardarmos uma oportunidade melhor.

— Você ainda pensa como um Assassino — repreendi. — Desta vez, eu tenho um plano.

Ele me olhou de sobrancelhas erguidas e ignorei suas tentativas bem-humoradas de incredulidade.

— Ah, sim? E que plano é esse?

— Pense como um Templário.

De longe, veio o som de artilharia. O tagarelar da multidão morreu e se ergueu novamente enquanto se preparavam e, solenemente, as duas colunas de pessoas começaram a avançar para o morro.

Eram milhares. Entoavam canções e gritavam "Viva Robespierre" enquanto prosseguiam. Em toda parte, a bandeira *tricolore* estava erguida, tremulando sob uma brisa suave.

Ao nos aproximarmos, eu via cada vez mais calções brancos e casacos abotoados e trespassados da Guarda Nacional. E todos tinham uma espada junto ao quadril, a maioria também segurava mosquetes e baionetas. Formavam uma barreira entre a turba e o morro no qual Robespierre faria seu pronunciamento. Paramos diante deles, esperando que o grande discurso começasse.

— Muito bem, e agora? — perguntou Arno, aparecendo ao meu lado.

— Robespierre é inacessível, tem metade da guarda como segurança — comentei, apontando para os homens. — Jamais chegaremos a metros dele.

Arno lançou-me um olhar.

— E foi isso que eu disse.

Não muito longe de onde estávamos, havia uma grande tenda, cercada pela vigilante Guarda Nacional. Nela estaria Robespierre.

Ele sem dúvida estaria se preparando para seu grande discurso, como um ator antes do espetáculo, pronto para aparecer diante do povo, tão majestoso quanto presidencial. De fato, não havia dúvida para ninguém a respeito de quem se referia quando falava do Ser Supremo; ouvi rumores sobre isso enquanto entrávamos na área principal. É verdade que havia um clima de comemoração no ar, com a cantoria, os risos, galhos e buquês que todos seguravam, mas não havia escassez de dissensão, ainda que declarada em um volume muito inferior.

E isso me deu uma ideia...

— Mas ele não é tão popular como antigamente — informei a Arno.

— Os expurgos, este culto ao Ser Supremo... Só o que precisamos fazer é desacreditá-lo.

Arno concordou.

— E um enorme espetáculo público é o local perfeito para isso.

— Exatamente. Retrate-o como um louco perigoso e seu poder vai evaporar como neve na primavera. Só precisamos de uma prova convincente.

ii

Do morro, Robespierre fazia seu discurso:

— É chegado enfim o dia eternamente feliz no qual o povo francês consagra o Ser Supremo... — começou ele.

A multidão aplaudia cada palavra, e à medida que eu avançava pela multidão pensava: *Ele realmente está levando a ideia a cabo*. Ele estava de fato inventando um novo deus e queria que todos nós o venerássemos.

— Ele não criou reis para devorar a espécie humana — disse Robespierre — nem criou sacerdotes para nos atrelar como animais brutos a carruagens de reis.

Verdadeiramente, aquele novo deus era bom para uma revolução.

E então finalizou o discurso e a multidão rugiu; talvez até aqueles que o renegavam foram apanhados na alegria comunitária da ocasião. Era preciso dar crédito a Robespierre. Para um país tão dividido, estávamos enfim gritando com uma só voz.

Arno, enquanto isso, tinha encontrado seu caminho para a tenda de Robespierre, procurando algo que pudéssemos usar para incriminar nosso líder supremo. Ele reapareceu trazendo regalos, uma carta que li, provando sem nenhuma dúvida a ligação de Robespierre e Germain.

Monsieur Robespierre

Cuide para não permitir que suas ambições pessoais estejam à frente da grande obra. Esta que realizamos, não para nossa própria glória, mas para refazer o mundo à imagem de Jacques de Molay.
G.

Havia também uma lista.

— Uma lista de nomes... cerca de cinquenta deputados da Convenção Nacional — disse Arno —, todos escritos pela mão de Robespierre e todos opositores dele.

Eu ri.

— Imagino que esses bons cavalheiros ficariam muito interessados em saber que estão nesta lista. Mas primeiro... — Apontei para uma curta distância dali, para alguns barris de vinho. — Monsieur Robespierre trouxe as próprias bebidas para um refresco. Distraia a guarda para mim. Tive uma ideia.

iii

Realizamos bem nossas tarefas. Arno garantiu que a lista atraísse a atenção de alguns dos críticos mais ferozes de Robespierre; eu, enquanto isso, colocava drogas no vinho.

— O que exatamente foi posto no vinho? — questionara Arno enquanto aguardávamos o início do espetáculo; para que Robespierre prosseguisse o discurso sob a influência do que eu havia colocado em sua bebida, que foi...

— Ergotina em pó. Em pequenas doses causa loucura, fala arrastada, até alucinações.

Arno sorriu.

— Ora, isto será interessante.

E de fato foi. Robespierre balbuciou frases desconexas por seu discurso, e quando seus adversários o questionaram sobre a lista, ele não apresentou nenhuma resposta sensata.

Partimos enquanto Robespierre cambaleava morro abaixo, acompanhado das vaias e gritos da multidão, provavelmente confusos porque o festival tinha começado tão bem e estava terminando de forma tão catastrófica.

Perguntei-me se ele podia sentir a presença de mãos nos bastidores, manipulando os acontecimentos. Se ele era um Templário, estaria acostumado a isso. De qualquer forma, o processo para desacreditá-lo havia verdadeiramente começado. Só precisávamos esperar.

27 de julho de 1794

i

Lendo o último registro deste diário. "Só precisávamos esperar."
Ora essa, bah! Uma pinoia, como teria dito o Sr. Weatherall. Era a espera que me deixava louca.

Sozinha, eu rodava pelos andares despojados do château vazio, de espada em punho, praticando minhas habilidades, e me via ansiando pela presença do Sr. Weatherall, que estaria sentado observando-me com as muletas à mão, dizendo-me que minha postura estava errada, o trabalho com os pés complicado demais, "e você deve parar de se exibir, maldição", mas ele não estava ali. Eu estava só. Eu já devia saber que ficar sozinha não me fazia bem. Sozinha, eu refletia. Tinha tempo demais para chafurdar em meus pensamentos e remoer as coisas.

Sozinha, eu supurava como uma ferida infectada.

Tudo aquilo foi motivo para que hoje eu me perdesse.

ii

Começou com a notícia que me colocou em ação, e depois um encontro com Arno. Robespierre tinha sido preso, informei a ele.

— Ao que parece, ele fez vagas ameaças de um expurgo contra "inimigos do Estado". Sua execução está marcada para o período da manhã.

Precisávamos vê-lo antes disso, naturalmente, mas na prisão For-l'Évêque encontramos um cenário de carnificina. Havia mortos para todo lado, a escolta de Robespierre assassinada, mas nenhum sinal dele. De um canto, veio um gemido e Arno ajoelhou-se junto a um guarda recostado na parede, o peito pegajoso de sangue. Ele estendeu a mão para afrouxar as roupas do soldado, encontrou o ferimento e estancou o sangramento.

— O que houve aqui? — perguntou ele, então cheguei mais perto, esticando o pescoço para ouvir a resposta. Enquanto Arno se esforçava para mantê-lo vivo, pisei em uma poça do sangue do soldado para aproximar meu ouvido da boca dele.

— O diretor recusou-se a levar os prisioneiros — tossiu o moribundo. — Enquanto esperávamos pelas ordens, soldados da Comuna de Paris nos fizeram uma emboscada. Levaram Robespierre e os outros prisioneiros.

— Para onde?

— Por ali — apontou ele. — Não podem estar longe. Metade da cidade se voltou contra Robespierre.

— Obrigado.

E é claro que eu deveria ter ajudado a cuidar dos ferimentos do homem. Não deveria correr para encontrar Robespierre. Era algo errado de se fazer. Era ruim.

Mesmo assim, não foi tão ruim como o que aconteceu em seguida.

iii

Robespierre tentou escapar, mas tal como em tantos de seus planos recentes, acabou frustrado por mim e por Arno. Nós o alcançamos no Hôtel de Ville, com os soldados da Convenção a instantes de irromper pela porta.

— Onde está Germain? — exigi saber.

— Jamais falarei.

E eu fiz. A coisa terrível. A coisa que é prova de que eu tinha chegado ao limite do que eu era, que não pude evitar, porque, para chegar até ali, tinha percorrido uma longa distância.

O que fiz foi puxar a pistola do cinto e, mesmo quando Arno levantou a mão para tentar me impedir, apontei para Robespierre, enxergando através de um véu de ódio, e disparei.

O disparo pareceu um tiro de canhão na sala. A bala pegou o maxilar inferior dele, que rachou e ficou pendurado, flácido, ao mesmo tempo em que o sangue começou a esguichar dos lábios e das gengivas, espirrando pelo chão.

Ele gritou e se contorceu, os olhos arregalados de pavor e dor, as mãos na boca espatifada e sangrenta.

— Escreva — vociferei.

Ele tentava articular as palavras, mas não conseguia, escrevendo em um pedaço de papel, o sangue vertendo do rosto.

— O Templo — falei, pegando o papel e lendo o que ele tinha escrito, ignorando o olhar apavorado que Arno me lançava. — Eu já devia saber.

As botas dos soldados da Convenção estavam próximas agora.

Olhei para Robespierre.

— Espero que desfrute da justiça revolucionária, Monsieur — ironizei, e partimos, abandonando um Robespierre ferido e choroso, segurando a boca com as mãos ensopadas de sangue... e um pouquinho de minha humanidade.

iv

Essas coisas. É como se eu as imaginasse feitas por outra pessoa — "outro eu" sobre quem não tenho controle, a cujos atos só posso assistir com um interesse imparcial.

E suponho que tudo isso seja prova não só de que eu falhara ao desprezar os alertas do Sr. Weatherall e, talvez mais odiosamente, de que também não colocara em prática os ensinamentos de meus pais — mas que cheguei a um ponto de infecção mental no qual já se é tarde demais para parar. Não há alternativa senão arrancá-la fora e torcer para que sobreviva à amputação como uma pessoa purificada.

Mas se eu não sobreviver...

Devo agora concluir meu diário, pelo menos por esta noite. Tenho algumas cartas a escrever.

Trechos do diário
de Arno Dorian

12 de setembro de 1794

i

Creio que aqui devo assumir a história. Devo assumi-la dizendo que, quando a encontrei no Templo no dia seguinte, ela estava pálida e abatida, e agora sei o porquê.

Há mais de cem anos, o Temple du Marais teve como modelo o Panteão Romano. Elevando-se por trás de uma fachada em arco, com sua própria versão do afamado domo, tinha paredes altas. O único trânsito de entrada e saída era das ocasionais carroças de feno que passavam por um portão traseiro.

De imediato, Élise queria que nos separássemos, mas eu não tinha certeza; havia algo nos olhos dela, como se faltasse alguma coisa, como se uma parte dela de algum modo estivesse ausente.

E, de alguma maneira, eu creio, estava certo. Tomei aquilo então como uma amostra de determinação e foco e não li nada em seus diários que sugerisse algo além em larga escala. Élise podia estar determinada a alcançar Germain, mas não acho que ela acreditasse que seria assassinada, apenas que mataria Germain naquele dia ou que morreria ao fazê-lo.

E talvez ela permitisse que a serenidade da alma tragasse seu medo, esquecendo-se de que, às vezes, embora você seja determinado, embora suas habilidades em combate sejam avançadas, é o medo que o mantém vivo.

Pouco antes de nos dividirmos para encontrar uma entrada para o santuário interno do Templo, ela havia fixado um olhar sugestivo e dissera:

— Se você tiver uma chance de eliminar Germain, aproveite-a.

ii

E assim o fiz. Encontrei-o dentro do Templo, sombrio em meio às pedras cinzentas e úmidas, uma figura solitária entre os pilares dentro da igreja.

E ali tive minha chance.

No entanto, ele era veloz demais para mim. Sacou uma espada de poderes misteriosos. Aquela espada era o tipo de coisa da qual eu riria antigamente e alegaria ser um truque. Hoje em dia, é claro, sei que não devo zombar do que não compreendo e, de qualquer modo, enquanto Germain brandia o estranho objeto cintilante, ele parecia criar e desencadear grandes raios de energia, como se os convertendo do ar ao redor. Parecia brilhar e faiscar. Não, não havia motivo para rir daquela espada.

Ela se manifestou novamente, faiscando e lançando um raio de energia que parecia saltar para mim, como se tivesse vontade própria.

— Então o assassino pródigo retornou — disse Germain. — Desconfiei quando La Touche parou de enviar sua receita de impostos. Você se tornou um espinho em meu sapato.

Saí de meu esconderijo de trás de uma coluna, minha lâmina oculta estendida e brilhando fracamente à meia-luz.

— Devo supor que Robespierre também foi executado? — disse ele enquanto nos posicionávamos.

Abri um sorriso, concordando.

— Não importa — ele sorriu —, seu Reinado de Terror serviu a seu propósito. O metal foi aquecido e modelado. Resfriá-lo só estabelecerá sua forma.

Disparei para a frente e golpeei a espada, não com o intuito de desviá-la, mas de danificá-la, sabendo que se eu pudesse desarmá-lo de algum modo, viraria a batalha a meu favor.

— Por que tanta insistência? — provocou ele. — É vingança? Bellec o doutrinou a ponto de você agir em nome dele mesmo tardiamente? Ou será amor? A filha do Monsieur de la Serre mexeu com sua cabeça?

Minha lâmina oculta desceu com força na haste da espada e a arma pareceu soltar um brilho colérico e ferido, como se estivesse machucada.

Mesmo assim, Germain, agora de pé, de algum modo conseguiu invocar seu poder de novo, desta vez de uma forma que até eu tive dificuldades para acreditar. Com uma explosão de energia que me atirou para trás e deixou uma marca de queimadura no chão, o Grão-Mestre simplesmente desapareceu.

Bem do fundo, nos recessos do Templo, veio um estrondo que pareceu ondular pelas paredes de pedra, e me levantei para seguir naquela direção, tropeçando pelos degraus úmidos até chegar à cripta.

A minha esquerda, Élise saiu da penumbra das catacumbas. Esperta. Se tivesse chegado um pouco antes, teríamos interceptado Germain dos dois lados.

(Tais momentos, percebo agora — alguns segundos aqui, alguns segundos acolá. Todos peculiaridades mínimas e dolorosas no tempo que acabaram por decidir o destino de Élise.)

— O que houve aqui? — disse ela, examinando o que costumava ser o portão da cripta, mas que agora estava escurecido e retorcido.

Balancei a cabeça.

— Germain tem uma espécie de arma... Nunca vi nada parecido. Ele escapou de mim.

Ela mal olhou para o meu lado.

— Ele não passou por mim. Deve estar aqui embaixo.

Lancei um olhar de dúvida. Mesmo assim, com nossas espadas em riste, descemos os poucos degraus restantes à cripta.

Vazia. Mas tinha de haver uma porta secreta. Comecei a procurar às apalpadelas e as pontas de meus dedos encontraram uma alavanca entre a pedra, a qual puxei; recuei quando uma porta deslizou com um som agudo como o de um triturar e uma grande câmara se estendeu adiante, ladeada de pilares e sarcófagos Templários.

Dentro dela, estava Germain. De costas para nós, e percebi que sua espada de algum modo havia recuperado o poder e que ele nos aguardava, quando, do meu lado, Élise saltou com um grito de fúria.

— Élise!

E assim que Élise se lançou em cima dele, Germain girou o corpo, brandindo a espada reluzente, fazendo com que um raio de energia feito uma serpente saísse dela, nos obrigando a nos jogar de lado para nos proteger.

Ele riu.

— Ah, temos Mademoiselle de la Serre também. Este é um reencontro e tanto.

— Continue escondida — sussurrei para Élise —, deixe que ele fale.

Ela assentiu e se agachou atrás de um sarcófago, gesticulando para mim e falando com Germain ao mesmo tempo.

— Você pensou que este dia jamais chegaria — disse ela —, que seu crime ficaria impune pelo fato de François de la Serre não ter tido filhos homens para se vingar?

— Vingança? — Ele riu. — Sua visão é tão estreita quanto a de seu pai.

Ela rebateu gritando:

— Veja só quem fala. Que amplitude de visão teve sua tomada de poder?

— Poder? Não, não, não, você é mais inteligente do que isso. Nunca se tratou de poder. Sempre foi pelo controle. Seu pai não lhe ensinou nada? A Ordem tornou-se complacente. Durante séculos concentramos a atenção nas armadilhas do poder: os títulos de nobreza, os cargos da Igreja e do Estado. Apanhados na mesma mentira que elaboramos para conduzir as massas.

— *Eu vou matar você* — disse ela.

— Você não está me ouvindo. Matar-me não impedirá nada. Quando nossos irmãos Templários virem as antigas instituições em ruínas, eles se adaptarão. Daí recuarão para as sombras, e nós, enfim, seremos os Mestres Secretos que deveríamos ser. Então venha... Mate-me, se puder. A menos que por milagre você consiga materializar um novo rei e seja capaz de deter a revolução em andamento, isso não fará diferença.

Disparei de meu canto, aparecendo no lado cego de Germain e sem sorte para não dar cabo dele com minha lâmina; em vez disso, sua espada estalou furiosamente e um globo de energia branca azulada veio disparando dela na velocidade de uma bala de canhão, infligindo dano semelhante à câmara à nossa volta. Em um momento fui engolfado pela poeira enquanto a alvenaria caía ao redor — e no instante seguinte eu estava preso embaixo de um pilar caído.

— *Arno* — chamou Élise.
— Estou preso.

O que quer que fosse aquela grande bola de energia, Germain não tinha pleno controle sobre ela. Ele agora se recompunha, tossindo e de olhos semicerrados para a poeira em turbilhão, cambaleando na alvenaria espalhada pelo piso de pedra enquanto se esforçava para se manter de pé.

Recurvado, ele se ergueu e se perguntou se deveria acabar conosco, mas evidentemente optou pelo contrário e, em vez disso, girou e fugiu para as profundezas da câmara, sua espada cuspindo as faíscas furiosas de um ferreiro.

Observei enquanto os olhos desesperados de Élise saíram de mim, momentaneamente impotente e necessitando de ajuda, e pousaram na figura de Germain, que se retirava. Ela voltou a olhar para mim.

— Ele está fugindo — disse ela, os olhos ardendo de frustração e, quando voltou a me olhar, pude ver a indecisão estampada por todo o rosto. Havia duas opções. Ficar e deixar Germain escapar, ou ir atrás dele.

Nunca houve dúvida nenhuma, de fato, sobre a opção que ela escolheria.

— Eu posso pegá-lo — disse ela, decidindo.
— Não pode — alertei. — Não sozinha. Espere por mim. Élise.

Mas ela desapareceu. Com um uivo de esforço, libertei-me da pedra, coloquei-me de pé com dificuldade e parti atrás dela.

E se eu tivesse chegado alguns segundos antes (conforme eu já tinha dito — cada passo do caminho para a morte dela fora decidido por meros segundos), poderia ter revertido a batalha, porque Germain se defendia furiosamente, o esforço estampado em suas feições cruéis; e talvez a espada dele — aquela coisa que eu concluíra ser quase viva — de algum modo sentisse que seu dono estava à beira da derrota... porque logo após uma forte explosão de som, luz e um imenso estouro indiscriminado de energia, ela se espatifou.

A força me abalou, mas meu primeiro pensamento foi para Élise. Ela e Germain estavam bem no centro da explosão.

Através da poeira, vi o cabelo ruivo; Élise jazia amarfanhada sob uma coluna. Corri até lá, fiquei de joelhos, tomei sua cabeça em minhas mãos.

Havia uma luz intensa nos olhos dela. Élise me viu, eu acho, no segundo antes de morrer. Ela me viu e a luz entrou em seus olhos pela última vez – e foi extinta.

iii

Durante algum tempo ignorei a tosse de Germain e baixei a cabeça de Élise na pedra gentilmente, fechando seus olhos. Daí me levantei, atravessando a câmara tomada de destroços até onde ele estava prostrado, o sangue borbulhando da boca, olhando para mim, quase morto.

Ajoelhei-me. Sem tirar os olhos dele, cravei a lâmina em seu corpo e concluí o trabalho.

Tive uma visão quando Germain morreu.

(E deixe-me interromper para imaginar o olhar enviesado de Élise quando lhe falei das visões. Nem de crença, nem de dúvida.)

Esta visão foi diferente das outras. De algum modo, eu estava presente nela, de uma forma que jamais tinha visto.

Flagrei-me na oficina de Germain, observando-o; ele exibia a aparência que um dia tivera, com as roupas de um prateiro, sentado, preparando um broche.

Enquanto eu o olhava, ele segurou as têmporas e começou a murmurar sozinho, como se atacado por algo em sua cabeça.

O que era?, perguntei-me, quando veio uma voz de trás de mim, assustando-me.

— Bravo. Você eliminou o vilão. Foi assim que representou sua pequena peça moral em sua mente, não foi?

Ainda na visão, eu me virei para a origem da voz, encontrando outro Germain –- este muito mais velho, o Germain que eu conhecia — de pé atrás de mim.

— Ah, não estou realmente aqui — explicou ele —, nem tampouco estou realmente lá. No momento sangro no chão do Templo. Mas parece que o pai da compreensão julgou adequado nos dar este tempo para conversar.

De repente a cena se alterou e estávamos na câmara secreta sob o Templo, onde ocorrera a luta, mas ela estava incólume e não havia sinal de Élise, nenhum entulho pelo chão. O que eu via eram cenas de uma época anterior, enquanto o Germain mais jovem se aproximava do altar onde estavam os textos de Jacques de Molay.

— Ah — veio a voz do guia-Germain atrás de mim. — Particularmente uma de minhas favoritas. Eu não compreendia as visões que assombravam minha mente, entenda bem. Imagens de grandes torres douradas, cidades brilhando, brancas como prata. Pensei que fosse enlouquecer. E então encontrei este lugar... A câmara de Jacques de Molay. Por seus escritos, eu compreendi.

— Compreendeu o quê?

— Que de algum modo, ao longo dos séculos, eu estava ligado ao Grão-Mestre Jacques de Molay. Que fui escolhido para purificar a Ordem da decadência e da corrupção que se estabelecera como uma podridão. Para limpar o mundo e restaurá-lo à verdade que o pai da compreensão pretendia.

E mais uma vez a cena se alterou. Desta feita me vi em uma sala, onde Templários de alta posição julgavam Germain e o baniam da Ordem.

— Os profetas não são valorizados em sua época — explicou ele atrás de mim. — O exílio e a desonra obrigaram-me a reexaminar minhas estratégias, a encontrar novas possibilidades para a realização de meu propósito.

Mais uma vez, a cena se alterou e me vi sendo tomado de assalto por imagens do Terror, a guilhotina erguendo-se e caindo como o bater inexorável de um relógio.

— Não importando o custo disso? — perguntei.

— Uma nova ordem nunca chega sem que a antiga seja destruída. E se os homens são feitos para temerem a liberdade desenfreada, tanto melhor. Um breve sabor do caos os lembrará de por que anseiam pela obediência.

E então a cena se distorceu novamente e de novo estávamos na câmara. Desta vez, instantes antes da explosão que havia roubado a vida dela, e vi no rosto de Élise o esforço para dar o golpe derradeiro da batalha, e tive esperanças de que ela soubesse que o pai havia sido vingado, e que isto lhe trouxesse alguma paz.

— Parece que nos separamos aqui — disse Germain. — Pense nisto: a marcha do progresso é lenta, mas inevitável como uma geleira. Só o que você fez aqui foi adiar o inevitável. Uma morte não pode deter a maré. Talvez o rebanho da humanidade não vá ser conduzido de volta ao lugar correto por minhas mãos... Mas será pelas mãos de alguém. Pense nisso quando se lembrar dela.

Eu pensaria.

Algo me perturbava nas semanas depois da morte de Élise. Como era possível que eu a conhecesse melhor do que qualquer um, que tivesse passado mais tempo com ela do que qualquer outro e que isso de nada valesse no fim, porque na realidade eu não a conhecia?

A garota, sim, mas não a mulher que se tornou. Vendo-a crescer, eu nunca tive verdadeiramente a oportunidade de admirar o florescimento da beleza de Élise.

E, agora, jamais admirarei. Acabou-se o futuro que tínhamos juntos. Meu coração dói por ela. Meu peito está pesado. Choro pelo amor perdido, pelos dias passados do ontem, pelos amanhãs que jamais existirão.

Choro por Élise que, apesar de todos os defeitos, foi a melhor pessoa que conheci.

Logo depois de sua morte, um homem chamado Ruddock procurou-me em Versalhes. Cheirando a um perfume que não conseguia mascarar um odor corporal quase dominador, trouxe uma carta com a inscrição: A SER ABERTA NA EVENTUALIDADE DE MINHA MORTE.

O lacre estava rompido.

— Você a leu? — perguntei.

— De fato, senhor. Com o coração pesado, como me foi instruído.

— Era para ser aberta na eventualidade da morte dela — disse, sentindo-me um tanto traído pela emoção que abalava minha voz.

— É bem verdade. Depois de receber a carta, coloquei-a em uma cômoda, na esperança de nunca mais vê-la, para ser franco com o senhor.

Olhei-o fixamente.

— Diga-me a verdade, você a leu *antes* de ela morrer? Porque, se leu, podia ter feito algo a respeito de sua morte.

Ruddock abriu um sorriso superficial e um pouco triste.

— E poderia eu? Penso que não, Sr. Dorian. Soldados costumam escrever tais cartas antes da batalha, senhor. O simples fato de que eles pensam na própria mortalidade não cria um adiamento.

Ele lera, eu sabia. Havia lido antes que ela morresse.

Franzi o cenho, abri o papel e comecei a ler comigo mesmo as palavras de Élise.

Ruddock

Perdoe-me pela falta de amabilidades mas receio ter resolvido meus sentimentos por você e são os seguintes: não gosto muito de você. Lamento por isso e imagino que o considere algo rude de se anunciar, mas se estiver lendo esta carta, ou ignorou minhas instruções ou eu estou morta e, de qualquer modo, nenhum de nós deve se preocupar com questões de etiqueta.

Ora, apesar de meus sentimentos por você, aprecio suas tentativas de me recompensar por seus atos e fico comovida por sua lealdade. É por este motivo que eu lhe pediria para mostrar esta carta a meu amado Arno Dorian, ele mesmo um Assassino, e confiar que ele a tomará como testemunho de seus caminhos divergentes. Porém, como duvido muito que uma Templária falecida venha ser o bastante para que você agrade a Irmandade, tenho algo mais para você também.

Arno, eu peço que você passe as cartas de que estou prestes a falar a Monsieur Ruddock, a fim de que ele possa usá-las para cair nas graças dos Assassinos, na esperança de ser aceito de volta ao Credo. Monsieur Ruddock estará ciente de que este feito exemplifica minha confiança nele e minha crença de que essa tarefa será concluída antes tarde do que nunca, e por este motivo não exigirei monitoramento algum.

Arno, o restante da carta é para você. Rezo para que eu retorne de meu confronto com Germain e possa recuperar esta carta com Ruddock, rasgá-la e não pensar mais em seu conteúdo. Mas, se estiver lendo, significa primeiramente que minha confiança em Ruddock teve suas recompensas e, em segundo lugar, que estou morta.

Há muito que tenho de lhe contar do além-túmulo e, para este fim, lego a você meus diários, cujo mais recente você encontrará em meu embornal, os anteriores guardados em um esconderijo com as cartas de que falo. Se você, quando examinar o baú, chegar à triste conclusão de que não valorizei as cartas que enviou a mim, por favor, entenda que o motivo pode ser encontrado nas páginas de meus diários. Você também encontrará um colar, dado a mim por Jennifer Scott.

Faltava a página seguinte.
— Onde está o restante? — exigi saber.
Ruddock ergueu as mãos, para me acalmar.
— Ah, ora essa. A segunda página inclui uma mensagem especial relacionada com a localização das cartas que Mademoiselle diz poderem provar minha redenção. E, ora, hummm, perdoe-me pela aparente grosseria, mas me parece que se eu lhe entregar esta carta não terei "moeda de troca" e nenhuma garantia de que você simplesmente não pegaria as cartas e as usaria para favorecer sua própria posição na Irmandade.

Olhei-o, gesticulando com a carta.
— Élise pede-me que confie em você e eu lhe peço para fazer o mesmo por mim. Tem a minha palavra de honra de que as cartas serão suas.
— Então, basta para mim. — Ele fez uma mesura e me entregou a segunda página da carta. Li até que cheguei ao fim...

...agora, naturalmente, estou deitada no Cimetière des Innocents e estou com meus pais, perto daqueles a quem amo.

Porém, a quem amo mais do que tudo, Arno, é você. Espero que entenda o quanto eu o amo. E espero que você me ame também. E por me dar a honra de conhecer tal emoção satisfatória, agradeço a você.

Sua amada,
Élise

— Ela não diz onde estão as cartas? — perguntou esperançoso Ruddock.
— Diz — disse a ele.

— E onde estão, senhor?

Olhei-o, vi-o pelos olhos de Élise e pude ver que havia algumas coisas importantes demais para que fossem deixadas a alguém de confiabilidade tão recente.

— Você leu; já sabe.

— Ela chamou de *Le Palais de la Misère* Isto significa algo para o senhor?

— Sim, obrigado, Ruddock, significa algo. Sei aonde ir. Por favor, deixe seu endereço atual comigo. Entrarei em contato assim que recuperar as cartas. Saiba que, por gratidão a você pelo que fez, endossarei qualquer esforço seu para cair nas graças dos Assassinos.

Ele se ergueu um pouco e endireitou os ombros.

— Agradeço por isto... irmão.

iv

Havia um jovem em uma carroça na estrada. Estava sentado com uma perna erguida e de braços cruzados, semicerrando os olhos para mim por baixo da aba larga do chapéu de palha, pontilhado pelo sol que abriu caminho por um dossel de galhos folhosos no alto. Ele esperava — esperava, ao que parecia, por mim.

— É Arno Dorian, Monsieur? — perguntou ele, sentando-se direito.

— Sou.

Seus olhos dispararam.

— Tem uma lâmina oculta?

— Pensa que sou um Assassino?

— O senhor é?

Com um estalo ela surgiu, cintilando ao sol. Com a mesma rapidez, eu a retraí.

O jovem assentiu.

— Meu nome é Jacques. Élise era minha amiga, uma boa senhora para minha esposa Hélène e a confidente mais íntima de... um homem que também mora conosco.

— Um italiano? — perguntei, testando-o.

— Não, senhor. — Ele sorriu. — Um inglês que atende pelo nome de Sr. Weatherall.

Sorri para ele.

— Creio que é melhor você me levar a ele, não?

Em sua carroça, Jacques seguiu na frente e tomamos um caminho que nos levou pela margem de um rio. Na outra margem, havia um gramado bem-cuidado que subia a uma ala da Maison Royale, e olhei para lá com uma mescla de tristeza e espanto — tristeza porque a mera visão me lembrava dela. Espanto porque não era nada do que eu imaginava pelo retrato satânico que ela pintou em suas cartas todos aqueles anos.

Continuamos, como se fôssemos para a escola, o que de fato fazíamos. Élise havia mencionado um chalé.

E demos em uma construção baixa de base larga em uma clareira, com dois anexos em ruínas não muito longe dali. De pé em um degrau da varanda, estava um homem de muletas.

As muletas eram novas, naturalmente, mas reconheci um pouco a barba branca de tê-lo visto pelo château quando eu era menino. Ele era alguém que pertencia à "outra" vida de Élise, sua vida de François e Julie. Não alguém com quem eu me preocupasse na época. Nem ele comigo.

Entretanto, é claro, escrevo esta entrada tendo lido os diários de Élise e agora posso apreciar a posição que ele tinha na vida dela, e mais uma vez me admiro do pouco que eu sabia de Élise; mais uma vez lamento a oportunidade de ter descoberto a "verdadeira" Élise, a Élise sem segredos a guardar e um destino a cumprir. Às vezes penso que, com tudo o que tinha nos ombros, estávamos condenados desde o início, ela e eu.

— Olá, filho — resmungou ele para mim da varanda. — Já faz muito tempo. Mal o reconheço.

— Olá, Sr. Weatherall — respondi, desmontando e amarrando meu cavalo.

Aproximei-me dele e, se eu soubesse na época o que sei agora, eu o teria cumprimentado à moda francesa com um abraço e teríamos partilhado a solidariedade do luto, nós, os dois homens mais próximos de Élise; mas não o fiz, ele era apenas um rosto do passado.

Dentro do chalé a decoração era simples, a mobília, espartana. O Sr. Weatherall apoiou-se em suas muletas e me conduziu a uma mesa, solicitando café a uma menina que supus ser Hélène, a quem sorri e recebi uma mesura em troca.

Mais uma vez, importei-me menos com ela do que teria feito se tivesse lido os diários. Eu estava dando os primeiros passos na outra vida de Élise, sentindo-me um intruso, como se não devesse estar ali.

Jacques entrou também, tirando um chapéu imaginário e cumprimentado Hélène com um beijo. O clima na cozinha era agitado. Aconchegante. Não admirava que Élise gostasse dali.

— Eu era esperado? — perguntei, assentindo para Jacques.

O Sr. Weatherall se acomodou antes de assentir pensativamente.

— Élise escreveu dizendo que Arno Dorian poderia vir pegar seu baú. E então, alguns dias atrás, Madame Levene trouxe a notícia de que ela havia sido morta.

Ergui uma sobrancelha.

— Ela escreveu ao senhor? E não suspeitou de que havia algo errado?

— Filho, posso ter madeira sob as axilas, mas não pense que a tenho na cabeça. O que eu *suspeitei* era de que ela ainda estivesse zangada comigo, e não que fizesse planos.

— Ela estava zangada com o senhor?

— Tivemos uma discussão. Separamo-nos em termos ruins. Os termos ruins do gênero não-estamos-nos-falando.

— Entendo. Eu mesmo estive na extremidade receptora do mau gênio de Élise várias vezes. Nunca é muito agradável.

Nós nos olhamos, os sorrisos aparecendo. O Sr. Weatherall meteu o queixo no peito enquanto assentia com a recordação agridoce.

— Ah, sim, decerto. Uma vontade e tanto aquela ali tinha. — Ele me olhou. — Imagino que tenha sido isso que a matou, não?

— O que soube a respeito disso?

— Que a nobre Élise de la Serre de algum modo se envolveu em uma altercação com o renomado prateiro François Thomas Germain e que as espadas foram sacadas e os dois travaram uma batalha que terminou com a morte de ambos nas mãos um do outro. Foi assim que você viu, não?

Concordei com a cabeça.

— Ela foi atrás dele. Podia ter mostrado mais cautela.

Ele meneou a cabeça.

— Ela nunca foi de demonstrar cautela. Impôs uma boa batalha a ele, não foi?

— Ela lutou como um tigre, Sr. Weatherall, valorizou muito seu parceiro de luta.

O homem mais velho soltou uma risada curta e sem humor.

— Houve um tempo em que também fui parceiro de luta de François Thomas Germain, entenda. Sim, pode fazer essa cara. O traiçoeiro Germain afiou as próprias habilidades com uma lâmina de madeira brandida por Freddie Weatherall. Na época em que era impensável que um Templário se voltasse contra outro Templário.

— Impensável? Por quê? Os Templários eram menos ambiciosos quando o senhor era jovem? O processo de apunhalar pelas costas em nome do progresso era menos desenvolvido?

— Não — o Sr. Weatherall sorriu —, apenas éramos mais jovens e um pouco mais idealistas quando se tratava de nossos companheiros.

v

Talvez tivéssemos mais a dizer um ao outro se um dia nos reencontrássemos. Na ocasião, éramos dois homens cuja intimidade com Élise tinha muito pouco em comum, e quando a conversa enfim murchou e secou como uma folha de outono, pedi para ver o baú.

Ele o mostrou a mim e o carreguei à mesa da cozinha e o baixei, passando as mãos pelo monograma EDLS, depois o abri. Dentro dele, como Élise dissera, estavam as cartas, seus diários e o colar.

— Algo mais — disse o Sr. Weatherall e saiu, voltando alguns minutos depois com uma espada curta. — A primeira espada de Élise — explicou ele, colocando-a no baú com um olhar desdenhoso, como se eu devesse reconhecer de imediato. Como se eu tivesse muito a aprender sobre Élise.

E, claramente, eu tinha. E agora entendo isso, e percebo que devo ter parecido um tanto arrogante em minha visita, como se essas pessoas não fossem dignas de Élise, quando na realidade era bem o contrário.

Fui encher meus alforjes com os pertences dela, pronto para transportá-los de volta a Versalhes, saindo em uma clareira em uma noite silenciosa e enluarada e indo a meu cavalo. Parei na clareira, com a fivela de uma bolsa na mão, quando senti um cheiro. Algo inconfundível. Era perfume.

vi

Pensando que estávamos de partida, minha égua resfolegou e pisoteou, mas eu a acalmei, acariciando seu pescoço e cheirando o ar ao mesmo tempo. Lambi um dedo, ergui-o e verifiquei que o vento vinha de trás de mim. Examinei o perímetro da clareira. Talvez fosse uma das neninas da escola que havia descido aqui por algum motivo. Talvez fosse a mãe de Jacques...

Ou talvez eu tenha reconhecido o aroma e soubesse exatamente de quem era.

Dei com ele atrás de uma árvore, o cabelo branco quase luminoso ao luar.

— O que está fazendo aqui? — perguntei-lhe. Ruddock.

Ele fez uma careta.

— Ah, bem, veja só, eu... Bem, pode-se dizer que eu estava apenas protegendo meu prêmio.

Meneei a cabeça, irritado.

— Então, afinal, não confia em mim?

— Ora, *você* confia em *mim*? Élise confiava em mim? Algum de nós confia no outro, nós que temos uma vida em sociedades secretas?

— Venha — falei —, entre.

vii

— Quem é esse?

Os ocupantes do chalé, tendo ido para a cama minutos antes, reapareceram: Hélène de camisola, Jacques só de calções, o Sr. Weatherall ainda inteiramente vestido.

— Seu nome é Ruddock.

Não creio que já tenha visto uma transformação tão extraordinária como a que aconteceu com o Sr. Weatherall. Seu rosto se avermelhou, a fúria atravessando-o enquanto seu olhar frio caía em Ruddock.

— O Sr. Ruddock pretende pegar suas cartas e depois irá embora — continuei.

— Você não me disse que as cartas eram dele — disse Weatherall com um rosnado.

Lancei-lhe um olhar, pensando que eu estava ficando cansado de Weatherall e que o quanto antes meus assuntos estivessem concluídos, melhor.

— Percebo que há animosidade entre vocês.

O Sr. Weatherall apenas olhou feio; Ruddock sorriu com afetação.

— Élise o afiançava — eu disse ao Sr. Weatherall. — Ele é, segundo consta, um homem transformado, e foi perdoado por seus maus feitos do passado.

— Por favor — implorou-me Ruddock, com os olhos disparando, claramente nervoso pelo trovão que rolava pelo rosto do Sr. Weatherall —, basta me entregar as cartas e eu irei embora.

— Você terá suas cartas, se é o que quer — disse o Sr. Weatherall, avançando ao baú —, mas, acredite em mim, se não fosse o desejo de Élise, você as estaria pegando com a garganta.

— Eu a amava à minha própria maneira — protestou Ruddock. — Ela salvou minha vida duas vezes.

Perto do baú, o Sr. Weatherall parou.

— Ela salvou sua vida duas vezes?

Ruddock torcia as mãos.

— Salvou; salvou-me da forca e antes disso dos Carroll.

Ainda parado perto do baú, o Sr. Weatherall assentiu pensativamente.

— Sim, lembro-me de que ela o salvou da forca. Mas os Carroll...

Uma sombra de culpa passou pelo rosto de Ruddock.

— Bem, ela me disse na época que os Carroll vinham atrás de mim.

— Você os conhecia, os Carroll? — perguntou o Sr. Weatherall com inocência.

Ruddock engoliu em seco.

— Eu *sabia* deles, naturalmente.
— E você fugiu?
Ele se empertigou.
— Como teria feito qualquer um em minha situação.
— Exatamente — disse o Sr. Weatherall, assentindo. — Você agiu corretamente, perdendo toda a diversão. Ainda resta o fato, porém, de que eles não iam matá-lo.
— Então suponho que teríamos de dizer que Élise salvou minha vida uma única vez. Creio que isto não importa e, afinal, uma vez é o bastante.
— A não ser que eles *fossem* matar você.
Ruddock soltou um riso nervoso, seus olhos adejando pela sala.
— Bem, o senhor mesmo disse que eles não iam.
— Mas, e se fossem? — pressionou o Sr. Weatherall. Perguntei-me onde raios ele queria chegar.
— Eles não iam — disse Ruddock com um tom sedutor na voz.
— Como sabe?
— Como disse?
O suor brilhava na testa de Ruddock e o sorriso em sua cara era torto e apreensivo. Seu olhar encontrou o meu como se procurasse apoio, mas não encontrou nenhum. Eu apenas observava. Observava atentamente.
— Veja bem — continuou o Sr. Weatherall —, creio que você estava trabalhando para os Carroll na época e pensou que eles estavam prestes a silenciá-lo... o que poderiam muito bem ter feito. Creio que ou você nos deu falsas informações sobre o Rei dos Mendigos, ou ele trabalhava para os Carroll quando o contratou para matar Julie de la Serre. É o que eu penso.
Ruddock balançava a cabeça. Tentou uma expressão de indiferença e ironia, tentou aparentar uma indignação "isto é um ultraje", e acabou conformando-se com o pânico.
— Não — disse ele —, agora isso já vai longe demais. Eu trabalho sozinho.
— Mas tem a ambição de se reintegrar aos Assassinos? — incitei-o.
Ele balançou a cabeça furiosamente.
— Não, fui curado de tudo isso. E sabe quem finalmente me curou? Ora, a fragrante Élise. Ela odiava as suas ordens, sabia? Dois carrapatos

lutando pelo controle do gato, era como chamava vocês. Inúteis e iludidos, era como Élise os chamava, e tinha razão. Ela me falou que eu ficaria melhor sem vocês e estava certa. — Ele nos olhou com desprezo. — Templários? Assassinos? Eu os desdenho, são um bando de velhas indignas se bicando por dogmas antigos.

— Então não tem interesse em voltar a fazer parte dos Assassinos, e assim não tem interesse nas cartas? — perguntei-lhe.

— Nenhum — insistiu ele.

— E o que está fazendo aqui? — eu disse.

O conhecimento de que o buraco que ele cavara estava fundo demais faiscou por seu rosto e ele, girando o corpo, em um só movimento sacou as pistolas. Antes que eu pudesse reagir, ele agarrou Hélène, apontou uma das pistolas para sua cabeça e cobriu a sala com a outra.

— Os Carroll mandam lembranças — respondeu ele.

viii

Enquanto um novo tipo de tensão cobria a sala, Hélène choramingava. A carne de sua têmpora empalideceu onde o cano da pistola apontava com força e ela olhava suplicante por cima do braço de Ruddock para onde Jacques estava, tenso e pronto para atacar, controlando o ímpeto de ir até lá, libertar Hélène e matar Ruddock com a necessidade de não o assustar e fazer com que atirasse nela.

— Talvez — falei depois de um silêncio — você queira nos dizer quem são esses Carroll.

— A família Carroll de Londres — disse Ruddock, com um olho em Jacques, ainda tenso, seu rosto em nós. — No início eles tinham esperanças de influenciar o caminho dos Templários franceses, mas Élise os aborreceu matando sua filha, o que conferiu a tudo uma dimensão um tanto "pessoal".

"E naturalmente fizeram o que faria qualquer bom genitor com muito dinheiro e uma rede de matadores a sua disposição, encomendaram a vingança. Não só contra ela, mas seu protetor... ah, tenho certeza de que eles pagarão muito bem por estas cartas, na barganha."

— Élise tinha razão — disse o Sr. Weatherall consigo mesmo. — Ela jamais acreditou que os Corvos tivessem tentado matar sua mãe. E tinha razão.

— Tinha — disse Ruddock quase com tristeza, como se desejasse que ela também estivesse ali. Eu também a queria ali. Teria gostado de vê-la dilacerando Ruddock.

— Assim, acabou — falei simplesmente a Ruddock. — Você sabe tão bem quanto nós que não pode matar o Sr. Weatherall e sair daqui vivo.

— Veremos — ordenou. — Agora abra a porta e se afaste.

Fiquei onde estava até que ele me lançou um olhar de alerta ao mesmo tempo em que arrancava um grito de dor de Hélène com o cano da pistola. Assim, abri a porta e andei alguns passos de lado.

— Posso lhe propor um negócio — disse Ruddock, empurrando Hélène e voltando ao retângulo da entrada.

Jacques, ainda tenso e morto de vontade de pegar Ruddock; o Sr. Weatherall, furioso mas raciocinando; e eu, observando e esperando, os dedos flexionando-se na lâmina oculta.

— A vida dele pela dela — continuou Ruddock, apontando o Sr. Weatherall. — Você me permite matá-lo agora e solto a mulher quando eu estiver livre.

A expressão do Sr. Weatherall era muito, muito sombria. A fúria parecia rolar dele como ondas.

— Prefiro tirar a própria vida a permitir que você a tome.

— A decisão é sua. De qualquer modo, seu cadáver estará no chão quando eu partir.

— E o que vai acontecer com a menina?

— Ela viverá — disse ele —, eu a levarei comigo, depois a soltarei quando estiver livre e tiver certeza de que você não está tentando me enganar.

— Como vamos saber que não vai matá-la?

— Por que eu faria isso?

— Sr. Weatherall — comecei. — Não podemos deixar que ele leve Hélène. Nós não...

O Sr. Weatherall me interrompeu.

— Com licença, Sr. Dorian, deixe-me ouvir isso do Ruddock aqui. Quero ouvir a mentira de sua boca, porque o butim não é só pelo protetor de Élise, não é mesmo, Ruddock? É pelo protetor *e* sua dama de companhia, não é mesmo, Ruddock? Você não pretende soltar Hélène.

Os ombros de Ruddock se ergueram e caíram enquanto sua respiração ficava pesada, suas opções se estreitando a cada segundo.

— Não sairei daqui de mãos abanando — disse ele — para que me cacem e me matem em outra ocasião.

— Que alternativa temos? Ou morrem algumas pessoas e uma delas é você, ou você vai embora e passa o resto da vida como um homem marcado.

— Vou levar as cartas — disse ele por fim. — Entregue-me as cartas e soltarei a garota quando eu estiver livre.

— Você não levará Hélène — comuniquei. — Pode levar as cartas, mas Hélène jamais sairá deste chalé.

Pergunto-me se ele viu a ironia de que, se ele não tivesse me seguido, se tivesse esperado em Versalhes, eu teria levado as cartas a ele.

— Você irá atrás de mim — disse ele, hesitante. — Assim que eu a soltar.

— Não irei — avisei. — Tem minha palavra de honra. Pode ficar com as cartas e ir embora.

Ele parecia se decidir.

— Dê-me as cartas — exigiu ele.

O Sr. Weatherall pegou o maço de cartas no baú e entregou a ele.

— *Você* — disse Ruddock a Jacques —, o apaixonadinho. Coloque as cartas em meu cavalo e leve-o, depois o enxote ao monte do Assassino. Seja rápido e volte logo, ou ela morrerá.

Jacques olhou de mim para o Sr. Weatherall. Nós dois assentimos e ele disparou para o luar.

Os segundos se passaram e esperamos, Hélène agora em silêncio, observando-nos por sobre o braço de Ruddock enquanto este apontava a pistola para mim, sem prestar muita atenção no Sr. Weatherall, pensando que ele não representava ameaça alguma.

Jacques voltou, entrando com os olhos postos em Hélène, esperando para pegá-la.

— Muito bem, está tudo pronto? — perguntou Ruddock.

Vi o plano de Ruddock faiscar pelos olhos. Vi-o com tanta a clareza que era melhor que tivesse dito em voz alta. Seu plano era matar-me com o primeiro tiro, Jacques com o segundo, cuidar de Hélène e Weatherall com a lâmina.

Talvez o Sr. Weatherall também o tivesse visto. Talvez o Sr. Weatherall estivesse planejando o que faria o tempo todo. Qualquer que fosse a verdade, não sei, mas no mesmo momento em que Ruddock empurrou Hélène e girou a arma para mim, a mão do Sr. Weatherall apareceu de dentro do baú, a bainha da espada curta de Élise voou para longe e a espada logo estava em seus dedos.

E era tão maior que uma faca de arremesso que pensei que ele não encontraria seu alvo, mas naturalmente suas habilidades de arremesso de facas estavam no auge e eu me abaixei ao mesmo tempo, em que a espada girou, ouvindo o disparo e a bala passar zunindo por minha orelha como um único som, recuperando o equilíbrio e ejetando a lâmina oculta, pronto para saltar e cravá-la em Ruddock antes que ele soltasse o segundo tiro.

Mas Ruddock tinha uma espada na cara, seus olhos rodando para lados contrários enquanto a cabeça era jogada para trás e ele cambaleava, seu segundo tiro batendo no teto, depois ele caiu, morto antes de atingir o chão.

A expressão do Sr. Weatherall era de uma satisfação cruel, como se ele tivesse colocado um fantasma para descansar.

Hélène correu a Jacques e por algum tempo ficamos parados, nós quatro, olhando-nos e para o corpo prostrado de Ruddock, mal acreditando que tudo acabara e que tínhamos sobrevivido.

E então, depois de levarmos Ruddock para fora a fim de enterrá-lo no dia seguinte, peguei meu cavalo e continuei a carregar os alforjes. Senti a mão de Hélène em meu braço e olhei em seus olhos, injetados de chorar, mas nem por isso menos sinceros.

— Sr. Dorian, adoraríamos que ficasse — disse ela. — Pode ficar no quarto de Élise.

* * *

Permaneci ali desde então, fora de vista e, talvez ate, no que diz respeito aos Assassinos, fora dos pensamentos.

Li os diários de Élise, é claro, e percebi que, embora não nos conhecêssemos o bastante em nossa vida adulta, eu ainda a conhecia melhor do que qualquer outra pessoa, porque éramos iguais, ela e eu, espíritos irmãos partilhando experiências mútuas, nossos caminhos pela vida praticamente idênticos.

A não ser, como eu já mencionei, por Élise ter chegado lá primeiro, e foi ela que chegou à conclusão de que podia haver unidade entre Assassinos e Templários. Por fim, de seu diário escorregou uma carta. Eu a li...

Querido Arno,
Se estiver lendo esta carta, ou minha confiança em Ruddock se justificou, ou sua cobiça prevaleceu. Seja como for, você tem meus diários.
Creio que, depois de sua leitura, você possa me compreender um pouco mais e ser mais simpático às decisões que tive de tomar. Espero que possa ver agora que partilhei suas esperanças por uma trégua entre Assassinos e Templários, e para este fim tenho um último pedido a você, meu querido. Peço que leve estes princípios a seus irmãos no Credo e os evangelize em meu nome. E quando eles lhe disserem que suas ideias são fantasiosas e ingênuas, lembre-lhes de como você e eu provamos que as diferenças de doutrina podem ser superadas.
Por favor, faça isto por mim, Arno. E pense em mim. Como pensarei em você até que nos reencontremos mais uma vez.

Sua amada,
Élise

"Por favor, faça isso por mim, Arno."
Sentado aqui agora, pergunto-me se eu tenho forças para tanto. Pergunto-me se um dia serei forte como Élise foi. Espero que sim.

Agradecimentos

Agradecimentos especiais a:

Yves Guillemot

Aymar Azaizia

Anouk Bachman

Travis Stout

E também a:

Alain Corre

Laurent Detoc

Sébastien Puel

Geoffroy Sardin

Xavier Guilbert

Tommy François

Christopher Dormoy

Mark Kinkelin

Ceri Young

Russell Lees

James Nadiger

Alexandre Amancio

Mohamed Gambouz

Gilles Beloeil

Vincent Pontbriand

Cecile Russeil

Joshua Meyer

Departamento Jurídico da Ubisoft

Etienne Allonier

Antoine Ceszynski

Clément Prevosto

Damien Guillotin

Gwenn Berhault

Alex Clarke

Hana Osman

Andrew Holmes

Chris Marcus

Virginie Sergent

Clémence Deleuze

Lista de Personagens

Pierre Bellec: Assassino

Jean Burnell: Templário e associado do Sr. Weatherall

May Carroll: Templária inglesa

Sr. Carroll: Templário inglês e pai de May

Sra. Carroll: Templária inglesa e mãe de May

Arno Dorian: órfão criado pelos de la Serre e, posteriormente, Assassino

Charles Dorian: Assassino, pai de Arno

François Thomas Germain: Templário excomungado e, posteriormente, grão-mestre

Hélène: dama de companhia de Élise e, posteriormente, esposa de Jacques

Capitão Byron Jackson: contrabandista

Jacques: filho ilegítimo de Madame Levene e, posteriormente, marido de Hélène

Rei dos Mendigos: braço-direito de Germain e, posteriormente, Templário

Élise de la Serre: Templária e futura grã-mestre

Julie de la Serre: Templária e mãe de Élise

François de la Serre: Grão-mestre Templário e pai de Élise

Aloys la Touche: braço-direito do Rei dos Mendigos, Templário

Louis-Michel le Peletier: um dos Corvos, conselheiro do grão-mestre de la Serre

Madame Levene: diretora da Maison-Royale

Madame Levesque: um dos Corvos, conselheira do grão-mestre de la Serre

Maximilien de Robespierre: fundador do Culto do Ser Supremo, aliado de Germain

Jennifer Scott: Templária inglesa e irmã de Haytham Kenway

Charles Gabriel Sivert: um dos Corvos, conselheiro do grão-mestre de la Serre e, posteriormente, aliado de Germain

Freddie Weatherall: Templário inglês e protetor de Élise de la Serre

Bernard Ruddock: Assassino excomungado

Honoré Gabriel Riqueti: conde de Mirabeau e grão-mestre Assassino

Este livro foi composto na tipologia Minion Pro,
em corpo 11,5/15,55, e impresso em papel off-white
no Sistema Cameron da Divisão Gráfica
da Distribuidora Record.